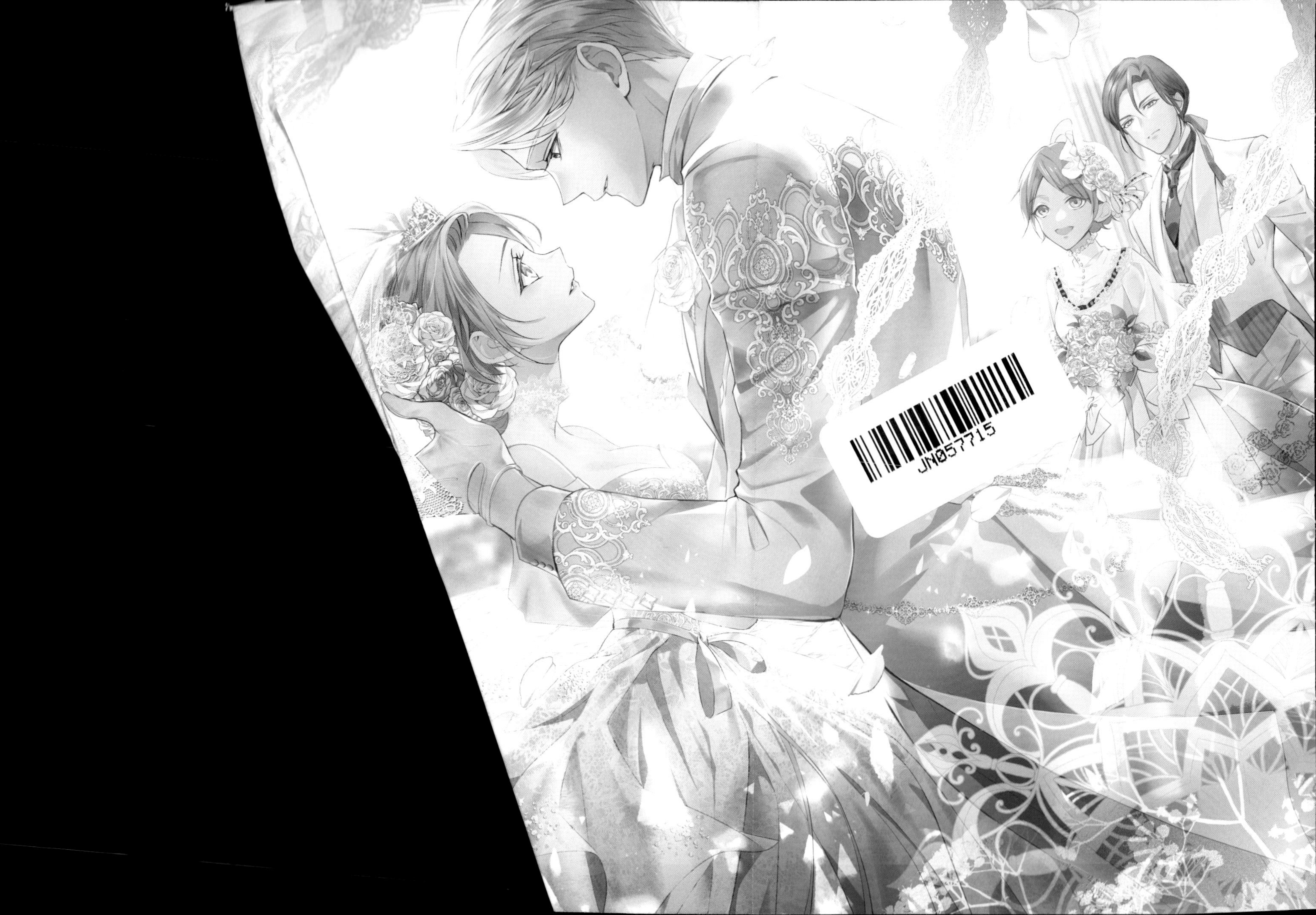

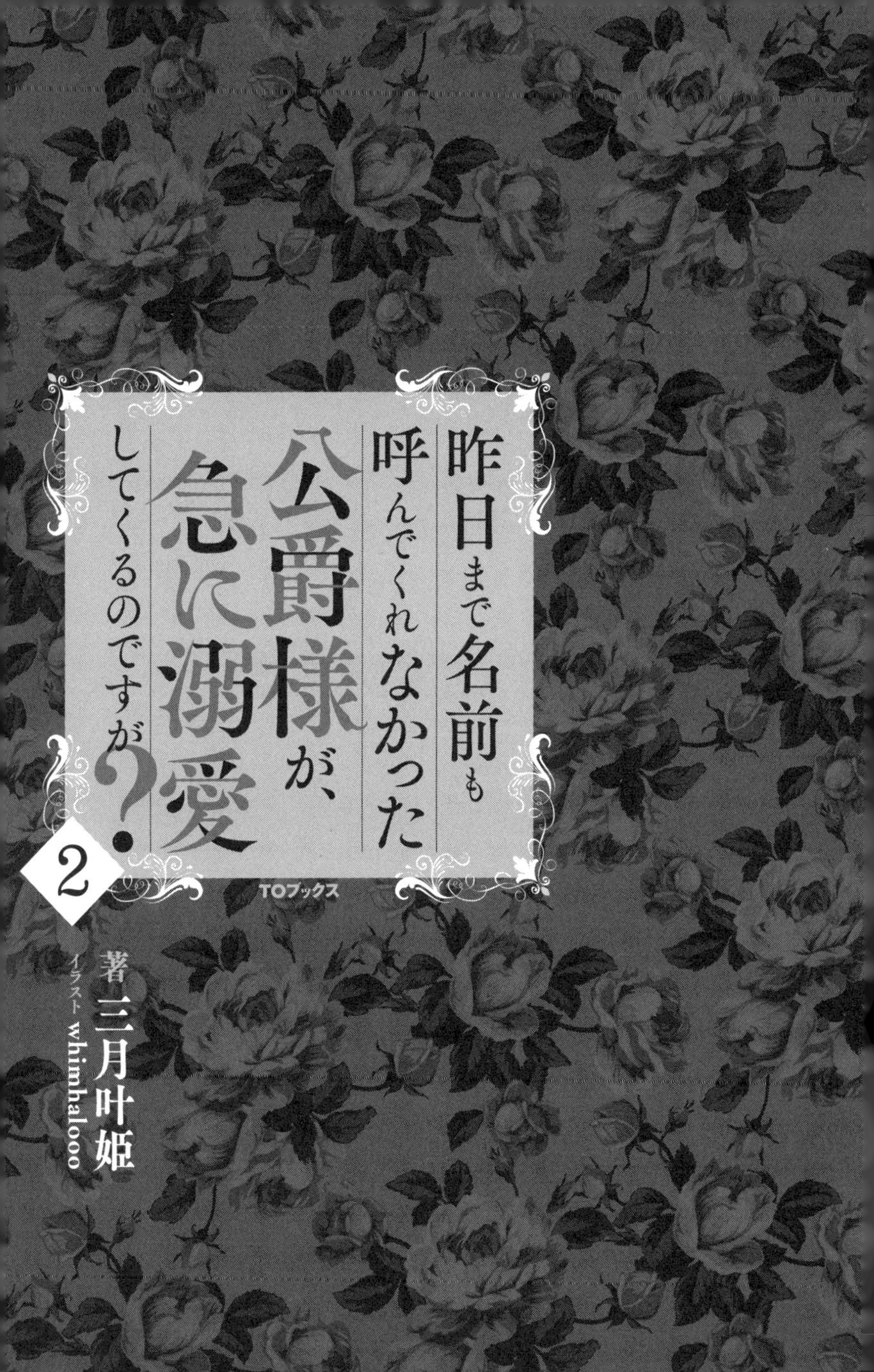
昨日まで名前も
呼んでくれなかった
公爵様が、
急に溺愛
してくるのですが？！
2
TOブックス
著 三月叶姫
イラスト whimhalooo

イラスト whimhalooo　デザイン 岡夢見（imagejack）

Characters
マリエーヌ
貧乏男爵家から嫁いできた令嬢。
冷遇されていた公爵に
突然溺愛されるようになった。
優しい性格だが芯が強く、
時に勇敢。
アレクシア
以前は冷血公爵だったが、
現在はマリエーヌの幸せ第一。
事故に遭い不自由な体となった際に
彼女の献身的な介護に
救われた記憶を持つ。

公爵家関係者

リディア
マリエーヌの
専属侍女。

ジェイク
アレクシアの
補佐官。

レイモンド
アレクシアの
弟。

前世のマリエーヌとアレクシア

スザンナ
マリエーヌの義妹。

プロローグ

昼下がり、どこまでも澄み渡るような秋晴れの下。

「マリエーヌ」

今日も僕は、この世で最も愛してやまない女性の名を呼び、手を差し伸べる。

その呼び掛けに応えるように、公爵邸からマリエーヌが姿を現した。腰まで伸びる亜麻色の髪が風により柔らかくなびき、肩に羽織ったショールが飛ばされないようにと手で握りしめている。視線が合うと、マリエーヌは頬をほんのりと赤く染めて嬉しそうに微笑み、僕の手を取った。

彼女の透き通るような白い手からは、春の陽気にも似た心地良い温もりが伝わってくる。

ただそれだけで、僕の胸は燃えるほどに熱くなり、満たされていく気持ちで溢れそうだ。

互いの指先を絡め合い、手を繋いだ僕たちが向かう先は、敷地内の中央に設けられている中庭。

熟練の庭師により整えられたこの中庭は、一年を通して色鮮やかな花々を堪能する事ができる。景観良く並べられた花壇の一角には、見た事のない植物が芽吹き始めていた。

あの時、マリエーヌと過ごす事が叶わなかった時間。それを今、こうして共に過ごせる奇跡。二人並んで歩ける幸福に……心が震え、込み上げる想いを必死に呑み込んだ。

昂(たかぶ)る気持ちを静めるため、先にある花壇へと視線を移すと、濃淡(のうたん)さまざまな桃色の花々が開花しているのが見えた。

――あれは……名の知らない花だ。またマリエーヌに教えてもらおう。

「マリエーヌ。あの花は何という名前なのだろうか？」

「え？」

僕の問いに、マリエーヌは目を見開きキョトンとすると、新緑色の瞳を僕の指さす花へと向けた。そしてその花をしばらくの間じぃっと見つめると、小首を傾げた。

「えっと……ごめんなさい。私もあの花の名前はよく分からなくて……」

「そうか。君にも分からない花の名があるんだな」

するとマリエーヌは、少し恥ずかしそうに笑った。

「実は……お花は好きなのですが、名前を覚えるのが苦手なのであまり詳しくはないのです。ここに咲いているお花の名前も、公爵様に教えていただいて初めて知ったものばかりですし」

「……え？」

今度は僕が呆気にとられてしまった。だって……そんなはずはない。

僕が知っている花の名前は全て、マリエーヌが教えてくれたのだから。

あの時のマリエーヌが、一つ一つ丁寧に花の名前や特徴を説明してくれて……だから彼女が知らないはずがない。それなのになぜ――。

ふいに、その疑問の答えが分かった気がした。

――ああ……そうだったのか……。

あの時のマリエーヌは……僕のために花の名前を憶えてくれたんだ。

公爵邸の二階にある書庫は、誰でも自由に出入りができる。そこには母親が趣味で集めていた花の図鑑も多く収められていた。彼女はきっとそれを見て、花の名前を調べてくれたのだろう。

覚えるのが苦手だというのに、僕が少しでも中庭の散歩を楽しめるように……僕と沢山、話ができるようにと……。

新たに知った事実に、目の前にいるマリエーヌへの愛しさが膨れ上がる。


——マリエーヌ。僕のために、ありがとう。


言葉にして伝えたい想いを呑み込み、心の中で口にする。

あの時の事を覚えていない彼女にそれを伝えても、きっと困らせてしまうだろうから。

「では、僕が調べておこう。また君に教えられるように」

「ありがとうございます。公爵様」

感謝の言葉と共に清麗(せいれい)な笑顔を咲かせたマリエーヌは、やはりこの世で最も美しい。

また一つ、君に返せるものができた。たったそれだけの事が、今の僕には嬉しくて堪らない。

君が僕のためにしてくれたように、これからは僕が君に花の名前を教えよう。

君も僕もまだ知らない花々はきっと、この先に続く未来で多くの花を咲かせるだろうから——。

三章　今度こそ、君を幸せにするために～アレクシア公爵～

専属侍女との密談

夜も更け、一日の業務を終えた使用人たちが自室へと戻り、静まり返った公爵邸。

その一室――火の灯された燭台が明るく照らす執務室の中。

僕の目の前には、相変わらず書類の山が積み重ねられている。この広大な公爵領の各所から送られてくる申請書や報告書。それらの書類の束は膨大な量となり、毎日のようにここへ届けられる。

以前の僕なら、一日あれば余裕で終わらせていた。だが、今はそれどころではない。

優先度が高いものはさっさと終わらせるが、他はどうでもいい事ばかり。放っておけばそのうちジェイクがなんとかするだろう。

そんな事よりも――だ。

僕は机を挟んで向かい側に佇む侍女へと視線を移す。その顔は疲れ果てたように暗く、瞼は半分閉じた状態で地面を見つめている。今にも眠りに落ちそうな様子だが、構わず問いかけた。

「リディア。今日のマリエーヌの様子は？」

問われた侍女は、視線を地に落としたまま淡々と述べた。

「はい。特にお変わりなく穏やかに過ごされておりました。今日は先日注文されていた新しい刺繍糸が届きましたので刺繍をとても熱心にされておりました」

「そうか」

——マリエーヌ、今日は刺繍をしていたのか。

真剣な眼差しで、指先を滑らかに動かし刺繍を施す姿を思い描き、胸の奥が熱くなった。

そういえば今日、僕が彼女の部屋へ顔を覗かせに行った時、慌てた様子で何かを隠していた。きっとそれが、マリエーヌが刺繍していたものだったのだろう。彼女は恥ずかしがり屋だから、僕が『君の刺繍を見せてほしい』とお願いしても、『お目汚しになるだけなので』と言って見せてくれない。

前世のマリエーヌは見せてくれたのだが……。

あの時の彼女は、僕の部屋で刺繍をして過ごす事も多かった。自分では何をする事もできない僕を、なるべく一人にさせないようにと……できる限り僕の傍に居てくれたから。

当然、言葉を交わす事もできなかったが、彼女が傍に居てくれるだけで僕の心は満たされた。

そして刺繍が完成すると、恥ずかしそうに頬を紅潮させながらそれを僕に見せてくれた。その姿はこの世のものとは思えぬほど可愛かった。施された刺繍も、彼女の繊細さを表しているように丁寧な仕上がりで素晴らしいものだった。だが、それ以上にマリエーヌが可愛かった……。

あの愛くるしい姿を、どうにかしてもう一度見られないだろうか。

「あの……公爵様……」

——まあ、今の反応も十分可愛いのだが。永遠に飽きる事なく見ていられる。……いや、どんなマリエーヌであろうとも、ずっと余す所なく見つめていたい。

常に傍にいて、どんな些細な表情の変化も瞬きの瞬間すらも、全てをこの目に焼き付けたい。

「……私はもう帰ってもよろしいでしょうか。いいですよね。では」

「待て」

僕の返答も待たずに踵を返しかけた侍女を呼び止めると、小さく舌打ちする音が聞こえた。

この女……毎度のことながら、なんと不敬極まりない態度だろうか。

本来ならば、とっくに解雇されていてもおかしくはない。——だが、これでもマリエーヌの専属侍女。彼女の許可なくして勝手に解雇する訳にはいかない。

それよりも、ついマリエーヌの愛らしさに夢中になり、肝心の質問をまだしていなかった。

一つ咳払いをして気を取り直し、再びリディアに問いかけた。

「マリエーヌは、僕の事を何か言っていなかったか？　たとえば……好きだとか……」

内気な彼女の事だから、もしそう思っていたとしても、僕には面と向かって言えないのかもしれない。だが、いつも傍にいる侍女なら——どうだ……⁉

その熱意を瞳に滾らせリディアへと視線を送る。——が、リディアは呆れ返るように長い溜息を吐き出した。

「公爵様。たとえマリエーヌ様が公爵様をお好きだとおっしゃっていたとしても、それは本人の口から直接確認するべきだと思いますが」

真正面から正論を突き付けられるが、そんな事は言われなくとも分かっている。

「できる事ならそうしている。だが、あまりしつこく聞くとさすがに鬱陶しく思われるだろう」

「はい。鬱陶しいです。まさに今の私の心境です」

「ならばやはりお前に聞くしかない」

「私の発言、聞いてました？」

「で、どうなんだ？」

「……」

もう一度問うと、リディアは何か物言いたげに顔をしかめ、再び大きな溜息を一つ吐き、呟いた。

「特に何も」

「……そうか。ならば彼女の様子から、それらしい変化は見られないか？」

「いえ……昨日と特にお変わりないです」

「そんなはずはない。そろそろ気持ちに変化があってもいいはずだ。どうなんだ？」

「……ちょっと分からないですね」

「分からない、だと……？」

威圧するように睨み付けると、リディアは瞬時に視線を横に逸らした。

――分からない……そんな答えが許されると思っているのか……？　何のための専属侍女だ？

未だに状況を把握できていないであろうこの女のため、僕は再三(さいさん)の説明を口にする。

「リディア。僕たちはあの日、一夜を共に過ごしたんだ」

「……ええ。それは聞きました」

「ただ共に過ごしただけではない。あの華奢(きゃしゃ)な体をこの手で思いのままに抱き締め、宝石のように煌めく瞳から零れ落ちる涙に口づけをした。何度も……何度もだ」

「……それも聞きました」

「彼女の瞳から流れる喜びの涙は蜜のように甘美で、それでいて美酒のごとく酔いしれさせるもので……僕の心は大きく掻き乱された」

「……」

「彼女の制止がなければ、僕はきっとあのまま――」

その先を想像し、胸の奥が締め付けられる苦しさに襲われ、自らの胸に手を押し当てた。

二人で夜を明かした日から二ヶ月――僕は未だにあの夜の事を思い出すだけで、こんなにも切なくもどかしい気持ちに駆られてしまう。

前世で命を落とし、過去の自分として目覚めた僕は、ずっと伝えられなかったマリエーヌへの愛を惜しみなく伝えるようになった。そんな僕の変貌ぶりを見た医者は、僕が二重人格を発症しているなどとぬかしたらしく、マリエーヌもそれを信じていたらしい。その結果、僕が一心に伝えていた愛の言葉は、『妻を愛する夫という人格による義務的な言葉』と受け止められていたようで……彼女の心にまでは届いていなかったらしい。

その事については、なんとか誤解は解けたものの……僕たちの前世については話を切り出せなかった。それを彼女に話すべきなのかも……結局、答えは見つからなかった。

そんなやりとりの中で、マリエーヌは少しずつ内に秘めていた思いを打ち明け始めた。

彼女がひた隠しにしていた本音、弱さも葛藤も――全てを僕に見せてくれた。

――嬉しかった。そんな彼女の姿を見るのは初めてだったから。愛しくて堪らなかった。

それに、初めて僕の名前を呼んでくれた事、僕を愛したいと言ってくれた事も――心が躍るような喜びに舞い上がり……込み上げる涙を抑えられなかった。

それから、マリエーヌは僕に『もう少しだけ待っていてほしい』と告げた。

天にも昇る心地で、それを承諾した。……が、ふと疑問に思った。

もう少し――それは一体、どれくらいの期間なのだろうか……と。

当然、僕としてはいつまでも待つ気ではいる。しかし、もう少しと言われて期待せずにはいられなかった。それは今日なのか、それとも明日なのかと、毎日のように今か今かと待ちわびた。

だが、マリエーヌからは未だに何も告げられないまま。それならばと、いつも彼女の傍にいる専属侍女を呼び出した訳だが……結局、有力な情報は一つも得られていない。——使えない女だ。

侍女に対する失望と苛立ちを、深い溜息に込めて吐き出した。

「何を聞いても『変わりはない』『分からない』とは……お前の目は節穴か？　その無駄にでかい頭の中には何が詰まっているんだ？」

途端、侍女はカッと瞼を大きく見開いた。

「あああああもう知りませんよ!!　毎日毎日、同じ質問を繰り返されて同じ惚気(のろけ)を聞かされて!!　なんの嫌がらせなんですかこれは!!」

「嫌がらせではない。お前が専属侍女としての責務を果たしていないのがいけないんだ。マリエーヌの微々たる変化にも気付く事こそが、専属侍女としての役割だろうが」

「そんな事を言われましても……！　確かに、お二人が一夜を共にされた次の日から、マリエーヌ様は肩の力が抜けたように穏やかな顔をされるようになりました。って、それは前にもお伝えしたじゃないですか！　ですが、そこからの変化は本当に何もないんです！　公爵様を好きだとか、愛してるなんて言葉は一切聞いた事がございません！」

「——!!」

刹那、僕の心臓に鋭い刃が突き立てられたような衝撃が走った。あまりの衝撃に危うく椅子から崩れ落ちそうになったが、机に掴まりなんとか踏み止まった。

この侍女が嘘のつけない体質なのは知っている。だからこそ、報告される内容を疑った事はない。だが、改めてそれを突きつけられると胸が張り裂けそうに痛む。——あと、僕の反応を見てしたり顔を決めているこの女にも無性に腹が立つ。今すぐにでも解雇してやろうか……？

湧き起こる怒りを拳の中で握り潰すも、こんな事で冷静さを欠くほど僕は愚かではない。

気を取り直し、軽く失笑して侍女へ告げた。

「そうか。ならばマリエーヌはお前を信用していないのかもな。だから本音を打ち明けられずにいるのだろう」

「……は？」

呆気にとられた顔でその一言を発した侍女は、ピクピクと目尻を痙攣させる。これは強いストレスを受けた時に見られる反応だ。だが、僕はただ事実を言ったまで。何か言いたい事があるようだが、何を言われようとも容易く論破してやろう。

すると侍女は肩を小刻みに震わせ、薄気味悪く笑い出した。

「ふっ……ふふふ……お言葉ですが……マリエーヌ様は公爵様を好きだとはおっしゃっておりませんが、私の事は好きだとはっきりおっしゃりました」

「……なんだと……？」

今度は僕の目尻がピクピクッと激しく反応する。同時に、みぞおちを焼かれるような急激な熱を感じ、そこから込み上げるのは激しい憤り。今の言葉が偽りのない事実だと分かるからこそ苛立ちが膨れ上がる。

——僕ですら、まだマリエーヌに好きだと言われていないのに……この女はすでにマリエーヌの告白を受けているだと……？

何という屈辱……たとえ女であろうと関係ない。今すぐにでも――。

無意識のうちに、胸ポケットにある万年筆を手に取っていた。

そんな僕の殺意に気付いたのか、侍女はキリッと僕を睨み付け、力強く言い放った。

「公爵様。私を無き者にしようものなら、私の事が大好きなマリエーヌ様が悲しまれます！」

「……！」

――大好き……だと⁉　なんて羨ましいんだ……！

しかしこの女。マリエーヌを盾にするとは……許さん。

早急にこの女と瓜二つの人間を世界中くまなく探し出し、替え玉を用意する必要がある。

「うわ……絶対に良からぬ事を考えてますよね……顔に出てます……凄く！」

青ざめる侍女はジリジリと後退していく――が、突然何かに気付いたようにハッと息を吸い込み、

「そ……それよりも公爵様！　マリエーヌ様との距離が縮まって浮かれる気持ちは分かりますが、肝心な事をお忘れではないですか⁉」

「……肝心な事？」

その言葉に、万年筆の蓋を外そうとした手を止める。

更に侍女は、ビシィッと人差し指を天に突き立て、強い意思の込められた眼差しをこちらへ向け、

「はい！　マリエーヌ様にとっての幸せが何であるか……それを覚えておいでですか⁉」

そう力強く言い放つと、侍女は堂々たる態度で僕と向き合った。

つい先ほどまで眠りに落ちそうだった姿が嘘のように、ギラギラとした目力が何かを訴えている。

なぜ急にそんな事を言い出したのかは分からないが、当然、僕の答えは決まっている。

「当たり前だ。僕はマリエーヌの幸せを常に考えているのだから」

「そうですか。でしたら私に対しても何をどうするべきか……お忘れではないですよね？」

問われて、しばし考え込む。そして思い出した。かつてこの女と交わした会話の内容を。

「…………………ああ」

「うわっ……間、なっが!!　絶対忘れてましたよね!?　ひどい……マリエーヌ様と公爵様の仲を取り持つのに一役買ったのは私なのに！」

そう喚き立てると、侍女は悔しそうに地団駄を踏みだした。

その幼稚な姿には、さすがに呆れてものも言えない。

――だが、その言葉どおりなのも確かだ。この女の存在がなければ、僕は今ほどマリエーヌとの仲が良好ではなかっただろうから。

鉛のように重くなった頭を抱えると、深く長い溜息を吐き捨て、これまでの日々を思い起こす。

過去の自分として目覚めたあの日から、今日に至るまで――全てが順調に進んだ訳ではなかった。

特に戻ってきたばかりの頃は散々で……空回りの連続だった。

あの時の僕は、今度こそマリエーヌを幸せにする確固たる自信があった。前世とは違い、自由に動かせる体も、力も財力も地位も、何もかもがこの手に揃っているのだから。

全てを思いのままに動かす自信があった。今までそうしてきたように……。

――だが、そんな自信は早々に打ち砕かれた。

誰かを幸せにした事のない人間が、そう簡単に人を幸せになどできるはずがなかった。

僕は、何も分かっていなかったんだ。彼女の事も、彼女が望む幸せが何なのかも。

まさか自分が、もう一度同じ過ちを犯してしまうなんて……想像もしていなかった。

それでも、彼女を幸せにしたくて必死に駆けずり回り、迷走した日々も……失敗して絶望の淵に追いやられた事も……きっと僕には必要な過程だったのだろう。


思い返せば、嘲笑いたくなるような……苦々しい記憶だが――。

僕が目覚めた日、彼女の眠る部屋で

――マリエーヌ……。

絶望に沈んだ心の中で、何度もその名を呼んだ。目の前で横たわる彼女に向けて……。

涙で歪む視界の中では、その姿をはっきりと捉えられない。

それでも、床に倒れ伏す僕は、一心不乱に彼女を求めた。

すぐ目の先。手を伸ばせば容易く届く場所にいるというのに。

僕の右手は、決して彼女には届かない。……届くはずがない。

僕の体は、もうずっと前から動かないのだから。

――すまない……マリエーヌ……。

君を何度も傷つけた自分の愚かさを。

君を守る事もできない、無力な自分の不甲斐なさを。

こんな僕のせいで、なんの罪もない君が殺されてしまった事を。

——本当に……すまなかった……。

言葉にできない謝罪を、心の中でひたすらに繰り返した。

そしてもう一度、動くはずのない己の手に力を込める。

今にも消えてしまいそうな彼女へ向けて。

——最期にもう一度だけ……その手に触れたい。

優しい温もりを宿したマリエーヌの手が、僕は好きだった。

その手に触れられるたび、自分は大事にされているのだと実感できた。

今となっては、その手からはもう、以前のような温もりは感じられないのかもしれない。

それでも……必死にあがいた。彼女だけを求めて。


その時だった。

動かなかった僕の手が、ゆっくりと動き出し——彼女の手に届いた。

——温かい……。

触れたその手は、まるで命の灯火が蘇ったかのように、確かな温もりを宿していた。

そして次の瞬間、その手は僕の手を優しく握り返し——。

「──っはぁ！」

大きく息を呑み込むと同時に、僕は目を覚ました。

そこには今までいたはずのマリエーヌの姿はなく、あるのは見慣れた天井だった。

薄暗くてはっきりとは見えないが、ここが自室なのは分かった。つい先ほどまで硬い床に倒れていた僕の体は、今は馴染みあるベッドの上。大量に汗をかいたせいか、背中のシーツがしっとりと濡れている。

──今のは夢……だったのか？

だとしても、一体どこからどこまでが……？　まさかマリエーヌは……生きて……？

そんな期待を抱いた瞬間、脳裏にその瞬間が鮮明に蘇る。

「うっ……！」

心臓を引き裂かれるような痛みに襲われ、胸元を掻きむしるように強く掴んだ。激しく込み上げるのは悲痛な感情。耐え難い哀しみ……切なさが押し寄せ、再び視界が歪みだす。

「マリエーヌ……」

無意識のうちに、その名を口にしていた。直後、ハッと我に返った。

──!?　声が出せる!?

勢いよく起き上がると、今度は思いのままに動く自分の体に首を傾げた。

信じられない気持ちのまま、自らの手を目の前まで持ち上げ握ったり開いたりを繰り返す。

「どうして……体が動くんだ？」

──いや、そうだ。あの時、死んだはずの僕は今日、ここで目覚めた。だが、酷い頭痛があって、体もやたらと熱く、鉛のように重たくて……それから……。

次第に冷静さを取り戻した僕は、自分の身に起きた不可思議な出来事と、それからの行動を必死に思い返した。身に着けている寝間着は汗でぐっしょりと濡れているが、おかげで熱は引いたようだ。

酷かった頭痛も嘘のように消え、体も段違いに軽い。

ふぅ……と小さく息を吐き出し、頭の中にある記憶の欠片を一つ一つ組み立てていく。

——僕は、前の人生で事故に遭い、その後遺症により体を動かせなくなり、言葉も失った。

そんな状態となった僕は、屋敷の使用人から虐待じみた扱いをされたあげく放置されていた。

僕を気に掛ける人間など誰もいなかった。

それも当然だ。僕自身が、誰にも優しくした事がなかったのだから。

——その報いが、あの地獄のような日々だったのだろう。

自分に仕えている使用人から蔑ろにされても、どうする事もできなかった。己の無力さを実感するたび自尊心はズタズタに傷つき——惨めな自分を受け入れられず、心は闇に沈んでいった。いっその事、死んでしまいたいと……空虚な頭の中で何度も考えた。考えたところで、自分ではどうにもできないというのに。

そんな時——マリエーヌが僕の前に現れた。

それを機に、地獄のようにも思えた僕の世界が、美しく光り輝きだしたんだ。

使用人の代わりに僕の身の回りの世話をしてくれるようになり、その献身的な優しさに触れ、人の温もりというものを知った。いつも優しく接してくれる彼女に、自分も何か返したいと思うようになった。

誰かのために行動したいと思ったのは初めてだった。――だが、僕には何も返せるものがなかった。

動かない体ではどうする事もできず……声も出せない僕には、『ありがとう』の一言を伝える事も、その名を呼び掛ける事すらも……どうやっても叶わなかった。

だからこそ、それまでの自分を思い返すたび、数え切れないほどの後悔を募らせた。自分の勝手な言動が、彼女をどれほど傷つけていたか……それを想像するたび、自分が憎くて仕方なかった。

それでも、彼女は常に優しかった。そんな彼女に、僕は身も心も、何度も救われた。

マリエーヌは、どんな時でも〝愛〟を持って僕と接してくれた。

だから僕は、〝愛〟というものを初めて理解できた。

そして僕もまた、マリエーヌを愛するようになっていた。

愛するが故に、彼女の幸せを願い、その妨げとなる自分が死ぬ事を望んだりもした。だが、マリエーヌは僕が死んだら悲しい、と……僕の存在を必要としてくれた。

だから僕も、彼女と共に生きていく事を誓った。それなのに――。

マリエーヌは……僕に恨みを持つ人物が放った刺客から身を挺して僕を守り、殺されてしまった。

一人残された僕も、奴らが屋敷に放った炎により、身を焼かれて死んだ――はずだった。

次に目覚めた時、僕はなぜか体が不自由になる前の自分に戻っていた。

そしてもう一度……マリエーヌに会えた。

僕の女神が……再び目の前に現れたんだ。

――そうだ。さっきまでマリエーヌはここに居てくれた。

今度こそ、はっきりと思い出した。

僕が間違えるはずのない彼女の手の温もり。それが今もこの手に残っている。戸惑いながらも、僕の手を優しく握り返してくれた感触も。

だが、肝心のマリエーヌの姿が見当たらない。思い返せば、彼女がここにいた時はまだ朝だった。それが今はすっかり夜が更け、屋敷の中はひっそりと静まり返っている。

どうやら、あれから僕はずっと眠り続けていたようだ。恐らくマリエーヌも、今は自室で眠っているはずだ。さすがに今から彼女の姿を確認しに行く訳にはいかない。だが――。

――マリエーヌに会いたい。

その切なる想いを抑えきれず、ベッドから下りて立ち上がった。

一歩一歩、床の感触を確かめながら扉の方へと歩いていく。

――本当に歩けるんだな。

未だに信じられない。あんなにビクともしなかった体を……今、こうして思いのままに動かせる事が。

――夢でも見ているようだ……いや、夢でもなんでもいい。

もう一度、マリエーヌに会えるのなら……。

ただただ熱く滾る想いを胸に抱き、歩む足を速めていく。

勢いよく自室から出ると、やたらと長い廊下が続いている。マリエーヌの部屋はここからずっと進んだ先にある。今日ばかりはこの屋敷の広さが恨めしい。

だが……今までの僕は、彼女が会いに来てくれるのを、ベッドの上で待っている事しかできなかった。それが今は、自らの足で愛する彼女の許へと会いに行ける。

ただそれだけで、舞い上がりそうになるほどの喜びに震え、愛しさが込み上げる。

――マリエーヌ……早く会いたい……早く……早く……！

気付けば、僕の足は全速力で廊下を駆け抜け、彼女の部屋へと急いでいた。

マリエーヌの部屋の前に辿り着き、勢いのまま扉を開けようとしてギリギリ踏み止まった。

まだ彼女は眠っているはず。夜も明けていないというのに、急に部屋に押し入ったらびっくりして起きてしまうだろう。それに……また怖がらせてしまうかもしれない。

ふと脳裏に浮かんだのは、小刻みに震える彼女の後ろ姿だった。

今日、目覚めた僕がここを訪れた時……彼女は確かに怯えていた。

――それも当然だ。彼女の知っている僕は、優しさなど知らない冷酷な僕なのだから。

急に態度を変えたところで、すぐには受け入れられないだろう。

――だが、それでも一目だけ……本当に彼女がここにいる事を、この目でもう一度確認したい。

そんな想いから、音を立てないよう慎重に扉を開けた。

その時、嗅ぎ慣れた柑橘系の甘い香りが鼻をかすめた。僕が大好きな、彼女の香りだ。

じわり……と視界が滲（にじ）んでいく。

胸の奥底から激しく込み上げる熱い何かを、必死に呑み込み唇を噛みしめた。気配を消して部屋の中へ入ると、隅（すみ）にひっそりと置いてあるベッドの前まで歩み寄り、足を止めた。

窓から差し込む月明かりに照らされ、その上で眠っているのは――。

――マリエーヌだ……。

瞼(まぶた)を閉じて静かに呼吸を繰り返すその顔は、どこか幸せそうな笑みを浮かべている。

再び視界が大きく歪み、瞬きと共にそれは零れ落ちた。

――マリエーヌ……本当に……もう一度会えた……。

彼女の姿をこの目に焼き付けたいのに、僕の瞳からは次々と涙が溢れて止まらない。

ただひたすらに嬉しくて……胸が詰まって……あとはもう、何も考えられなかった。

それからしばらくの間、僕はその場に立ち尽くしたまま、静かに眠る彼女の寝顔をじっと見つめ続けていた。

――一体、どれくらいの時間、そうしていただろうか。

そろそろ自室へ戻るべきだと何度も考えた。だが、少しでも目を離そうとするだけで不安になる。

その瞬間に、彼女の姿が闇に溶け込み消えてしまうのではないかと。

今、目の前にいる彼女の姿さえも、もしかしたら幻なのではないかと……気持ちが落ち着かない。

「んん……」

「――⁉」

唐突に、ゴロンと寝返りを打ったマリエーヌの体が、僕の方に向けられた。

一瞬、目を覚ましたのかと思い、咄嗟に隠れるべきかと焦ったが、彼女は今もすやすやと寝息を立てている。その姿にほっと胸を撫で下ろし、寝返りにより乱れた布団を慎重にかけ直した。

その時、彼女の手が目に留まった。

つい先ほどまで、僕が夢の中で必死に求めていた手だ。

――もしも彼女の手の温もりを直(じか)に感じられたのなら、この姿が幻ではないと確信が持てるだろうか……？

そんな考えが頭を過(よぎ)るが、それはただの言い訳だ。

その本心は――彼女の手に触れたい。それだけだった。諦めの悪い自分に呆れながらも、再び彼女を求めて手を伸ばした――が、触れる直前でピタリと停止した。

――勝手に……触れてもいいのだろうか……？

急に後ろめたい気持ちが押し寄せ、どうしてもその手に触れられない。その一因となっているのは、目覚めてからの自分の行動にある。

再びマリエーヌと出会えた事に感激し、高熱だったのも相まってとても冷静ではいられなかった。気付いた時には、気持ちの昂りのまま彼女への想いを口にしていた。

『愛してる』……と。

ずっと呼びたかった名前も、伝えたかった言葉も、何もかもが堰(せき)を切ったように溢れ出した。それも言葉にするだけならまだ良かったのだが。思いのままに彼女の手を取り、頬にすり寄せ、華奢な体を思いきり抱き締め、絹のように美しい髪に触れたりと……。

ここぞとばかりに彼女の体に触れてしまった。

まさか自分がこんなにも自己抑制のできない人間だったとは……深く反省せざるをえない。

その一方で、マリエーヌはというと……僕との再会を喜んでいるようには見えなかった。戸惑い困惑するような表情を浮かべ、訳が分からない……という感じだった。

恐らくマリエーヌは僕と過ごしたあの日々を覚えてはいないのだろう。

その事実に、切なさで胸がチクリと痛み、微かに寂しさを覚える。だが、そんな自分勝手な思いはすぐに振り払った。

――そうだ。これでいいんだ……。

あの日々の記憶は、彼女にとって良い事ばかりではなかったはずだ。

何よりも、死の間際の恐怖や苦しみは……忘れていた方がいいに決まっている。


――だが、僕は決して忘れない。

僕と君が過ごしたあの日々の記憶を――。

君が僕に教えてくれた優しさも……愛も……全て覚えている。

だから君が僕にしてくれた事全てを、これから君に返していく。

何倍にも、何十倍にもして……一生をかけて。

――マリエーヌ。

これからの君の人生で待ち受けているのは、尽きる事のない喜びだけだ。

僕がこの手で、必ず君を幸せにしてみせる。

僅かな悲しみも辛さも、もう味わう必要はない。

あの時、君が僕を守ってくれたように。

これからは僕が、必ず君を守ってみせるから――。

そう固く心に誓った。

その時――彼女の瞼がゆっくりと開き、新緑色の瞳が姿を現した。

「あ……」

今度こそ起こしてしまっただろうかと、謝罪の言葉を探した。だが、マリエーヌは虚ろな眼差しで僕をじっと見つめたまま何の反応も見せない。どうやらまだはっきりと目が覚めた訳ではないらしい。

それでも、僕を真っすぐ見つめる瞳から目を逸らせない。

――あの時も、僕の意思を確認するように、こんな風に見つめてくれたな……。

ふいに、共に過ごした日々を思い出し、思わず笑みが零れた。それに反応するように、僕を見つめる瞳が柔らかく細められた。それはいつも僕に向けてくれていたのと同じ……優しくて、温もりさえも感じられる――僕の大好きな彼女の笑顔だ。


ドクンッ……。


――⁉

突然、心臓に強い衝撃を受け、咄嗟に胸元を押さえた。その手の平から、自分の心音が異常な速度で高鳴っているのが分かる。

再び体の熱が急激に上昇し、頭がクラクラと眩(くら)みだす。呼吸も荒くなり、息苦しさに身悶えた。

――なんだ……？　また熱が上がり始めたのか？

だが、それとは何かが違う。激しく込み上げるこの衝動的な感情は……何なんだ？

先ほどまで胸の中を満たしていたものが一気に失われ、そこを荒々しい欲が埋め尽くしていく。

その欲望の答えは単純で明確だ。

――マリエーヌに触れたい。

透き通るような美しい手、滑らかな髪、柔らかい頬、艶のある唇に――触れたくて堪らない。

柔らかな笑みを浮かべて僕を見つめる姿に魅了され、それに抗う術もなく、彼女から漂う甘い香りに誘われるままに引き寄せられる。ゆっくりと……だが確実に、僕たちの距離は狭(せば)まっていく。床に膝を突けば、マリエーヌの顔はもう目と鼻の先。

すると、僕を見つめていた瞳が静かに閉じられた。彼女の艶やかな髪がサラリと垂れ落ち、寝息を立てる唇の上に被さる。それをソッと彼女の耳へとかけ直すと、再び僕の目の前にふっくらとした唇が姿を現した。その色香に、思わずゴクリと喉が鳴った。

――あと少し。もう少しで……触れられる。

静まり返る空間の中で、聞こえてくるのは自分の心臓の鼓動だけ。

近付くにつれ、次第にその勢いは激しさを増し――やがて何も聞こえなくなった。

――……ああ。そうだったのか……。僕はずっと、君とこうしたかったんだ……。

どんな時も、マリエーヌは僕の傍に居てくれた。

誰よりも近くにその存在を感じ、短くも長い時間を共に過ごした。

そんな日々に、僕は確かに幸せを感じていた。

それなのに、いつからだろうか……。

満たされていたはずの心が、何か物足りなさを感じるようになったのは。

すぐ傍にマリエーヌが居てくれているというのに、どこか切なく、苦しくて……もどかしかった。

それがなぜなのか……自分がどうしたいのか……ずっと分からなかった。

――だが、今ようやくその答えが分かった。

僕はずっと、彼女に欲情していたのだと。

そして今も同じ……彼女の華奢な体を掻き抱き、その身に宿す温もり全てを直に感じたい。

愛らしい唇にくちづけをして、思いのままに味わいたい。


――マリエーヌ……愛してる……。


間もなくして、僕たちの唇は重な――って、何をしているんだ⁉

唇に触れる寸前で我に返り、咄嗟にベッドから飛び退いた。

ドッドッドッと異常なまでに心臓が高鳴り、体は発火しそうなほど熱く滾っている。引いていたはずの汗が全身からドッと噴き出し、ボタボタと床に滴り落ちた。

初めての衝動に当惑する。……いや、正確には初めてではない。

今までにも同じような衝動に駆られた事は何度かあった。ただ、あの時の僕は体が動かなかったから、そんな事は考えもしなかった。

だが今の僕は、自分の意思でマリエーヌに触れられる。己の欲のままに触れる事ができてしまう。

だからこそ、無防備な彼女の姿を前にして自分が何をするのか分からない。

今もまだ荒ぶる胸の高鳴りを感じながらも、必死な思いでマリエーヌの体から視線を逸らした。

それでも部屋の中を漂う甘い香りにすら、僕の内にはびこる欲情を掻き立てられてしまう。

——駄目だ。これ以上ここにいては……！

頭の中を支配する獣じみた思いをなんとか抑え込み、足早に部屋を後にした。

廊下に出ると、閉じた扉に背を預け、そのままズルズルと床へへたり込んだ。

汗ばむ額を抱えて項垂（うなだ）れると、ハァーッ……と熱の籠（こ）もった息を吐き出した。

——危なかった。あのまま彼女の傍に居たら、僕はきっと……。

その先を想像してしまい、カァッと顔が熱くなる。

再び頭を過る淫らな感情を振り払うべく、髪をわしゃわしゃと掻きむしった。

「〜〜〜〜〜〜!!」

——……頭を冷やそう。

邪念を振り払いながら立ち上がると、ぎこちない足取りで廊下を歩き出した。目が覚めた時、自己抑制ができなかったと反省した矢先からこのザマとは……先が思いやられる。

そう反省しつつも、少しだけ残念な気持ちになっているのには気付かないふりをした。

しばらく歩いた先で、彼女との距離が離れたからか、ようやく体の熱が引いていく。

最後にもう一度、体中の空気を絞り出すように大きな溜息を吐き出し、冷静さを取り戻した頭でこれからの事を考えた。

昨日、僕たちを蔑（さげす）んでいた使用人を一斉（いっせい）に解雇した。まだ他にも解雇すべき使用人はいるが、勘のいい奴なら、直接言わずとも自ら立ち去るはずだ。だが、さすがにこのままでは人手が足りない。マリエーヌが何不自由なく暮らすためには、まずは代わりとなる使用人をすぐに補充する必要がある。それも今までのように名ばかりの貴族ではなく、立場をわきまえ、経験も豊かな人間を。

それから彼女への贈り物も沢山用意しなければ……いや、それだけでは駄目だ。彼女の部屋以外にも女性が好みそうな装飾品を置いて、居心地の良い環境をつくるべきだ。

とりあえず、まずはその分野に詳しい人間を呼んで流行のものを調べる必要がある。あとは彼女の食事を用意するに相応しい名立たるシェフも確保しなければ……。

——やる事は山積みだな。

そう思うものの、口元には自然と笑みが浮かぶ。

全てがマリエーヌのためなのだと思うと、俄然やる気が漲ってくる。

まだ夜は明けていない。だが、今すぐにでも手を回さなければ間に合わない。

マリエーヌが目覚めるまでに、全ての準備を整えよう。

——もう、あの時とは違う。

今の僕は、何もできなかった無力な自分ではない。マリエーヌのためにできる事は沢山ある。

彼女が望むならば、なんでも叶えてみせるし、それを邪魔する者は一人残らず排除すればいい。

マリエーヌこそがこの世の誰よりも裕福で、この上なく幸せな暮らしができるようにしよう。

それが僕の存在する意味であり、この命は彼女のためだけにあるのだから。

——今度こそ、僕が必ず君を幸せにしてみせる！

その決意と共に、真っすぐ踏み出す足に力を込め、再び廊下を駆け出した。

彼女と過ごす二度目の人生

小鳥のさえずりが響き渡り、窓から差し込む朝日が廊下を明るく照らし出す。

もう何年も同じ光景を見てきたというのに、目の前に広がる景色はなんと鮮やかなのだろうか。

浄化されたように澄んだ空気を存分に吸い込み、気持ちを落ち着かせるようにゆっくりと吐き出した。それから胸元に抱える花束をギュッと握りしめ、愛する人（マリエーヌ）の部屋の前で行ったり来たりを繰り返す。ただ花束を贈るだけだというのに、なぜこんなにも緊張するのだろうか……？

だが、僕にとっては誰かに贈り物をするなど初めての事（賄賂（わいろ）という形では何度かあるが）。今日が『初めて僕からマリエーヌへ花束を贈った日』という、記念すべき日になるのは間違いない。

——それにしても、初めての贈り物が花束だけとは、さすがに安直すぎるだろうか？

だとしても、今すぐ彼女へ用意できるものはこれしかない。それにこの花束は、今まで彼女が僕に贈ってくれた花々で作ったもの。だからきっと気に入ってくれるはずだ。

毎朝、僕に微笑みかけ、花を差し出してくれた姿を思い出すだけで、胸の奥がじんわりと温かくなる。あの笑顔を見るたび幸せな気持ちに包まれて、彼女と過ごす一日が始まる喜びに浸っていた。

だからマリエーヌにも、そんな風に感じてもらいたい。

喜ぶ彼女の笑顔を想像すれば、思わず口元が緩みだす。それにしても、こんなにも表情筋が動くのも初めての経験なのだが、変ではないだろうか……？　やはり彼女の前ではもっと平静を装うべきか……？　なんでも、世の女性は余裕のある男が好きだと聞いた気もするが……どうなんだ？

――くっ……！　こんな事なら男女の恋愛についてもっと詳しく学んでおくべきだった！

そう悔やんでいる時、カタッと部屋の中から物音がした。恐らくマリエーヌが起きたのだろう。

忙しなく動いていた足を止めると、扉の前で直立してその時を待った。

ドキドキと心臓がうるさく鳴り響き、花束を持つ手が震え、滲む汗がじわりと指を湿らせた。

なんと声を掛けようかと、考えていた何十種類もの言葉がグルグルと頭の中を駆け巡る。

その時、ガチャッと扉が開き、その中から亜麻色の髪を少しだけ乱したマリエーヌが姿を現した。

ペリドットのように美しい瞳が僕を捉えた瞬間、大きく見開かれた。まるで信じられないものでも目の当たりにしたかのように、パチパチと瞬きを繰り返しながら僕を見つめている。

そんなマリエーヌとは対照的に、僕の心は歓喜に震え上がった。


――マリエーヌだ……。


彼女がそこに存在するだけで、どうして僕の心はこんなにも震え上がり満ち足りていくのだろう。

まるで世界が生まれ変わったかのように、彼女を中心に光り輝いて見える。

その喜びに浸っていると、自然と顔が綻び、気付けば思いのままに言葉を発していた。

「マリエーヌ、おはよう。昨日はどうもありがとう。君の献身的な介抱のおかげですっかり体調が良くなったよ」

直前まで悩んでいたのが嘘のように、僕の口からは流暢（りゅうちょう）に言葉が綴られていく。

「たった今、中庭で君のように可憐に咲き誇る花々を摘んできたんだが、受け取ってもらえるだろうか。もちろん、マリエーヌ以上に可憐な花なんてこの世に存在するはずがないんだが」

その台詞と共に、彼女へ花束を差し出した。

目を見開いたまま硬直していたマリエーヌだったが、しばらくして僕と花束を交互に見つめ、

「あ……ありがとうございます」

戸惑いながらも、両手で丁寧に花束を受け取った。その花束をジッと見つめるマリエーヌは、困惑しながらも柔らかく目を細めた。その反応に、僕の体中が多幸感で満ち溢れ叫び出しそうになる。

——初めての贈り物を、受け取ってもらえた。喜んでもらえた……。

『ありがとう』と、お礼を告げられた。

嬉しくて堪らない。

「……あの……公爵様？」

「な……なんだ!?」

「!!」

唐突にマリエーヌから声を掛けられ、思わず声を張り上げてしまった。その声にマリエーヌはビクッと肩を跳ねさせ、表情をこわばらせる。

「あ……す、すまない。んんっ……なんだい？　マリエーヌ」

自分の余裕の無さが情けない。

嬉しさのあまり大声を出し、怖がらせてしまうとは……何をやっているんだ。

そう反省する僕の顔を窺いながら、マリエーヌはおずおずと口を開いた。

「えっと……本当に、お体はもう大丈夫なのですか？」

「ああ。見てのとおり、もうなんともない」

「でも、病み上がりですし……念のため、お休みになられた方がよろしいのではないでしょうか？」

眉尻を下げ、僕を気遣うその姿に、じーんと胸が熱くなる。

「マリエーヌ……そんなに僕の心配をしてくれるなんて……やはり君は優しいな……。だが、本当にもう熱は下がったんだ。……それでも、もし気になるのなら……触れて確かめてもらってもいい」

「………………え？」

キョトン、と目を丸くしてマリエーヌは再び固まってしまった。

これを好機とばかりに、その手で触れてもらおうと思った魂胆がバレバレだっただろうか……？

いっその事、触れて確かめてほしいとはっきり伝えた方が潔かったかもしれない。

次の機会があれば、もう少し踏み込んでみるか……。

一方でマリエーヌはというと、触れるどころか怪訝そうな様子で僕を見つめたまま、胸元に置く手をギュッと握りしめている。――残念だが、触れてくれそうな感じは全くしない。

そんな姿に、未練たらしくも僕の口からは言葉がついて出てくる。

「君が僕に触れて熱がないのを確かめれば、僕の言う事が偽りではないと分かってもらえるだろう。手でも顔でも……君にならどこに触れてもらっても構わない。……いや、触れてほしいんだ」

最後の言葉は、少し食い気味に言い放った。

だが、マリエーヌは握りしめる自分の手に力を込め、硬い表情のまま口を開いた。

「い……いえ……公爵様が大丈夫とおっしゃるのなら……きっと大丈夫なのだと思います」

「……そうか。触れてはくれないのか……」

「……」

がっくりと肩を落として呟いた僕の言葉に、マリエーヌは目を真ん丸にして唖然としている。

触れてくれないのは心底残念ではあるが、そんな彼女の姿すらも可愛くて仕方がない。初めて見るその姿に今すぐ抱き締めたい衝動に駆られたが、そこは渾身の力で耐え忍んだ。

だが、やはりどうしても彼女の温もりを感じたい。今の姿が幻ではないのだという確証がほしい。

――どうにかして、マリエーヌに触れられないだろうか。

その時、ある光景が頭の中を過ぎった。

それは男性が女性に対して行う社交辞令的なもの。だが、僕から誰かにそれをした事は一度もない。相手に媚びを売るようなその行為を毛嫌いしていたのもあるが、それ以上に他人に触れたくなかったからだ。友好関係を結ぶ場で、手を握り合う行為すらも僕にとっては不快でしかなかった。

しかしその相手がマリエーヌだというのなら、なんの問題もない。むしろ喜んでそれをしてみたいと思う。それにこれなら自然に、彼女に触れられる……！

期待に胸が膨らむのを感じながら、気付けば口を開いていた。

「マリエーヌ」

その名を呼ぶと、固まっていたマリエーヌの体がピクリと反応した。直後、カァッと頬を赤く染め、戸惑い震える瞳で僕を見つめる。それに応えるよう、僕もその瞳をジッと見つめ返した。

長い間、その瞳と会話してきた僕には、その内に秘められた感情も少しだけ感じ取れる。

――どうやら僕に名前を呼ばれるのは、彼女にとっても悪い事ではないようだ。

そう安堵すると、僕はゆっくりと手を差し出し彼女の左手を取った。触れた瞬間、綿のように柔らかかったその手が、一瞬で石のように硬くなった。

彼女の緊張が直に伝わってくる。それでも、指先から伝わる温もりが……彼女と共に過ごした日々の記憶と、自分の中に閉じ込めていた彼女への想いを呼び起こし……じわりと視界が歪んだ。

――マリエーヌの手だ。

目の前でマリエーヌを失った時、二度とこの温もりには触れられないのだと嘆いた。

その手が……今、僕の手の中にある。透き通るように白く、細くてしなやかで美しい手。それでいて常に優しい温もりを宿し、僕を励まし続けてくれた。たとえどんな辛い状況に追いやられたとしても、いつも僕を守り導いてくれた救いの手。何度この手に救われただろうか……。

――ただただ愛おしくて堪らない。

そんな熱い想いを噛みしめ、自らの口元へとその手を持ち上げた。そしてゆっくりと顔を近付け、その甲に口づけをする。

その瞬間、ビクッと手が震えた。それでも僕の唇を拒絶する様子はなく、どうやら受け入れてくれたらしい。カチカチに硬くなっていた手が、だんだんと綻んでいくのが分かる。

それからしばらくして、名残惜しく思いながらもその手から唇を離した。顔を持ち上げてマリエーヌを見据えると、その顔は真っ赤に染め上がり、恥ずかしそうに瞳を潤ませていた。

そんな愛くるしい姿を見るのも初めてで、抑えきれない想いを口にしていた。

「愛してるよ」

「……!!」

マリエーヌは驚きを隠せない様子で目を見開くと、気まずそうに視線を逸らした。それから恐る手を引っ込めた彼女は、僕が口づけた箇所に触れながら消えそうな声で訊いてきた。

「あ、あの……公爵様……やっぱり……まだ、お熱があるみたいなのですが……？」

どうやら僕の想いは、真に受けてもらえなかったようだ。

だが、こうして伝え続けていれば……いつかきっと、信じてもらえる時が来るだろう。

「ああ。それはきっと、僕が君に恋い焦がれているからだ」

「……」

どうしたものか。どうも僕は、マリエーヌを前にすると思いのままに言葉が溢れてしまうらしい。

必要以上の言葉を発しなかった前の僕からは到底考えられない事だが。

伝えたくても伝えられなかった言葉の数々が、僕の中にずっと蓄積され続けていたのだろう。それでも、そんな僕の言葉を聞いてまんざらでもない様子の彼女を見ると、それも悪くないと思えた。

次の日、その次の日も。朝、目覚めると僕はすぐに中庭へと向かった。
中庭でマリエーヌと一緒に過ごした思い出に浸りながら、彼女へ贈る花を選ぶのはなんとも言い難い至福の時間だった。その花を自らの手で渡せるのだと想像するだけで、舞い上がる気持ちを抑えきれず、気付いた時には両手一杯に抱えるほどになっていた。
何束にもなってしまった花束を抱える僕を見て、彼女は口をポカンと開けたまま固まった。だが、そんな姿もまた可愛らしくて、嬉しくて……胸が一杯になった。しかし一度に受け取りきれずに困らせてしまったので、次からは気を付けようと深く反省した。

　何も無かった彼女の部屋が、僕の贈った花で少しずつ彩（いろど）られていく。喜ばしい変化だ。

　変わった事は他にもある。マリエーヌの身の回りを世話する侍女の存在だ。

　新しく雇った侍女たちは、言わば労働階級の人間。今までの僕なら、そんな身分の人間をこの屋敷に呼ぶなどありえなかった。だが人間性を推し量る上で、階級など無意味だというのは前の人生で思い知った。ましてや階級（それ）を気にする貴族たちにとって、男爵令嬢から公爵夫人に成り上がったマリエーヌの存在は面白くないのだろう。その事が彼女をより辛い境遇にさせてしまった要因だと思うと尚更、そんな人間を雇う気にはなれなかった。

　とりあえず臨時で三日間という契約の下、身なりが良いとは言えない彼女たちを公爵邸に招き入れた。新しく侍女となった彼女たちと初めて対面したマリエーヌは、その身分を気にする事なく腰を低くして挨拶を交わした。そんな姿に、侍女たちはしばし目を見張って固まっていた。まさか自分の主人となる人物が、自分に向けて頭を下げる姿など想像もしていなかったのだろう。

　マリエーヌとの挨拶を終えると、誰もが彼女の下で働ける喜びに目を輝かせていた。ほんの僅かな時間ではあったが、早くもマリエーヌの素晴らしい人柄に心惹かれたようだ。なかなか人を見る目がある、と正直感心した。まあ、女神でもある彼女を前にしてそうなるのは当然だが。

　それにマリエーヌも、誠心誠意働く侍女たちをすぐに気に入ってくれたようだ。

　侍女と会話するマリエーヌは、とても朗らかでよく笑っている。……その姿には嫉妬すら覚えてしまうが。先ほども仲睦（なかむつ）まじく会話する姿を見かけ、つい相手の侍女を睨んでしまった。

　我ながら情けない。もっと広い心を持ち、余裕のある男だと思ってもらわなくてはならないというのに。彼女の事となると、どうも感情を上手く制御できない。

なにはともあれ、侍女たちに関しては契約期間を延長しても問題ないだろう。

それに、マリエーヌの専属侍女となる人間も選定できた。

当初はマリエーヌに気に入った侍女を一人選んでもらい、専属侍女を決める予定だった。だが、それをマリエーヌに伝えると『皆さん本当に良くしてくださいますので、一人だけ選ぶというのはちょっと……』と、言葉を濁した。それならばと、代わりに僕が専属侍女を指名した。

リディアという一風変わった侍女を。

どうやらリディアは嘘がつけない体質らしく、そのせいで職場を転々としていた経歴がある。

その体質は、僕の前でも例外なく発揮されるようだ。リディアが初めてここへ来た時、マリエーヌの部屋の前で『お前たちが今から目にする人物は神だ』と伝えた僕に、『それはもしかして死神ですか？』と訊いてきた時にはさすがに殺意が湧いたが。

しかし考えようによっては、リディアは利用価値があると言える。その体質を利用すれば、マリエーヌの正直な気持ちを聞きだせるかもしれない。他の奴らみたいに建前だけで適当に取り繕い、僕の機嫌取りをする事もないだろう。

それに侍女たちの中でも、特にマリエーヌを慕っていたのはほかでもないリディア自身だった。

それでも何か問題を起こすようであれば、今まで通りここから追い出せばよい。それだけだ。

これで僕が仕事で傍に居られない時も、マリエーヌの周りには常に誰かがいる。もう彼女に寂しい思いはさせない。彼女を慕う人たちに囲まれて、朗らかで充実した日々を送る事ができるだろう。

――と、そこまでは良かった。

全て順調にも思えた……が、一番重要なところが上手くいかない。

それは、僕とマリエーヌの関係だ。

あれから僕は、毎日のように彼女の名を呼び、溢れんばかりの彼女への愛を言葉にして伝え続けている。それから手を繋いで一緒に中庭も散歩した。それはもう夢のような時間だった。

最初はマリエーヌも少し緊張していたようだが、庭に咲く花々を見て柔らかく笑う姿は、やはりこの世の何よりも美しかった。他にもドレスやアクセサリーなど、女性が好みそうなプレゼントも集められるだけ集めて贈った。山積みになったプレゼント箱を前にして、マリエーヌは目を丸くさせながらも、『ありがとうございます。大切にします』と言って受け取ってくれた。

食事の時間も常に一緒にいるし、仕事の合間を縫って会いにも行っている。以前と比べて、マリエーヌと一緒にいる時間は格段に増えた。僕たちの関係もずっと良くなっているし、仲が深まってもおかしくないはずだ。

それなのに……なぜか、彼女との距離が縮まった気がしない。

上手く説明し難いが……僕と彼女の間には、何か見えない壁があるようにも思える。

何よりも彼女は――僕と目を合わせようとしない。

たとえ目が合ったとしても、どこか気まずそうにしながら逸らされてしまう。

僕の体が動かなかった時、マリエーヌはよく僕の目を見てくれていた。僕の気持ちを読み取ろうと……伝える事のできない思いを探るように。そうやって、僕を知ろうとしてくれた。

――だが、今のマリエーヌは……僕を知ろうとしていない。

僕がどれだけ心を開こうとも、彼女は決して足を踏み入れない。

まるで自分にはそんな資格がないと、諦めるかのように……。

僕が伝える愛の言葉も、やはり信じられていないのだろう。

『私なんかが愛されるはずがない』

俯く彼女を見ていると、そんな言葉が聞こえてきそうだ。

そうした姿を目にするたび、違和感を覚えずにはいられない。僕が知っているマリエーヌは、もっと凛とした強い女性だった。僕を苦しめる人間に対して、強固な姿勢で臆する事なく立ち向かう姿を何度も見てきた。その勇敢な姿に、どれだけ感動させられただろうか。

使用人たちからどれだけ冷たい視線を浴びせられようとも、弱音を一切吐く事なく常に堂々としていた。それでいて、二人きりになれば、女神のような慈愛に満ちた微笑みを僕に向け、疑う余地のない優しさで接してくれた。

その姿を知っているからこそ、今の彼女は、あの時と比べるとまるで別人のようだ。

——なぜ、マリエーヌはあんなにも自信なさげに下を向いているのだろうか。

だからと言って、僕がマリエーヌを思う気持ちに何も変わりはないが。

どんな彼女であろうとも、僕は全てを受け入れられる。

だが……なぜだろうか。

今の彼女を見ていると、体が動かなかった僕と一緒に居た時の方が——。

——いや、そんなはずはない。

だって今の彼女の周りは、沢山の物や人で満たされているじゃないか。

僕だって、たとえ今は信じてもらえなくても、彼女への愛を惜しみなく伝えている。

あの時よりも、彼女を取り巻く環境はずっと良くなっているはずなんだ。

それだけは間違いない。そうでなければおかしい。

だから、きっと気のせいだ。


あの時の彼女の方が……今よりも幸せそうにしていたなんて――。

焦りと苛立ち

『女性は異性から好意を持たれる事に喜びを感じ、相手を意識し始める。まずは積極的に口説くべし』

『積極的に距離を詰められると女性は引いてしまう。口説く時は慎重に。押して駄目なら引いてみるべし』


「なぜ全く逆の事が書かれているんだ！」

執務室に響き渡るほどの声を張り上げ、手にしていた本を机の上に叩き付けた。

その衝撃で、積み重なっていた書類がパラパラと崩れ落ち床に散乱する。だが、今はそんなものに構う余裕もない。両肘をついて頭を抱えると、苛立ちを溜息に込めて吐き出した。机の上には『恋愛指南書』と呼ばれるものが乱雑に置かれている。これらは全て二階の書庫から持ってきたものだ。

僕が幼い頃、書庫の書物を読み漁っていた時に、『女性を口説く方法』『女性が喜ぶ言葉』などと書かれた書籍を数冊発見した。なぜそんなものが公爵邸（こんなところ）の書庫にあるのだろうと、しばし疑問に思った。一瞬、父親の顔が脳裏を過ったが、そんなありえない考えはすぐに捨て去った。興味本位でそれを手に取り、パラパラと目を通してみたものの、その内容のくだらなさに嘲笑（ちょうしょう）し、投げ捨てるように元の場所へと戻した。

それをまさか、今になって引っ張り出す事になるとは。

とりあえず、それらしいものを全て執務室に持ち込み、一通り読んではみたのだが……何だこれは？

全くもって当てにならない。

著者によって書いてある趣旨が異なるし、今のように同じ書物の中ですら矛盾が存在する。積極的に口説いた方が良いのか、抑えた方が良いのか……結局、答えが分からないではないか。

他にも、散々偉そうな口ぶりで、さも全てが正しいかのように書き綴った挙句、『恋愛に正解はない』などとぬかすものまである。

なぜ、こんな曖昧でふざけたものが世に出回っているんだ？　これを書いた人間を吊し上げて剣先でも突きつければ、意地でも正解を編み出すんじゃないのか？　なぜそうしなかった？

――くそっ……とんだ無駄な時間を過ごした。

「はぁ……」

再び重い溜息を一つ吐き出すも、気分は全く晴れない。重苦しい胸の内が虚しくなるだけだ。

「あのぉ……公爵様？」

どうすればもう一度、マリエーヌの笑顔を見られるのだろうか……？

今も笑ってくれてはいるが……あの時、僕に見せてくれていた笑顔とは何かが違う。

他人行儀のようにも見えるし、どこか不自然だ。

認めたくはないが……侍女と話をしている時の方がよほど自然に笑っている。

――なぜだ？　僕たちは正真正銘の夫婦。僕こそが誰よりも彼女に近しい存在のはずだ。

それなのに、笑わせる事もできないなんて……こんな状態で、本当に僕はマリエーヌを幸せにできるのか……？

「公爵様……聞こえてますか？　公爵様ぁ？」

――そうだ……人参だ！　人参を食べれば、またあの時のように笑ってくれるかもしれない！

……だが、人参はここでは仕入れていないはず。ならば次の仕入れから人参を……いや、それでは遅すぎる。今すぐ市場に行って人参を――。

「公爵様……公爵様ぁ……！　いい加減に――」

「さっきからうるさいな貴様は！　人が真剣に考えている時に口を挟むな！」

「はっ！　申し訳ありませ――って、なぜ私がキレられなきゃいけないんですか！」

さっきから鬱陶しく声を掛けてきていたのは、補佐官のジェイク。

昨日、出張先から帰って来たコイツは、どういう訳か僕の行動にいちいち口を挟んで邪魔をしてくる。今までは従順な部下としてそれなりに評価していた。それが今は文句でも言いたげな顔でこちらを睨んでいる。まさに飼い主に牙を剥く犬、といったところだろうか。

ジェイクは握りしめた拳を胸元でプルプルと震わせ、白い歯を剥き出しにして吠え始めた。

「公爵様！　あなたは午前中、何度もここを抜け出しマリエーヌ様の所へ向かったあげく、結局仕事は何も捗りませんでしたよね⁉　それなのにマリエーヌ様との昼食を終え、ようやく真剣に仕事に取り掛かり始めたかと思った矢先に急にキレだして……何事かと思えば、またこんな本を読んでいただなんて……！　一体いつになったら仕事をしてくれるんですか⁉」

「マリエーヌが幸せになったらだ！」

「くうぅっ！　否定しづらい回答ですね！　それは素晴らしい心意気だとは思いますが、今は仕事の時間です！　仕事をしましょう！　マリエーヌ様の幸せも大事でしょうが、優先順位はきちんと守ってください！」

「優先順位だと？　僕が優先するのは常にマリエーヌの事だけだ！　マリエーヌの次はマリエーヌ！　その次もまた然りだ！　順位を付けるなら最初から最後までマリエーヌで埋まっている！」

そう言い放つと、ジェイクは白目を剥いて固まった。——かと思ったが、すぐにグリンッと青い瞳を取り戻し、カッと目を見開いた。

「じゃあ、あなたはいつ、仕事をするんですか⁉」

「だからマリエーヌが幸せになってからだと言っているだろうが！」

「そんなの何年先になるか分からないじゃないですか！」

「……なんだと？」

——何年先……だと？　たった一人の女性を幸せにするのに、なぜそんなに時間がかかるんだ？

僕は今すぐにでも彼女を幸せにするつもりでいるというのに……何をふざけた事を……！

膨れ上がる怒りのまま睨み付けると、ジェイクは一瞬だけたじろぐも、すぐにキッと目を吊り上げ僕を睨み返した。

——コイツ……今日はやけに反抗的な態度を見せてくるな……。

そんなに仕事がしたければ、一人で勝手にすればいいだろうが。それに今日はコイツのせいでマリエーヌと過ごす時間が著しく削られている。彼女の部屋へ行っても、すぐにコイツが呼び戻しに来るからゆっくり話もできていない。それなのに、マリエーヌは遠慮がちな笑顔を浮かべ、『私は大丈夫ですので、公爵様はお仕事を頑張ってください』と言って背中を押してくる。

少しくらい引き止めてほしいのだが——それは贅沢な望みなのだろうか……。

できる事なら、僕はもっとマリエーヌと一緒に過ごしたい。

残りの人生、常に傍らに寄り添っていてほしいとすら思っている。それなのに同じ屋敷にいながら、満足に会う事もできないなんて……とても耐えられない。

今でさえも、会いたくて堪らない気持ちを抑えるのに必死だというのに……。

——それもこれも……全てコイツのせいだ。

前の人生では、コイツも僕と同様に馬車の事故に巻き込まれ——その命を落とした。

今世では、事故の要因となる隣町への視察は延期にする予定だ。だからコイツも死の運命から逃れられるだろう。——それなのに、その恩も知らずに僕の邪魔をするというのなら、予定通り視察を決行し、コイツだけ行かせるか？ ——いや、わざわざその日まで待つ必要もない。

どうせ死ぬのなら、今この場で手を打っておくのも悪くはないだろう——。

「ああ……そうだな。お前の言う通りだ」

「……え？」

納得するように呟くと、ジェイクは意表を突かれたのか目を丸くした。

「優先順位は守らなければならない。今、目の前にある事を優先してやるとしよう」

「……！　公爵様！　ご理解いただけましたか！」

歓喜の声を上げ、喜びに満ちた顔でこちらを見つめるジェイクに、感情を殺した笑みで答える。

「ああ。さっそくだが、そっちの机にある書類もまとめて持ってきてくれ」

「は、はい！　今すぐに！」

濁り水のような瞳を輝かせると、ジェイクは機敏な動きで長机へ向かい、書類をまとめだした。

その後ろ姿に冷めた眼差しを向けたまま、椅子から静かに立ち上がった。

向かう先はすぐ目の先。意気揚々と書類を手に取るジェイクは、気配を消して背後に立つ僕に全く気付いていない。無防備な背中を前に、胸ポケットから万年筆を引き抜くと、親指でキャップを弾いて逆手に持ち替えた。そして尖ったペン先をジェイクの首元に向けて振りかぶり――。

「お待たせしまし――え……？」

ヘラヘラと締まりのない笑顔で振り返ったジェイクは、僕の姿を見るなり瞬時に表情を凍り付かせた。その間抜け面めがけて、万年筆を持つ手を一思い(ひとおも)に振り下ろす。

「うわあああああああ⁉」

叫び声とほぼ同時に、ガツンッ！　と鈍い音を立ててペン先は机に突き刺さった。

ギリギリのところで躱(かわ)され、小さく舌打ちする。ジェイクはこれでも一応は元騎士。多少、運動神経に優れているとはいえ、以前の僕なら今ので確実に仕留めていた。やはり体を動かす感覚がまだ鈍っているのだろう。

机に突き刺さった万年筆を引き抜くと、机にしがみつき魚のようにパクパクと口を開閉させるジェイクを見下ろす。

「は……？　え……？　な……な……何をするんですか⁉　私を殺す気ですか⁉」

「優先順位を守れと言ったのは貴様だろう？　今、僕が優先すべき事は、邪魔な貴様を消す事だ」

「……え？」

再びポカンと口を開いたその顔から、サーッと血の気が引いていく。

ようやく状況を理解したのか、ジェイクは途端に滝のような汗を流し始めた。ピクピクと引き攣った笑みを浮かべ、掠れた声で僕に話しかける。

「はっははは……何をおっしゃいますか。公爵様が常に優先するのはマリエーヌ様ですよね？　優先順位の一番から十番まで全てマリエーヌ様であって、私の入る余地なんて全くありませんよね⁉」

「当然だ。だが、そこまで言うのなら一瞬だけ入れてやろうと思ってな。ありがたく思え」

「いえ！　全く嬉しくないんですけど⁉」

「遠慮するな」

「してませんてぇぇぇ‼　え……ちょ……公爵様‼　とりあえず落ち着いて話し合いませんか⁉」

「必要ない。これから死ぬ人間と話をしても無駄なだけだ」

声を張り上げ懇願するジェイクに構う事なく、握りしめる万年筆に力を込めた。その動きを察してか、すぐさまジェイクは視線だけを動かし退路を探しだす。

――さすが勘の良い男だ。殺すのは惜しいが……次は外さん。

踏み込む足に力を入れて、神経を研ぎ澄ます。ためらう必要はない。一思いに楽にしてやる――。

「公爵様！　マリエーヌ様の幸せについて、私もぜひご一緒に考えさせていただきたく存じます！」

切羽詰まったジェイクの叫び声に、踏み出そうとした足を止めた。

首を傾げて、水でも被ったように汗まみれのジェイクに問いかける。

「貴様が何か役に立つとでも？」

「……ええ。少なくとも、公爵様が読んでいた本よりはお役に立てるかと」

「……」

はっきり言ってこの男が当てになるとは思えない。——だが、今はとにかく少しでも情報がほしい。そこまで自信ありげに言うのならば、聞いてみるのもいいだろう。

「……言ってみろ」

手にしていた万年筆を机の上に置き、近くの椅子に腰掛ける。するとジェイクは安堵したように、ハァァー……と深いため息を吐き出し、ヨロヨロと机を支えにして立ち上がった。

それから不服そうに顔を持ち上げ、への字に曲げた口を開く。

「公爵様。差し出がましい事を申しあげますが……今すぐにマリエーヌ様を幸せにするのは難しいと思われます」

「……それはなぜだ？」

不快に眉をひそめて問うと、ジェイクは口元に手を当て考える仕草を見せた後、僕を見据えた。

「公爵様は、マリエーヌ様のこれからの人生が、幸多からん事を願っている訳ですよね？」

「ああ。そうだ」

何の救いもなく終焉（しゅうえん）となった前の人生の分も、彼女には幸せになってほしい。

溢れんばかりの愛に満たされ、笑顔の絶えない充実した日々を送れる事こそが、僕の思い描く彼女の幸せだ。そのためには、僕はどんな事だってしてみせる。

「それでは、マリエーヌ様が幸せになるのなら、公爵様はお傍に居なくてもよろしいのですか？」

「――――！」

声にならない衝撃を受け、それと同時に頭を過ったのはマリエーヌを口説くレイモンドの姿だった。あの時に感じた絶望感。彼女を失うかもしれない恐怖が鮮明に蘇り、激しい眩暈を覚える。

――マリエーヌが……他の誰かと……？

それを想像すれば、猛烈な失望感と狂おしいほどの殺意が頭の中を支配していく。

「いや……それは駄目だ」

――それだけはできない。

もう僕は、マリエーヌのいない人生なんて考えられない。

「マリエーヌを幸せにするのは僕だ！　僕が誰よりもマリエーヌの事を愛しているのだから！　僕以上にマリエーヌを幸せにできる奴などいるものか！　他の奴が彼女の傍にいるのを想像するだけでも、その存在を消さずにはいられない！」

「でしょうね。私の事も抹殺しようとするくらいですし。――つまりマリエーヌ様を幸せに導くのは公爵様であり、公爵様自身もマリエーヌ様と共に居たいと」

「……ああ。そうだ」

――そうでなければ……僕がここに存在する意味はない。

僕はマリエーヌを幸せにするためだけに、ここへ戻って来たのだから。

「では公爵様。それを実現させるためには、まずは公爵様とマリエーヌ様の間に信頼関係を築かなければいけません」

「信頼関係だと……？　何を今更……僕はマリエーヌを信頼しているし、心から愛している。信頼関係なら、もうとっくに築けているはずだ」

「いやいやいや。公爵様はそうだとしても、マリエーヌ様はそうではないでしょう。公爵様は高熱で寝込む前まで、マリエーヌ様にどのような態度を取っていたのか、お忘れではないですよね？」

その言葉に、ピクッと眉尻が微動する。自信に満ちていた気持ちが沈んでいくのを感じた。

「……もちろんだ。忘れるはずがない」

「それは安心しました。では、考えてみてください。一年間、自分の存在を無視し続けてきた相手に、ある日突然、『愛してる』なんて言われたら……当然、信じられるはずがないですよね？　むしろ何か裏があるのではないかと勘ぐってしまいますよ」

「それは……そうだが……しかし、僕もマリエーヌに信じてもらうために、毎日彼女への愛を惜しみなく伝えている！　贈り物だって沢山……それでもまだ足りないというのか!?」

「当然です」

はっきり即答すると、ジェイクは軽蔑(けいべつ)するような眼差しを僕に向け、淡々と告げた。

「というか、公爵様がマリエーヌ様を愛するようになったのは六日前からですよね？　まだたったの六日間。それだけで一年間も無視し続けてきた相手と関係を修復するなんて無理な話です。一度壊れてしまった関係を築き直すには、もっと長い期間が必要になりますから。特に公爵様の場合は、ゼロからのスタートどころかマイナスからのスタートですからね。マリエーヌ様がこの一年間に受けた心の傷は、そう簡単に癒せるものではないでしょうし」

その言葉一つ一つが僕の心を深く抉り取り、何も言い返す事などできなかった。

——そんな事、言われなくても最初から分かっていた。

それなのに……マリエーヌと再会を果たした事で、少し浮かれていたのかもしれない。彼女を今度こそ幸せにできるという思いが先走って……軽卒だった。これまでの僕がどれほど彼女を傷つけてきたのか……その罪を棚に上げ、あわよくば好きになってもらいたいだなんて——。

込み上げる自身への怒りに、拳を強く握りしめた。

だが、それだけじゃない。もう一つ、僕の心に深く突き刺さった言葉があった。

「そうか。僕とマリエーヌの関係は……まだ、たったの六日間でしかないのか……」

そんな当たり前の事まで、忘れていた。

前世で僕と彼女が共に過ごした期間は四ヶ月にも及ぶ。四ヶ月という期間が長いと言えるかは分からないが……その間、僕たちは毎日を共に過ごした。それは互いを知るには十分な時間だったと思う。何よりも、あの時の僕たちには、他に味方なんていなかったから。

僕にはマリエーヌしかいなかったし、マリエーヌにも……僕しかいなかった。たとえ言葉を交わせなくとも、僕たちの絆は誰よりも強く結ばれていたはずだ。

だから勝手に思い込んでいた。僕さえ彼女に優しくすれば、僕たちの関係はすぐに良くなると。

思い返してみれば、僕だって最初はマリエーヌを警戒していた。その優しさを素直に受け入れられず、どうせ何かもくろみがあるのだろうと決めつけ、信じようとしなかった。それでも僕が彼女を信じられたのは、何も返せない僕に対して、どんな時でも優しく接してくれたからだった。

——悔しいが……ジェイクの言う通りだ。

「まだ先は長い……という訳か」

「そういう事です。ですから、焦っても仕方ありません。長期戦で考えるべきです。――という訳で、まずはマリエーヌ様からの信頼を得るためにも、今、やるべき事をやりましょう。さあ、公爵様。目を凝らしてよぉくご覧ください。この山積みになっている大事なお仕事の数々を……!」

「ああ……そうだな」

その書類の山を遠目で見据え、重い腰を上げた。

そして期待に瞳を輝かせるジェイクの隣を通り過ぎ、廊下につながる扉へと向かう。

「――って、言ってるそばから何処へ行くつもりですか⁉　まさかこの期に及んでまたマリエーヌ様の所へ行くと――」

「人参を買ってくる」

「…………………はい？」

長い沈黙の末、硬直したジェイクの口からそれが発せられたのは、僕が執務室から退室した直後だった。

◇◇◇

ジェイクを執務室に残し、市場へ向かうべく廊下を歩いている時――。

「マリエーヌ様！　大丈夫ですか⁉」

廊下の向こうから微かに聞こえたリディアの声に体が反応した。

――⁉　マリエーヌ……何かあったのか⁉

即座に猛スピードで廊下を駆け抜け、マリエーヌの部屋に着くなり蹴破る勢いで扉を開けた。

「マリエーヌ！」

紅茶らしき芳潤な香りが漂う室内。その中に響き渡った僕の声に、マリエーヌとすぐ傍に居たリディアが同時にこちらへ顔を向けた。

「あ……公爵様……？」

マリエーヌはキョトンとした顔を僕に向け、大きな瞳をパチパチと瞬きする。

とりあえず、無事な彼女の姿を確認できてホッと胸を撫でおろした。

それから状況を把握すべく、周囲に視線を走らせた。椅子に座るマリエーヌの前に置かれた丸テーブル。恐らくはお茶の時間を楽しんでいたのだろう。その上には焼き菓子が並んだケーキスタンドと、横たわったティーカップ。そこから零れ落ちた紅茶がテーブルクロスを濡らし、床に滴り落ちている。

どうやらそれがマリエーヌのドレスにもかかったらしく、リディアが布巾(ふきん)で拭き取っている。

そして二人から少し離れた位置に置かれたテーブルワゴン。その隣に佇む一人の侍女。口元を手で覆い、血の気が引いたように真っ青な顔で全身をふるふると震わせている。侍女が見つめる先にはマリエーヌがいるが……その視線はマリエーヌの手元に向けられているようにも見える。

嫌な予感に急かされ、足早にマリエーヌの傍へと歩み寄った。

「マリエーヌ。大丈夫か？」

僕が近付くと、マリエーヌは丸テーブルの下へ素早く右手を移動させた。

その不自然な動作がひっかかる。何かを隠しているようにも見えたが。

すると、マリエーヌはどこかぎこちない笑顔をこちらに向けた。

「公爵様、私は大丈夫です。……ですが、申し訳ありません。粗相をしてしまって……せっかく贈っていただいたドレスを汚してしまいました」

「いや、それは気にする必要はない。また新しいものを用意すれば良いだけだ。それよりも、その右手を見せてくれないか？」

「……！」

僕の要求に、マリエーヌはギクリと反応して体を硬直させた。

それからすぐに困ったような笑みを浮かべ、艶のある唇を開いた。

「えっと……見ても何もないと思いますが……？」

「何もないのなら見ても構わないだろう？」

「……」

どうやら僕が引く気がないのを察したらしい。マリエーヌは観念したように右手を僕に向けてゆっくりと差し出した。露になった右手の甲は、痛々しく真っ赤に染まっている。

「……！　これは……紅茶が手にかかったのか⁉」

「少しだけです。でも、たいした事はありませんので」

「たいした事がないものか！　こんなに赤くなっているじゃないか！」

リディアもその手を見るやいなや、即座に立ち上がった。

「マリエーヌ様！　すぐに冷やしに参りましょう！」

リディアはマリエーヌの左手を取ると、半ば強引に椅子から立ち上がらせた。そのガサツな行動は腹立たしいが、火傷したとあらばすぐに冷やさなければならない。今だけは目を瞑ろう。

「リディア。マリエーヌを頼む。直ちに医者を呼び、丁重に処置してもらうように」

「はい、かしこまりました。マリエーヌ様、参りましょう！」

「あ……」

マリエーヌは何か言いたげにこちらへ視線を送るが、リディアにグイグイと手を引かれながら部屋を後にした。

できる事なら、僕も彼女の傍に付いていたい。手当てが必要なら、僕がそれをしてあげたいし、不安になっているであろう心も僕が寄り添い慰めたい。

だが——まずはこちらの処分が先だ。

僕の視線は、その対象となる人物を捉えた。

部屋に一人残された侍女は、真っ青な顔で瞳に零れ落ちそうなほどの涙を溜め、マリエーヌたちが出て行った扉を見つめている。ふいに僕と目が合うと、その顔は更に絶望的な表情へと変化した。

不自然に目を伏せ戦慄（せんりつ）するその姿から、何があったかは察しがつく。

「あ……あ……」

かすれた声で意味のない言葉を繰り返す女に、静かに言い放った。

「何があったのか、説明しろ」

女はビクッと大きく肩を揺らすと、崩れ落ちるようにその場にひれ伏した。

「申し訳ございません！　私が……あ……誤（あやま）って紅茶を零してしまいました！」

「……誤って……だと？」

「は……はい！　ティーカップを置こうとした時に眩暈（めまい）がして……それが……マリエーヌ様の手にか

かってしまって！　本当に、申し訳ございませんでした!!」

眩暈がしただと……？　それは言い訳か？

淹れたての紅茶がどれだけ熱いものなのか、分かって言っているのか？

——信じられない……なぜ、そのような事に……。

脳裏を過るのは、かつて義妹（あの女）に傷つけられた彼女の右手。痛々しく腫れ上がった傷痕（きずあと）と、つい先ほど目にした火傷の痕が重なり、あの時に感じた屈辱感が蘇った。

二度とあんな思いはさせたくなかった。絶対に守ってみせると心に決めていたのに。

——この女のせいで、再び彼女の手に傷を負わせてしまった。

腸（はらわた）は煮えくり返るほどに熱くなり、沸々と込み上げるのは激しい憤り。心臓の鼓動はドクドクと速度を増すが、今は落ち着けと自分に言い聞かせた。——だが、とても冷静ではいられない。

目の前に、マリエーヌを傷つけた人物がいるのだから——。

「マリエーヌに傷を負わせて、そんな謝罪で済むと思っているのか？」

「……！　も……申し訳ございません!!」

ただ謝る事しかできない能無しめ……。こんな奴にマリエーヌが傷つけられたという事実が余計に腹立たしい。それを雇った僕自身にもだ。やはり侍女の人選はもっと慎重にするべきだった。

今すぐにでもこの女を葬ってやりたい。ここがマリエーヌの部屋でなければ……即座にその首を刎（は）ねていただろう。

「こ……公爵様の仰せのままに……罰をお受けいたします！」

——ほう……？　その心意気だけは誉めてやろう。

「そうか。ならば当然、死ぬ覚悟はできているのだろうな」

「……え？　……死……？」

女は信じられない様子で顔を持ち上げ、気の抜けたような声を発した。だが、僕の顔を見るなり、恐ろしいものでも目にしたように息を詰まらせた。

馬鹿な女だ。僕が本気で言っていないとでも思ったのか？

許すはずがないだろう。彼女を傷つけた人間を――。

「当然だ。マリエーヌは神なのだと最初に伝えていただろう？　神を傷つけるなど、この世で最も重い罪。死をもって償うべきだ」

「あ……あ……あああ！　申し訳ございません‼　どうか……！　どうか命だけは……！」

女は再び頭を地に付けうるさく泣き叫ぶも、許す気などさらさらない。

マリエーヌを傷つけた罪の重さ。それを身をもって知らしめなければならない。

二度とこのような事が起きないよう、他の侍女への見せしめも兼ねてだ。

「マリエーヌ様！」

突然、リディアの叫び声が聞こえ、振り返ると部屋の入口にマリエーヌが立っていた。

ハァハァと息を切らせ、扉に添えられた右手はまだ赤いままだ。

「マリエーヌ……？」

その姿を前にして、煮えたぎっていた腹の内が急速に冷めていく。

すぐさま彼女の許へ駆け寄り、声を掛けた。

「マリエーヌ！　なぜ戻って来たんだ！　早く火傷の手当てを――」

僕が差し伸べた手は、空（くう）を切った。

マリエーヌは、僕と目を合わせる事なく隣を通り過ぎ、床にひれ伏す侍女の許へと一目散に駆け寄った。そんな彼女の行動に、心の中を泣きそうなほどに冷たい風が通り抜けた気がした。

マリエーヌは侍女の前で迷いなく両膝を地に付け、その耳元に優しく囁（ささや）いた。

「アイシャ、顔を上げてちょうだい。あなたがそこまでする必要はないわ」

アイシャと呼ばれた侍女は、恐る恐る顔を持ち上げた。腫れ上がった両目からは涙が滴り落ちている。口元を震わせてマリエーヌを見つめると、侍女は嗚咽（おえつ）交じりに言葉を発した。

「うっ……でも……マリエーヌ様……うっく……私のミスで……マリエーヌ様の手を……」

「私は大丈夫よ。それよりも体調がよろしくないのでしょう？　今日はもう自分の部屋に戻って、ゆっくり休んでちょうだい」

「ですが……！」

「何も心配しないで。体調が回復したら、また私にお茶を淹れてちょうだい。アイシャが淹れてくれるお茶はとても美味しいから、楽しみにしているわね」

「……！　マリエーヌ様……うっ……うう……」

侍女の瞳から流れる涙は勢いを増し、ひっきりなしに滴り落ちる。だが、先ほどまで絶望的だったその瞳は、今は希望を見いだしたかのごとく輝き始めた。そんな侍女に、マリエーヌは慈愛に満ちた笑顔で応える。

互いに見つめ合う二人を見て、なんとなく僕だけが一人取り残されているような虚しさに襲われた。言いしれぬ焦燥感に駆られ、少しだけ強い口調でマリエーヌに話しかけた。

「マリエーヌ。誰よりも優しい君の事だ。その侍女に情けをかけたい気持ちも理解できる。……だが、君を傷つけた罪をそう簡単に許す訳にはいかない」

僕の言葉に、再び侍女の瞳から光が失われる。カタカタと小刻みに震え出したその肩に、マリエーヌがそっと手を添えた。垂れ下がった亜麻色の髪を耳にかけると、僕をジッと見つめる。

「では、公爵様は彼女をどうなさるおつもりですか？」

問われて、言葉に詰まった。さすがにマリエーヌの前で死刑宣告をする訳にはいかない。

「……今すぐ侍女の任を解き、この屋敷から出て行ってもらう」

心外ではあるが、侍女への処罰を軽くせざるを得ない。

マリエーヌに痛みを与えたのだから、せめてそれ以上の痛みを伴う罰を与えてやるべきなのに。

だが、それでもマリエーヌは納得いかないような顔で僕を見据えている。澄みきった新緑色の瞳に見つめられ、思わず息を呑んだ。心臓の鼓動が高鳴り、顔の熱が上昇していく。

こんな時でも、彼女に見つめられる事に喜びを感じてしまうとは……。

そんな僕の内情など微塵（みじん）も気付いていないであろうマリエーヌは、真剣な表情で口を開いた。

「公爵様。彼女は十分、反省しております。どうか挽回の機会を与えてはくださらないでしょうか」

どうやら、マリエーヌは侍女をこの屋敷から追い出す事すらも重い罰だと言いたいようだ。

さすがにこれには頭を悩ませる。だが――これ以上は僕も譲れない。

「マリエーヌ。君がその侍女を庇いたいという気持ちも分かる。だが、その侍女は君を傷つけた。そんな人間を、これ以上この屋敷に置く訳にはいかない」

「ですが……彼女に悪意はありません。これは不慮（ふりょ）の事故なのです」

「それでも駄目だ。ここで彼女を許せば、他の人間にも示しがつかない。君の侍女となる人間には、それくらいの覚悟を持ってもらわなければ困る」

――マリエーヌ……どうか分かってほしい。これも全て、君のためなのだという事を。

「では、公爵様。私にも彼女と同等の罰を与えてください」

「…………は？」

――マリエーヌに罰……だと？

「な……なんで君に罰を与えなければいけないんだ⁉」

訳が分からず問いかけると、マリエーヌはゆっくりと立ち上がり、僕と正面から向き合った。

あんなにも僕と目を合わせようとしなかった彼女の瞳が、今は真っすぐに僕を見つめている。

力強い眼差しで僕を見据えるその姿が、どこか懐かしくも思えて、切なさに胸が疼いた。

「彼女がミスをしたのは、私にも責任があるからです」

「何？　火傷を負ったのは君だ……責任なんてあるはずがない！」

「いえ……私は、彼女の体調が優れない事に気付いておりました。それなのにもかかわらず、彼女を気遣う事ができずに無理をさせてしまいました。その結果がこのような事態を招く事になったのです。私があの時、ちゃんと彼女を休ませてあげていたらこんな事には……」

それを聞いた侍女は勢いよく顔を上げると、必死の形相でマリエーヌへ訴えかける。

「い……いいえ！　マリエーヌ様は休んでいいとおっしゃってくださったのに、私が押し切ってしまったのです！　マリエーヌ様が責任を感じる事などございません！」

「そうですマリエーヌ様！　でしたら、彼女にお茶の番を任せてしまった私にも責任があります！」

部屋へ戻って来たリディアもそれに応戦する。そんな二人にマリエーヌは眉尻を下げて微笑むと、首を横に振った。

「いいえ。あなたたちは悪くないわ。こういう時は、私がはっきりと言ってあげなければならなかったの。ごめんなさい。私がしっかりしていればこんな事にはならなかったのに」

「そんな！　マリエーヌ様が気に病む事は何もございません！」

「そうです！　それよりも今はその手を――」

「なぜだ……マリエーヌ……。どうして……分かってくれないんだ……？」

胸の内に秘めておきたかった本音。それが、言葉となって僕の口から零れ落ちた。

そんな僕を、マリエーヌは不思議そうにジッと見つめている。

「僕はただ、君を大切にしたいだけなのに……」

――なぜ、こんなに何もかもが上手くいかないのだろう。僕の愛するマリエーヌは目の前にいるというのに……どうして、こんなにも寂しい思いに駆られるのだろうか。

あんなにも近くに感じていた彼女との心の距離が、今は果てしなく遠い。

やっとの思いでこうして話をできるようになった。ずっと夢に見続けていた事が現実となった。

それなのに、なぜこんなにもあの日々を恋しく思うのだろう。

あの時のマリエーヌなら……僕の気持ちを分かってくれただろうか……？

しばらくして、マリエーヌが僕を気遣うように告げた。

「公爵様が私を大切に思ってくださるのは嬉しいです。ですが、私も同じように彼女たちを大切にしたいのです」

「同じように？　大切に……だと……？」

それは今の僕には酷な言葉だ。

僕がどれほどマリエーヌを大切に思っているか……この命を捧げてもよいと思えるほどの想いなのに……それが、彼女たちと同等だと……？

じゃあ——僕はどうなんだ？

僕はマリエーヌにとってどんな存在だ？

僕たちの関係はまだたったの六日間でしかない。だが、マリエーヌと侍女たちの関係も、まだたったの五日間だ。僕よりも短い。それなのにもかかわらず、僕が必死に築きあげようとしている信頼関係が、彼女たちの間にはすでに出来上がっているとでも言うのか……？

——……なぜだ。

どいつもこいつも、なぜ僕の邪魔をする？

こいつらがいるせいで……マリエーヌは僕を見ようとしない。

僕を——必要としてくれない！

誰よりもマリエーヌの事だけを想い、愛しているのはこの僕だ！

彼女をこの世で一番幸せにできるのは、僕しかいないはずだ！

積もり積もった苛立ちは、僕から冷静さを完全に消失させた。

ひどく歪み始めた思考は、やがてある結論へと達した。

――そうだ。いっその事……僕とマリエーヌ以外、全ていなくなればいい。

あの時と同じように、マリエーヌの味方が僕だけになれば……もう一度、マリエーヌは僕だけを見てくれるはずだ。

――そうだ……それがいい。今の僕には、そんな状況をつくる事さえも容易いのだから。

「マリエーヌ。もう一度、侍女の人選からやり直そう。元々は三日間という契約だ。だから今ここで彼女たちに引き払ってもらっても不当な解雇とは言わない。もちろん、今日まで働いた分の給与は支払おう」

「⁉」

僕の言葉に、マリエーヌと隣に居たリディアも驚愕の表情を見せる。不服そうな顔でこちらに歯向かおうとしたリディアをすぐにマリエーヌが手で制止し、神妙な面持ちで口を開いた。

「公爵様。それはさすがに急すぎるかと……どうかもう少しだけでも、様子を見てはくださらないでしょうか？」

「駄目だ。今すぐここから去ってもらう」

「でしたら、せめて彼女たちの話だけでも聞いてください！」

「する必要などない！　そんな価値のない人間と話をする必要は――」

そこまで言って――ハッとした。

そして気付いた。

今のこの状況が、あの時と酷似している事を。

マリエーヌに守られ、何の力も無くひれ伏す侍女が――かつての自分の姿である事を。

その瞬間、理解した。

自分が犯した過ちに。


――今、僕の目の前にはマリエーヌがいる。

力強い眼差しで真っすぐ僕を見つめるその姿は、あの時の彼女と同じだ。

僕を守るために立ち向かってくれた、誰よりも強くて勇敢な彼女の姿。

僕がずっと追い求めていた姿が目の前に――。

だが、あの時と違うのは……その視線の矛先に僕がいるという事だ。

今、マリエーヌの瞳に僕の姿はどう映っているのだろうか……？

僕を侮辱し、彼女の手に傷を負わせたあの義妹か？

それとも、一方的に僕をこの屋敷から追い出そうとしたレイモンドだろうか……？

――今の僕は、あの時とは違う。

力も、金も、権力も……何もかもがこの手にある。

言葉一つで、目の前の侍女をこの屋敷から追い出す事もできる。

嫌だと抵抗するのであれば、力でねじ伏せ従わせるだけだ。

もう、あの時のように無力な僕ではない。

一方でマリエーヌは……あの時の彼女と違うといえども、その本質は何も変わっていなかった。

大切な人を守るために、その身を盾にして立ち向かう、情が厚くて強い女性だ。

僕だけが、変わってしまった。いや……元の自分に戻ってしまったと言うべきだろうか。

マリエーヌと共に過ごした日々の中で、人の温かさ、優しさを知ったというのに……。愛される事、愛する喜びも……マリエーヌが教えてくれた。だから今度こそ、彼女に相応しい人間になれるはずだと……そう思っていた。――だが、いざこうして再び力を手にした僕は……その言動も考え方も全て、以前の冷酷な自分に戻っていた。彼女を苦しめ続けた、昔の愚かな自分に――。

――人の本質は、そう簡単には変わらない。

元々、僕は強欲で残忍な人間だ。必要なものはどんな手を使ってでも手に入れてきた。不要だと思えば、物も人も見境なく切り捨てた。その結果が、マリエーヌを悲惨な最期へと誘（いざな）ってしまったというのに……。僕はまた、同じ過ちを繰り返そうとしている。

「マリエーヌ様！」

突如、別の侍女が水の入った桶を抱えて部屋に飛び込んできた。

マリエーヌの許へと駆け付けるなり、彼女の右手を水に浸した。恐らくリディアが指示していたのだろう。その光景を、僕はただ唖然としたまま見つめていた。

――そうだった……彼女はまだ、火傷の手当ての途中で……。

それなのに僕は話を切り上げもせず、侍女を罰する事ばかりを考えて……彼女を、思いやれなかった。火傷の手当てが遅くなったのは……僕のせいだ。

視界がグラリと大きく歪んだ。グルグルと頭の中がかき回されるようにゴチャゴチャだ。

――僕は、一体どこで間違えた……？

一度死んだ身でありながらも、こうして再びマリエーヌと会う事ができた。体が動くようになり、言葉も伝えられるようになった。それなのに……！　これでは……結局、あの時と同じだ。

——マリエーヌが幸せになるために、一番邪魔な人間は……僕自身じゃないのか……？

途端に瞳の奥が熱くなり、ポツリ……ポツリ……と、何かが零れ落ちた。

「え……？　公爵……さま……？」

右手を水に浸したまま、目をまん丸くしたマリエーヌが、僕を見て呟いた。

隣に居たリディアも、顔を上げるなりギョッとする。

「え……？　公爵様……な……泣いて……え？」

動揺する彼女たちを前に、もう何を言い訳にしても無駄な気がした。

僕の冷酷な一面を再び目の当たりにしたマリエーヌは、今度こそ僕を軽蔑するだろうか。

「すまない……マリエーヌ……こんなはずではなかったんだ……」

震える声で、謝罪した。とてもここには居られなかった。

彼女の生きているこの世界で、自分が一番不要な人間ではないか。そんな気がしてならなかった。

——もう一度、最初からやり直せたのなら……。

この期に及んでそんな事を願う僕は、この世で最も情けない人物に成り果てたような気がした。

彼女の幸せ

——真っ暗だ。

何も見えない。

何も聞こえない。

体も動かない。

何もできない僕は――なんて無力な人間なのだろうか。


ガチャッ……。


「失礼します……って暗！　え……寒ぅ！　なんですかこの部屋⁉」

静寂に包まれた部屋の中。扉が開くと同時にリディアの無作法な声が耳を突き抜けた。

闇に覆われていた部屋に、廊下からの灯りが差し込む。その灯りに照らされて、力無く椅子にもたれかかる僕は、視線だけを動かしリディアを睨んだ。

「ノックもしないで何の用だ？」

僕の問いに、リディアは猫のようなつり目を半開きにして、呆れ顔で口を開いた。

「お言葉ですが、ノックは何回もいたしました。夕食のお時間だというのに、公爵様がいつまで経ってもお迎えに来られないので、様子を見に来たのですが……なんなんですか？　この暗さ。明日世界が終わるんですか？」

自分が雇う侍女にそんな不躾(ぶしつけ)な態度を取られても、今の僕には怒りの感情すら湧かない。

自嘲(じちょう)の薄ら笑いを浮かべて、思いのままに吐き出した。

「ああ、終わりだ……。マリエーヌに嫌われてしまった……。もう、この世の終わりだ……」

「……公爵様。マリエーヌ様は別に公爵様を嫌いになった訳ではないと思いますが」

やれやれと言わんばかりに、リディアは大きな溜息を吐く。

あの後、僕は何も言葉を発する事なく、今にも崩れ落ちそうな体を必死に引きずり、マリエーヌの部屋を後にした。

自室に戻ってからの事はよく覚えていない。ただ一度だけ、ジェイクがやって来たような気もするが、何の反応もない僕を見て諦めて戻ったのだろう。

「とりあえず、暗すぎるんで灯りをつけますね」

めんどくさそうに言うと、リディアは部屋の中にずかずかと入ってきた。手際よく壁掛けの燭台（しょくだい）に火が灯されると、フワッと暖かい空気が頬を過った。

闇に沈んでいた部屋が照らされ、眩しさに瞼を閉じた。その瞼裏に、先ほどのマリエーヌの姿が映し出される。力強い眼差しで僕を見据え、無力な侍女を懸命に守ろうとする彼女の姿が。

——やはり、マリエーヌは強い女性だ。

あの時と同じ、何も変わっていない。それに比べて僕は——。

ゆっくりと瞼を開き、投げやりに言葉を発した。

「きっと嫌われたに違いない。学習能力も無く、残酷で思いやりに欠ける愚かな僕なんて……嫌われて当然の人間だ」

「そうですね。傲慢で空気が読めなくてマリエーヌ様以外はゴミと思っている人は皆に嫌われて当然です」

燭台に火を灯しながら、リディアは素知らぬ顔で淡々と言葉を返した。

ゆらゆらと揺らぐ蝋燭（ろうそく）の炎をぼんやりと見つめ、僕は言葉を続ける。

「そうだろう……僕こそが、ゴミ以下の存在だったんだ……ゴミはゴミらしく、焼却炉で焼かれるべきなんだ……」

「……いえ、さすがにそこまでは思ってませんが」

「ふっ……お前らしくないな。僕なんかに気を遣うな」

「いや、気を遣ったつもりは一切ないんですけど……」

「ならば本当の事を言え。どうせお前も、僕みたいなゴミクズはさっさと焼かれて塵になって消えろと思っているのだろう？」

「思ってませんてば……！」

あからさまに苛立ちの込められた言葉を言い放つと、リディアはようやくこちらに顔を向けた。

「――っていうか、なんなんですかさっきから⁉　めちゃくちゃめんどくさいんですけど！」

心底嫌そうな顔で声を張り上げる姿は、とても自分の主人に対する態度ではない。その軽蔑するような眼差しも……まさにゴミを見るような目だ。やはり僕をゴミだと思っているんじゃないか。

「ああ、そうだ。僕はめちゃくちゃめんどくさい人間だ。こんな人間、誰も好きにはならないんだ」

「公爵様。もしも慰めてほしいと思っているのなら私は適任ではありません。他の人を呼んできましょうか？」

「いや、慰めなどいらない。今はとことん貶(けな)される方がまだマシだ……。お前が適任なのには違いない」

「え……？　別に私は人を貶す趣味なんてないんですけど……？　さっきから公爵様の私に対するイメージおかしくないですか？」

心外だと言わんばかりにリディアは口を尖らせる。

「だが、お前は僕の事をクズだと思っているのだろう？」

「……はい。思ってます」

「こんな無様な僕の姿を見て、いい気味だと心の中で嘲笑っているのだろう？」

「……はい。少しだけ」

「こんなクソみたいな僕を――」

「ああもうやめてください！　私にだって良心はあるんですから！　公爵様が反省しているのはよおおおおく伝わりましたから!!」

叫びにも等しい声を張り上げると、リディアは頭を抱えて項垂(うなだ)れた。

燭台に灯された炎で部屋の中はすっかり明るくなった。

だが僕の心は未だに光を見出せず、闇に沈んだままだ。

すると、大きく溜息を吐いたリディアが、ジトッと僕を見つめた。

「公爵様ってマリエーヌ様の事が本当にお好きですよね」

――そうだ。僕はマリエーヌが好きだ。僕が心惹かれるのは、彼女だけなんだ。

「……ああ、マリエーヌには僕の身も心も救われたからな」

――だから僕も救いたかった。幸せにしたかった。あの時の彼女も、今の彼女も。

マリエーヌを蔑む使用人を追い出し、代わりに彼女を心から慕う使用人たちを雇った。

今まで冷遇された日々を過ごしてきた中で、自分を慕ってくれる存在ができた事に、彼女はどれほどの喜びを感じていただろうか……。

その気持ちは僕にも分かる。あの時の僕も、彼女と同じだったから――。

だからこそ、マリエーヌは自分を慕う侍女たちを大切にしたいと……守りたいと思ったのだろう。

それなのに僕は、そんな彼女の大切な侍女を、自分勝手な思いで追い払おうとした。彼女の前で。

それどころか、僕は彼女にとって大切な人を――。

「公爵様。アイシャに死刑宣告されたそうですね」

リディアが冷たく言い放った。

「ああ……そうだ」

あの時の僕は、昔の残酷極まりない自分へと戻っていた。

許されないミスを犯した人物は速やかに排除するべきだと。これまでの自分がやってきたように。

「だが、もうそんな気はさらさらない。あの侍女の処罰についても考え直そう」

「そうですか。それは安心いたしました。運が良かったですね。アイシャへの死刑宣告をマリエーヌ様が聞いていなくて。もし聞かれていたら、マリエーヌ様は二度と公爵様に笑いかけてはくださらなかったでしょうし」

「……そうだろうな」

不幸中の幸い……だったのだろうか。

それでも、僕はすでに取り返しのつかない言葉を沢山言い放ってしまった。

「マリエーヌは、もう僕の事を好きになってはくれないだろう……。それでも、せめて彼女だけでも幸せになってほしい。……だが、こんな僕が彼女を幸せにできるのだろうか……」

「そうですね。今の公爵様では、一生マリエーヌ様を幸せにする事はできないでしょうね」

まるで突き放すような、棘のある言い方だった。

そう言われても仕方がない、と納得するも、冷めきっていた胸の奥に熱が灯るのを感じた。

「それは……なぜだ？」

藁にもすがる思いで問いかけた。そこに僕が追い求めていた答えがあるような気がした。

するとリディアは腕を組み、つり上がった瞳を更に鋭く尖らせた。

「公爵様は、マリエーヌ様の幸せを何も分かっていないからです。自分の価値観だけで、マリエーヌ様の幸せを勝手に妄想しているとしか思えません」

「妄想……だと……？」

「はい。公爵様は恐らく、マリエーヌ様だけが幸せになれば良いと思っていますよね？」

「ああ、そうだ」

「ですが、それはマリエーヌ様が望んでいる幸せではありません」

「…………どういう事だ？」

「マリエーヌ様は、自分の事よりも、自分が大切に思う人たちの幸せを願う方です。自分だけが良ければよい、なんて思う方ではありません」

「……っ！」

――リディアの言う通りだった。

マリエーヌは……自分の幸せよりも、僕の幸せを願ってくれていた。

いつだって、僕の事を優先して……最期まで、僕を守ってくれた。

彼女は、そういう人だ――。

ふいに、二人で過ごしたあの日々……あの時のマリエーヌの笑顔を思い出し、切なく胸が締め付けられた。込み上げる想いが目頭を熱くし、必死に涙を堪えた。

俯く僕の耳に、諭すように語るリディアの声が聞こえてくる。

「私たちがマリエーヌ様を慕っているのは、優しくしてくださるから、というだけではありません。マリエーヌ様は私たちが大切に思う人たちの事も、気に掛けてくださるからです。私たちの事だって、誰かを贔屓する訳でもなく、平等に優しく接してくれるのです。そんな方が、自分だけが幸せになるのを望んでいると思われますか？」

「……いや、思わない」

――そうか……やっと分かった気がする。

彼女を幸せにするために、自分に何が足りていなかったのか――その答えを口にした。

「マリエーヌを幸せにするには、彼女が大切に思う人たちの事も幸せにしなければならないという訳か」

「そういう事です」

よくできましたと言わんばかりの顔で、リディアが満足気に頷いた。

ようやく、マリエーヌを本当の意味で幸せにする方法に辿り着いた。

だが……僕は今まで、誰も信じられず、人を疑いながら生きてきた人間だ。マリエーヌの事だって、あんな状況下でなければ信じられなかっただろう。それなのに……マリエーヌ以外の人間を幸せにするという事は、その人間も大事にしなければいけないという事だ。

「そんな事が、僕にできるのだろうか……。マリエーヌ以外の人間を幸せにするなんて……」

「できますよ。公爵様なら」

あっさりとそう告げたリディアは、晴れやかな笑顔を浮かべていた。その姿が少々気味悪い。

「……やけにハッキリと言うのだな」

「はい。他の人はどうか分からないですが、少なくとも公爵様なら私を幸せにできます」

「……そうなのか？　それはどうすればいいんだ？」

「お金です」

「……」

——……今のは聞き間違えだろうか。

「……もう一度、言ってくれるか？」

「はい。私が幸せになるためには、お金と男が必要です」

どうやら聞き間違えではないらしい。しかも何か増えている。

……おかしい。マリエーヌの幸せについて真剣に語り合っていたはずなのに、なぜここで金と男の話が出てくるんだ……？

急転直下の展開に混乱していると、リディアは急に真顔になり、力強い眼差しを僕に向けた。

「公爵様。もう一度言います。マリエーヌ様を幸せにするためには、マリエーヌ様の周りの人も幸せにしなければいけません。それにはもちろん、私も含まれているはずです」

「……あ……ああ……」

ずいっと身を乗り出しいつになく真剣な様子で念を押され、若干引き気味で返事をする。

「誰かを幸せにするためには、その人の価値観で幸せとは何かを考えるのが大事です」

「……そうだな」

「私の価値観で言う幸せの条件は、お金と良い男です」

「……それはもう分かった」

「つまり、マリエーヌ様を幸せにするためには、お金と良い男を用意しなければならないのです」

「その言い方はやめろ」

つい先ほど、マリエーヌの幸せについて僕を説き伏せた人間が、今は金と男をせびる低俗な人間にしか見えない。この女をマリエーヌの専属侍女にして本当に良かったのだろうかという疑問すら浮上してきた。

だが、確かに僕なら金と条件の良い男を用意する事は可能だ。つまり、少なくともこの女を幸せにする事はできる。……本当にこんな事がマリエーヌの幸せに繋がっているのかは分からないが。

「お前の幸せについては……善処しよう」

頭を抱えながらも、とりあえずそう告げるとリディアは僕に背を向けて力強く拳をグッと握った。本人は僕から見えないように隠しているつもりらしいが、こちらからその様子はハッキリと見えているし、小声で「よし！」と叫ぶ声も聞こえた。

するとリディアは再び背筋を伸ばして僕と向き合い、

「では、公爵様。マリエーヌ様がお部屋でお待ちですので、どうぞお迎えにいらしてください。私はこれで失礼いたします」

キリッと表情を引き締めたリディアは、深々と僕に頭を下げた。

そして勢いよく踵を返して部屋を後にしようとした時、その足がピタリと停止した。

扉に手を掛けたまま顔だけを僕に向けると、

「公爵様。気付いていらっしゃらないようなので、念のためお伝えしますが……。マリエーヌ様の大切な人の中には、公爵様も含まれていると思いますよ」

それだけ告げて、リディアは今度こそ部屋から出ると、扉をパタンと閉めた。

——僕も……？　マリエーヌの大切な人の中に……僕もいるというのか……？

胸の内に、微かな期待が生まれる。

だが、そんな事がありえるのだろうか。

僕は今まで、彼女に対して酷い事ばかりしてきた人間なのに……それにさっきだって……。

思い返せば後悔ばかりが押し寄せる。こんな僕が彼女の傍にいても良いのだろうかと、否定的な考えばかりが頭を過る。それでも……もしも、リディアの言う事が本当ならば……。

彼女の幸せの中に、僕の幸せも含まれているのだとしたら——僕が幸せになる方法は一つだけだ。


——幸せとは、目に見えて分かるものではない。それは心で感じるものだからだ。

ここに戻る前の僕とマリエーヌの姿は、誰もが思い描く〝幸せのかたち〟とはかけ離れていただろう。

言葉を交わす事も、手を繋いで歩く事も、笑い合う事すらも……。

あの時の僕たちには、何一つ叶わなかったのだから。

それでも——僕はマリエーヌと共に過ごしたあの日々を、確かに幸せだと感じていた。


生きていて良かった。

そう思えた事こそが、僕が幸せであった証しだ。

それも全て、僕が心から思いを寄せるマリエーヌが、いつも傍にいてくれたから。

彼女と出会えた事で、僕は幸せになれた。

僕にとってマリエーヌは、かけがえのない大切な存在。

僕の幸せは――そんな彼女と共に生きていく事だ。


コンコンコンッ……。

しばし物思いに耽っていると、部屋の扉をノックする音が響いた。

ほどなくして、扉の向こうから囁くような心地の良い声が聞こえてきた。

「公爵様。マリエーヌです」

――マリエーヌ……マリエーヌだと⁉

咄嗟に椅子から勢いよく立ち上がると、ガタンッ！　と大きな音と共に椅子が後ろに倒れた。

すぐに扉の前へ駆け付け、ドアノブに手を掛けようとしたその時、扉が開いた。その先に現れたのは、僕が愛してやまないマリエーヌの姿。危うくぶつかりそうになったところを、なんとか踏み止まった。彼女も、僕が突然目の前に現れた事に驚いたらしく、慌てた様子で声を掛けてきた。

「あ……ごめんなさい。何か大きな物音が聞こえたので」

「いや、僕の方こそ……驚かせてすまない」

そんなやり取りを終えると、互いに不自然な笑みを交わしたまま沈黙した。

なんとなく顔を合わせづらくて視線を泳がせていると、マリエーヌの右手に包帯が巻かれているのが目に留まった。

――そうだ。さっきマリエーヌは火傷を……。

右手を負傷した彼女を残して自室へ戻って来た自分を、ひどく情けないと思う。

「マリエーヌ……その……手は、大丈夫なのか？」

今更だが、火傷の具合は気になる。痕にならなければよいのだが……。

するとマリエーヌは思い出したように右手を撫でると、目尻を下げて恥ずかしそうに笑った。その愛らしさに、一瞬で目が釘付けになる。

「はい、本当に大した火傷ではなかったのです。包帯もするほどではないのですが、念のためにと言われてしているだけで……ご心配をお掛けして申し訳ありませんでした」

「いや……それなら良かった」

とりあえずホッと胸を撫でおろすも、再びシン……と静まり返った。

何か言おうにも、上手く言葉がまとまらない。

マリエーヌが会いに来てくれた嬉しさ、侍女を追い出そうとした罪悪感、涙を流し情けなく部屋を去った恥ずかしさ。今の僕の頭の中は、多くの感情がごちゃごちゃに交ざり合い気持ちの整理がついていない。どんな顔をすればよいのかも分からず、かつてないほどの下手糞な笑みを浮かべているに違いない。

「あの……お食事の方はいかがなさいますか……？」

恐る恐る問われ、ハッとした。

そういえば、リディアがここへ来た理由も夕食の迎えに僕が行かなかったからだった。つまり、マリエーヌはずっと待っていたんだ。僕が迎えに来るのを。

壁掛けの振り子時計に目をやると、夕食の時間は大幅に過ぎていた。

「すまない！　僕がうっかりしていたばかりに、ずいぶんと待たせてしまって……。お腹も空いているだろう。すぐに食堂へ向かおう」

口早に話し、すぐにマリエーヌへ手を差し伸べた。

侍女のミスを散々咎めていた僕がこんなミスをやらかすとは、もはやぐうの音も出な――。

そこで再びハッとした。

ついいつもの癖で手を差し出したが……あんな僕の姿を見た後なのに、マリエーヌは手を繋いでくれるだろうか……？　――と、そんな不安に駆られたが、それは一瞬の事だった。

ホッとするように緊張を解いたマリエーヌが、迷いなく僕の手を取ってくれたからだ。それが嬉しくて、先ほどまで僕を支配していた絶望感が、浄化されたように消え去った。

その手の温かさに、しばし酔いしれる。

マリエーヌの手はいつだって温かい。その優しい温もりは、指の先から体の奥深くへと浸透し、僕の心までも包み込んでくれる。その心地良さに浸っていると、彼女への愛しさが膨れ上がり、今すぐにでもこの手を引き寄せ抱きしめたい衝動に駆られた。それをグッと堪え、今は彼女を食堂へ連れて行く事に集中する。繋ぐ手をしっかりと握りしめ、僕たちはゆっくりと歩き出した。

燭台の灯りが照らす廊下。窓から見える外の景色は暗闇しかない。今日は新月なのだろう。

チラ……と、隣を歩くマリエーヌに視線を移す。

どこか自信なさげに少し俯いて歩くその姿も、すっかり見慣れてしまった。

――また、いつもの姿に戻っているな……。

先ほど目にした、侍女を守るために僕に向けていた力強い眼差し、堂々とした立ち振る舞い。

その面影は今の彼女からは全く見られない。

きっと、侍女を守りたい気持ちが、彼女をあの勇敢な行動へと突き動かしたのだろう。

マリエーヌがそんな姿を見せる時は、誰かを守る時なのだから……。

——……ああ……そうだったのか……。

ふいに、ずっと疑問に思っていた事の答えが分かった気がした。

なぜ今のマリエーヌの姿と、あの時のマリエーヌの姿がこんなにも違うのか——その答えが。

恐らく今の姿こそが、本来の彼女の姿なのだろう。自分に自信が持てず、卑屈な姿が深く根付いているような……。その理由も想像がつく。金のために易々と娘を差し出した義父と、彼女を蔑み続けたあの義妹との暮らしも、ろくなものではなかったに違いない。

そんな日々を過ごし続けた結果が、今の彼女の姿なのだろう。

だが、あの時のマリエーヌは——僕のために変わってくれたんだ。

僕が不安にならないように。たとえ体が不自由であっても、安心して暮らせるようにと……。

彼女もまた、変わろうとしてくれたんだ。強くなろうとしてくれた。

たとえ味方がいなくとも、僕を守れるようにと……。そうして彼女は、強くなったんだ。

儚くも思える華奢な体一つで、必死に僕を守ってくれた。

自分を虐めてきた劣悪な義妹にも、体格差もあり正論ばかり並べて責め立ててくるレイモンドにも、たった一人で懸命に立ち向かってくれた。

本当の君は、こんなにも心細さを抱えていたというのに——。

その優しさと強さに……視界が歪んだ。

――マリエーヌ、ありがとう。

伝えられない想いを、心の中で囁いた。

人の本質は、そう簡単には変えられない。

一度ミスした人間は何度でもミスするし、裏切り者も、何度だって裏切る。

盗みをする人間も、人を殺す人間も……何度だって同じ事を繰り返す。

変わるのを期待するだけ無駄だった。だから最初から諦めていた。

だが、マリエーヌは変わってくれた。僕のために。

人は変われるのだと、目の前にいる彼女が証明してくれた。

ならば僕も――変わるんだ。彼女のために。

最初から無理だと決めつけるのではなく。そんな事できるのかと悩むのでもなく。

変わらなければならないんだ。

マリエーヌを本当に大切にしたいと思うなら。

この手で幸せにしたいと、強く思うのなら。

それはきっと簡単な事ではないだろう。何かをきっかけに、また昔の自分が現れるかもしれない。

それでも、僕はもう迷わない。諦めるものか。マリエーヌの幸せも……僕の幸せもだ。

たとえ再び間違えたとしても――やり直すんだ。何度でも、僕自身の力で……！

その新たな決意を胸に抱いて、繋ぐ彼女の手にギュッと力を込めた。

そんな僕の気持ちを察したのかは分からないが、彼女もまた同じように手を握り返してくれた。

ふいに、あの時のマリエーヌの言葉が頭を過った。

『公爵様の犠牲の上で成り立つ私の幸せなんてありません。その事を、どうか忘れないでください』

――忘れるものか。君の言葉を。

あの時、君が僕にくれた言葉、君と過ごした日々の記憶が、今も僕を支えてくれる。

そして今、ここに君が居てくれるから、僕は何度でも立ち上がれるんだ。


やはり君は、僕の女神だ――。

――翌日の朝。

僕はいつものように花束を持ってマリエーヌの部屋までやってきた。

間もなくして、扉を開けて姿を現したマリエーヌは今日も神々しい輝きを放っている。

当初は僕を見るたびに驚いたり硬直したりといった反応を見せていたが、ようやくそれも落ち着いたようだ。僕と目が合うと、柔らかい笑みを返してくれた。その姿がまた堪らなく愛おしい。

自然と顔が綻び、めいっぱいの笑顔と共に色彩豊かな花束を差し出した。

「おはよう、マリエーヌ。今日はガーベラの花を摘んできたんだ。君に一番似合う色を選ぼうとしたら、どれも似合うと思って全色摘んできてしまったのだが……受け取ってくれるだろうか」

するとマリエーヌは口元に手を当て、可愛らしくクスッと笑った。

「おはようございます、公爵様。とても素敵な花束をいつもありがとうございます」

感謝の言葉を告げ、マリエーヌは花束を大事そうに受け取ってくれた。

火傷を負った右手の甲は、今は何も巻かれていないが僅かに赤みを帯びている。それを見る限りでは、明日には赤みも引くだろう。大事に至らなくて本当に良かった。

しばし笑顔を交わし合う僕たちの間に、昨日のような気まずさは微塵も残っていない。

昨夜、夕食を終えた席で、僕はマリエーヌの大切な侍女を解雇しようとした件について謝罪した。するとと彼女も「心配してくださったのに、あのような発言をしてしまい、申し訳ありませんでした」と頭を下げてきた。それから「いや、僕が全て悪いから――」「いえ、私も公爵様の気持ちを考えず――」と、互いが譲らず謝罪し合ったあげく、埒が明かなくなりこの話は一旦保留となった。

それから僕が、侍女は解雇せずこれからもここで働いてもらうと伝えると、沈んでいた彼女の表情が一気に明るくなった。

その笑顔は、どんなプレゼントを贈った時よりも嬉しそうだった――。


マリエーヌとの朝食を終えると、僕は彼女に火傷を負わせた侍女の部屋を訪れた。

「こ……公爵様……!?」

僕の顔を見るなり、侍女の顔は色を失い真っ青になった。

次の瞬間、その体が折れ曲がったかと錯覚するくらい勢いよく頭を下げた。

「おはようございます！　昨日は誠に、申し訳ございませんでした！」

声を張り上げ謝罪する姿に、廊下を歩いていた使用人が見て見ぬふりをして通り過ぎていく。

「反省しているのならもういい。僕も昨日は冷静では無かったからな……。早く顔を上げろ」

そう告げると、侍女は恐る恐る顔を持ち上げた。その瞼はすっかり腫れ上がり、泣いた痕跡が見てとれる。更には目の下には黒いクマがくっきりと現れている。どうやら眠れなかったらしいな。

その姿から察するに、昨日の件については十分に反省しているのが窺える。

今日は自室でゆっくり休むようにと、リディアを通して伝えていた。……はずなのだが。

部屋の中に視線を移すと、ベッドの上は綺麗に整えられており、寝ていた形跡は見られない。そしてその隣にはトランクが一つ置かれている。ここから視認できる侍女の私物はそのトランクのみ。

恐らく解雇されると想定して荷物の整理をしていたのだろう。

――まぁ……昨日の事を思い返せばそれも当然だろうな。

頭を抱え、ハァッ……と溜息とも言えるものを吐き出すと、侍女はビクッと肩を揺らした。

「そう怯えるな。お前を追い出すつもりはない。体調が回復したら、今まで通りここで働いてもらう」

「!? ……え……？ ……ど、どうして……」

信じられないという表情で目を見張る侍女に、僕は不服を込めて首を傾げた。

「なんだ？ 嬉しくないのか？ 別にお前が辞めたいと言うのなら、辞めてもらってもよいのだが」

「い……いえ！ ここで働きたいです！ どうか働かせてください！」

「待て。そこまでしなくても働いてもらうと言っているだろう……」

両膝を床につけて、昨日と同じようにひれ伏そうとした侍女を、咄嗟に制止した。

そんな場面を他の者に見られてしまったら、また僕の印象が悪くなってしまう。それではまずいのだ。僕はこれからマリエーヌだけでなく、この屋敷で働く全ての人間と関係を築いていかなければならないのだから。

――そのためには……まずは相手を知るべきか……。

ひとまず、目の前の侍女をターゲットとして観察する。

年齢はリディアと同じ十八だったはずだが、短く切り揃えられた深紫色の髪にはあちこちに白髪が入り交じり、艶もなくぱさついている。真面目過ぎる性格ゆえに、気苦労も絶えないのだろう。

着ている質素な洋服は、布をあてがって補修した箇所がいくつか見られる。新しい服を貰う金も惜しまなくてはならないほど、貧しい生活をしてきたのだろうか。

つまり、せっかくありつけた職を失う訳にもいかず、不慣れな環境で寝不足なのにもかかわらず、無理を押して出勤した……というところだろう。

だが、それでミスをするのでは本末転倒だ。

とりあえず、未だに両膝をついたままの侍女を立ち上がらせ、強い口調で念を押した。

「お前が犯したミスは、決してあってはならない事だ。自分の主人に火傷を負わすなど言語道断。今回は慈悲深いマリエーヌに免じて仕方なく許すが、二度とあのようなミスをしてはならない」

「はい……。おっしゃる通りでございます」

「もし、もう一度同じミスを繰り返した場合、今度こそお前を解雇する。マリエーヌがどんなに庇おうともだ」

「はい……。承知しております」

小刻みに体を震わせながらも、視線をこちらに向けてはっきりと返答する姿には誠意を感じられる。

それでもこの侍女に対する怒りの感情は今もまだ根強く残っているが。

それを無理やり胸の奥に押し込み、次の言葉を口にした。

「……それが嫌なら……体調が良くない時はしっかり休め。休んだからといって解雇もしない。マリエーヌがお前の淹れるお茶を楽しみにしているからな」

「……！　あ……ありがとうございます！　ありがとうございます！」

瞳に大粒の涙を浮かべた侍女は、再び勢いよく頭を下げると、二度、三度、感謝を述べた。

いつまでも顔を上げようとしないその後頭部に向け、問いかけた。

「ところで、お前にとっての幸せとは何だ？」

「……え？」

侍女はすぐに顔を上げると、呆気にとられたようにキョトンとした。

意味を理解していないようなので、もう少し分かり易く問いかけた。

「お前が思う自分の幸せは何なのかと聞いている。金でも身分の良い男でも何でもいい。正直に答えてみろ」

すると、呆けていたその表情が、次第に柔らかい笑みへと変わった。

「私の幸せは、これからもマリエーヌ様にお仕えする事でございます」

己の胸元に手を当て迷いなくそう告げた侍女は、幸せに浸るような笑みを浮かべている。

「お前……良い事を言うじゃないか」

予想外の言葉に、思わず称賛した。新しい洋服も買えないほどに貧しい生活をしていたのだから、もっと贅沢な暮らしがしたいとでも言うのかと思っていた。

——だが悪くない。素晴らしい心構えだ。

今の言葉を、幸せは金だ男だと言い切った奴にも聞かせてやりたい。マリエーヌの専属侍女の人選を完全に間違ってしまったようだ。

「お前、名は何と言う？」

「え……あ……はい！　アイシャと申します！」

「そうか……ではアイシャ。これからも己の幸せのために、マリエーヌに誠心誠意付き従うように。お前の幸せは、マリエーヌの幸せでもあるのだから」

「え……？　あ……ありがとうございます！　ありがたき幸せでございます！」

体を震わせて感激する侍女の瞳からは、涙が次々と零れ落ちた。だが昨日とは違い、その瞳はキラキラと光り輝き喜びに満ちている。

まずは一人、マリエーヌの大切な人を幸せに導けた……と思ってもよいのだろうか。

だが、まだ一人。先に続く道のりはずっと長い。

それでもマリエーヌを幸せにするためにも、手を抜く訳にはいかない。

一歩ずつ、確実に進んでいくんだ。僕たちが幸せになる未来のために。

「あと、もう一つ聞きたい事があるのだが――」

そう付け足した僕の質問にも、アイシャは一層キラキラと瞳を輝かせながら返答した。

「ジェイク。お前にとって幸せとは何だ？」
次の瞬間、目の前にいる男は「待ってました」と言わんばかりに、ニヤリと気持ちの悪い笑みを浮

かべた。――が、すぐにわざとらしくコホンッと一つ咳をして、

「公爵様が私にそんな質問をするなんて、明日は槍でも降るんですかね」

すまし顔でそう言うと、笑みを堪えるように口元をプルプルと震えさせた。

――コイツ……さては僕の質問を待っていたな……？

そう密かに確信した。

あれから僕は、侍女や使用人たちに同様の質問をして回った。僕から話しかけられた者は皆、目を丸くして驚いていたが、戸惑いながらも僕の質問に答えた。そんなやり取りは使用人たちの間で話題となったのだろう。それをジェイクが耳にした可能性は高い。コイツが執務室に来た時から、何やらソワソワと落ち着かない様子を見せていたが、今の反応で確信に変わった。

今からでも発言を撤回しようかとも思ったが、こんなヤツの幸せすらもマリエーヌが望んでいるのだから致し方ない。女神な彼女の顔に免じて、軽蔑の眼差しと共にジェイクの答えを待った。

ジェイクは白々しく「そうですねぇ」と考える素振りを見せると、晴れやかな笑顔を浮かべた。

「私の幸せは、公爵様が真面目に仕事をしてくださる事です！」

歯切れよく言い放った答えは、あまりにもつまらないものだった。

「そうか。お前の幸せとはその程度のものなのか。聞くだけ無駄だったな」

「いや……そもそも、公爵様が仕事をしてくれないのが悪いのですよ……？　そのしわ寄せを死ぬ気で対応している私に対してその言い方ひどくないですか……？」

何かブツブツと言っているが、それを無視して僕は目の前に積み重なっている書類に手を伸ばした。

文字の羅列に目を通し、スラスラとサインを書いては次の書類に手を伸ばす。そんな僕の姿を見て、

ジェイクもいそいそと自分の仕事に取り掛かった。

それからしばらくの間、目の前の仕事に集中した。流れ作業のように処理済みの書類を机の端に置き、次の書類を手に取り――ある文字に目が留まった。

『養老院(ようろういん)建設許可の要請』

それは今まで、何度も目にしてきた一文だった。

養老院――年老いて体が不自由になったり、病(やまい)により自宅での生活が難しくなった高齢者が暮らす施設。

今までは僕が不要だと判断し、その詳細には目もくれずに蹴り続けてきた案件だ。

『役に立たない人間を、都心部に居座らせる必要はない』

そんな理由で決して許可しなかった。だが、何度拒否してもそれを求める要求は後を絶たなかった。時には署名まで募り、建設を訴えてきた事もあった。

養老院なら、遠く離れた辺境の地にいくつもある。もし自分で家族を看られないというのなら、そこへ預ければいい。それなのに、こんな都心部にも必要だという声が上がっているのはなぜか。

それはきっと、その人と離れたくない。一人にしたくない――そんな思いがあるのだろう。

その気持ちはよく分かる。僕もあの時、マリエーヌと離れたくなかったから。

そんな自分の思考に、フッと笑いが込み上げた。

――僕でも、分かるようになったんだな……人の気持ちというものが。

今まで他人の感情など、少しも気にした事がなかったというのに。

後悔を積み重ね続けたあの日々は、少しずつ……だが、確実に僕を変えていったのかもしれない。

手にする書類の内容を一通り確認すると、僕は迷いなく許可証明のサインをした。

「ジェイク、これは急ぎで頼む」

次の書類に目を通しながらそれを差し出すと、ジェイクが素早く受け取った。

「これは……公爵様、よろしいのですか？」

ジェイクの戸惑う声が聞こえるが、視線を落としたまま言葉だけを返す。

「ああ。それも誰かの幸せに繋がっているのだろう」

ガタンッッ！

突如聞こえた物音に、仕方なく顔を上げて様子を窺うと、ジェイクが床に尻をつき唖然とした顔で僕を見上げていた。

「すいません。驚きすぎて腰が抜けました」

「さっさとしろ」

ギリッと睨み付けると、ジェイクは書類を手にしてヨロヨロと立ち上がり、作業に取り掛かった。

その後ろ姿を見て、ハァ……と小さく溜息を吐き出すと、椅子に背を預けて天を仰いだ。

それから今の自分がするべき事を考えた。

『お前にとっての幸せはなんだ？』という僕の問いに、家族の幸せを願う者も多かった。それはつまり……僕はマリエーヌの周りにいる人間だけでなく、その家族の幸せまでも考えなければならないという事だ。それは一体、どれだけ途方のない数だろうか。

結局のところ、この屋敷にいる者だけでは事足りず。この領地……いや、この国で暮らす人々が幸せになれるように、僕はこれから働きかけていかなければならない。

たった一人の女性を幸せにする事が、こんなにも膨大な規模にわたるものだったとは……。

果たして、公爵という爵位一つでどこまでできるのか……それはまだ分からない。

立ち塞がる障害も多いだろうし、厄介な人間もまだ残っている。

それでも、マリエーヌが守ってくれたこの公爵位（誇り）があれば、多くの人間を幸せに導けるはずだ。

全てがマリエーヌの幸せのためなのだと思えば……僕は一つも諦める訳にはいかない。

その燃え滾るような熱い決意を胸に、グッと拳を力強く握った。

そして目の前に見えるジェイクの後ろ姿に声を掛けた。

「ジェイク、幸せか？」

「え……？　あ……はい！　公爵様が仕事をしてくださるので、幸せの限りです！」

振り返ったジェイクは満面の笑みを浮かべている。確かに幸せそうだな。

また一人、僕は幸せにする事ができたというわけか。

「そうか。それは良かった」

期待通りの答えに満足し、僕は立ち上がると、廊下へ繋がる扉へと向かった。

「――って、公爵様、どちらへ!?　まだ仕事は全て終わってないのですが!?」

「お前の幸せはこれで終わりだ」

「……は？　え……それはどういう――」

「僕は忙しいんだ。これから何千、何万人もの人間を幸せにしなければならないからな」

「…………はい？」

「ああ、そうだった」

首を傾げて硬直するジェイクに、もう一つの質問をぶつけた。

「ジェイク。想いを寄せる相手に愛を伝えるとしたら、どんな方法が良いだろうか？」

するとジェイクは硬直を解き、目を丸くした。

「え……？　それは……マリエーヌ様の事ですよね？」

「当たり前だ。どうやら僕のマリエーヌへの愛は、まだ彼女にははっきりと伝わっていないようだからな……。その場合、お前ならどうするのかと聞いているんだ」

「ちょっと待ってください。色々と頭が追い付かなくて……えっと……そうですね……私なら、自分の瞳と同じ色をした宝石のアクセサリーを贈ります。私の場合で言うと、サファイアになります」

ジェイクは自らの瞳を指さして誇らしげに告げるが、どう見てもそれはサファイアには見えない。せいぜい濁った川だろう。

「……公爵様。今、ものすごく失礼な事を考えていません？」

——察しだけはいい奴だな。

「気のせいだ」

「なら良いのですが……。女性たちの間では、意中の男性の瞳と同じ色をした宝石のアクセサリーを身に着けるのが流行っているのです。つまり、男性がそれを贈る事には、自分に想いを寄せてほしいという意味が込められているのです」

「……なるほどな」

瞳と同じ色の宝石……僕なら、やはりルビーだろうか。そういえば、今日は夕方に宝石商の人間が来る予定になっている。ちょうどいい。ありったけのルビーを仕入れておくとしよう。

「やはりお前は頼りになる。昨日は殺めようとして悪かったな」

「……へ……？　公爵様が……ほ、褒め……あやま……え……？」

「その調子で、これからも僕の右腕として仕事に励んでほしい」

「……え？　ええっと……改めて言われますと照れますね……フフッ……ですがそれはもちろん、言われるまでもなく私はこれからも公爵様の下で……っていない!?　やりやがりましたね公爵様あああぁぁぁぁぁ!!」

ジェイクを一人残してとっくに執務室を後にしていた僕は、廊下に響き渡る声を聞き流し、歩む足を速めた。


それからは一日中、他の使用人たちにも話を聞いて回った。

『美味しいものが沢山食べられる事』

『子供が健やかに成長してくれる事』

『争いのない平穏な日常が続く事』

そんな言葉を聞くたび、人にはそれぞれ違う幸せのかたちがあるのだなと感心した。

そして、愛の伝え方も……一人一人、違うのだな。

『恋愛に正解はない。相手を思いやり、愛する事こそが大事なのだから』

いつぞやの誰かが書き綴ったその言葉が、ようやく腑に落ちた。

それから再び、僕はマリエーヌの幸せについて考えを巡らせた。

マリエーヌは、皆の幸せを願う優しい女性。

だが、やはり皆の幸せは皆の幸せであり、マリエーヌの幸せは、彼女の中に存在するはずだ。

それでは、彼女の幸せとは一体何なのか……それを僕なりに考えてみた。

そして導き出した結論——それはやはり〝愛〟だと思った。

自分が愛されるはずがない。と、自信の持てない彼女に、僕がどんなに深く愛しているのかを知ってほしい。それと、自分がどれほど多くの人々に愛される価値のある人間なのかも。

そのためには、この屋敷の中だけで過ごすよりももっと広い世界へと連れ出し、多くの人々と接する機会も必要になるだろう。出会いの数が多いほど、誰もが彼女に惹かれるはずだ。

自分が誰からも好かれる存在なのだと知れば、それが彼女の自信にも繋がるだろう。

——だが、マリエーヌの一番だけは譲れない。

僕がマリエーヌを誰よりも愛し……誰よりもマリエーヌに愛されたい。

愛し合う夫婦のかたち。それこそが、僕たちの幸せに繋がっているのだと思う。

その確かなかたちを実現するためにも、これからも僕は彼女への愛を伝え続ける。

この揺るぎない愛をずっと証明し続ける。

それに今の僕には、彼女の幸せを願う、多くの心強い同志たちもいる。

今度こそ、彼女を幸せにしてみせる。

いや——必ず、幸せにするんだ。

翌日の朝。僕はいつものように花束を胸に抱き、マリエーヌの部屋の前で待機している。

今日は日が昇るよりもずっと前に起きて花を摘んでいた。というのも昨日、使用人から聞いた〝フラワーアレンジメント〟とやらを試したかったからだ。

それは花にさまざまな装飾を施すそうだが、実物を見た事がないからよく分からなかった。とりあえず、装飾になりそうなものが手元になかったため、仕入れたばかりのルビーを思いのままに散りばめてみた。これがなかなか良いものに仕上がったと自負している。

僕の瞳の色と同じ薔薇と宝石。これこそ、僕の愛を証明する最高の組み合わせと言えるだろう。むしろこれらを見るたびに、僕の顔を思い浮かべたり……してくれないだろうか。

そんな事を考え、フフ……と思わず笑みが零れた。

──さあ、そろそろマリエーヌが起きる時間だ。

彼女は、僕の愛がたっぷりと詰まったこの花束を前にして、どんな反応を見せてくれるだろうか──。

春の陽気のような君

気付けば、執務室の中はシン……と静まり返っていた。

顔を上げると、立ち尽くしたまま頭をうっつらうっつらと揺らす侍女の姿があった。

つい先ほどまで僕への不満をたらたらと述べていたが、どうやら眠気が限界に達したらしい。散々喚き散らかしたあげくに、気が済んだら眠るとは……子供か。

やれやれ……と、諦めにも似た気持ちで落胆の溜息を吐き出す。

結局、僕一人の力では彼女を幸せにはできないのだと思い知った。だからこそ、僕以外の人間の話に耳を傾けるのも必要であり、その者たちの幸せについても考えなければならないと学んだ。

当然、それにはこの女も含まれている訳で……むしろ、マリエーヌにより近い存在だからこそ、優先度は高いと言える。

――仕方ない。これもマリエーヌの幸せのためだ。

用意すればよいのだろう……金と男を。いっその事、その男とさっさと結婚させて、マリエーヌの専属侍女を代えた方が良い気もしてきた。

そう納得し、寝息を立てる侍女へ声を掛けた。

「リディア。その件に関しては、近いうちに動きがあるだろう」

途端、リディアはハッと顔を上げ、大きく目を見開いた。

「え……ほんとですか⁉」

「ああ、約束しよう。だからお前は自分の仕事に集中しろ」

次の瞬間、リディアの顔がパアァッと輝き出す。口の端から垂れていたよだれを服の袖で拭い、

「はい！　かしこまりました！　では、明日からはマリエーヌ様の挙動一つ一つを注視して精一杯仕事に励んで参ります！　そのためにも今日はこれで帰らせていただきます！　お疲れ様でした！」

背筋を伸ばし、額に手を添え騎士のような敬礼をして言い放つと、リディアはきびきびと動いて執務室から退室した。

気合だけは十分だが、当てにならないのも承知の上だ。

一人となった執務室の中で、椅子にもたれ掛かり、「はぁ……」と、熱の籠もる息を吐き出した。

――マリエーヌとの関係をもう一度築き直そう――その意気込みで用意したフラワーアレンジメントは残念ながら不評に終わった。そして思いのままに贈り続けていたプレゼントも、彼女の好みには合っていないものばかりだったのだと、後に知った。

彼女の気をなんとか引きたくて、その想いだけが暴走して沢山困らせた。余裕なんて少しもなかった。僕の気持ちと、彼女の気持ちが大きくかけ離れているのは知っていたから。

彼女の一挙一動に、僕の感情は激しく揺れ動き……時には天にも昇る心地の喜びに舞い、時には地獄の底に叩き落とされたかのような絶望感を味わった。

それでも、彼女がそこにいるだけで――その笑顔を見るだけでも、僕は泣きそうになるほど幸せな気持ちになれた。――それは今も変わらない。

だから……できる事なら、彼女にもこの幸せを感じてほしい。

喜びも、憂いも、ふとした瞬間の感動も……彼女と共に分かち合いたい。

そしていずれは、愛し合う本当の夫婦になりたい――それが今の僕の、切実な願いだ。

その後、少しだけ仕事を片付け、僕は執務室を後にした。

薄暗い廊下を歩きながら、窓から覗く三日月を見上げる。マリエーヌと過ごしたあの夜は、ちょうど月が満ちていた。ひときわ輝く月光に照らされた彼女の姿は、なんとも神秘的で美しかった。

こうして月を見るたびに、あの時の姿が鮮明に蘇る。

できる事ならもう一度、彼女と共に夜を明かしたい。そう思う気持ちとは裏腹に、それは危険だと警告する自分もいる。もしもまた、そんな機会に巡り合えたとしても……僕は自分を抑えられる自信がない。

あの夜も、僕の腕の中で安心して眠る彼女を前に、何度その唇に口付けしたいと思った事か。

幼き頃から強靭に鍛えられた忍耐力も、無防備な彼女の前では脆くも崩れ落ち……それでも彼女を大事にしたいという一心で、必死に自我を保っていた。

誰よりも大切で、守りたい存在なのに——自分がまた彼女を傷つけてしまうのではないかと……怖くて堪らなかった。心の距離が近付くのを実感するたび、愛おしくて堪らない想いと、彼女を欲する願望もより強くなっていく。

だが、いくら僕たちが夫婦であっても、彼女はまだ僕を好きだとは言っていない。だから今はまだ、この一線を越えてはいけない。僕はもう二度と、彼女を傷つけないと誓ったのだから。

そうしているうちに、自室の前まで辿り着いた。部屋に入る直前、ふと気になり少し先にあるマリエーヌの部屋へと視線を移した。

——マリエーヌは、さすがに眠っているだろうな。

たとえその姿を見られなくとも、そこに彼女がいるというだけでも嬉しくて、心が浮き立つ。

その時——見つめる部屋の扉が開き、中からマリエーヌが姿を現した。

「……マリエーヌ！」

思わず歓喜の声を上げると、マリエーヌもこちらに気付いたようで。

「公爵様……」

僕を見て微笑むマリエーヌも、どことなく嬉しそうな顔をしている。

すぐに彼女の許へと駆け寄り、声を掛けた。

「マリエーヌ、まだ起きていたのか？」

「あ……いえ、なんだか不思議な夢を見ていたみたいで……目が覚めてしまいました」

「夢……？　また怖い夢を見たのか？」

あの夜も、彼女は悪い夢を見て起きたと言っていた。同じ頃、僕も夢のせいでうなされていて、それに気付いた彼女が心配して僕の所へ来てくれた。それで一緒に寝る流れとなったのだが……。

「いえ……そういう感じではなかったのですが……ごめんなさい。よく覚えていなくて……」

そうか……またあの時のように──なんて淡い期待を抱いてしまった。そもそも二人きりになるのは危険だと自戒したばかりだというのに……自分の意志の弱さには呆れを通り越して感心する。

「いや、いいんだ。夢の内容を忘れるのはよくある事だ。困らせてすまない」

「そんな……心配してくださり、ありがとうございます。それよりも、公爵様は今までお仕事を？」

「ああ。ちょうど今、戻って来たところだ」

「こんな時間まで……お疲れ様でございます」

「ありがとう。だが君に会えるとは思わなかった。これは神が巡り合わせたご褒美だろうか」

「ふふっ……いつもお会いしているのに、大袈裟ですよ」

「そんな事はない。僕は君と離れた瞬間から、君が恋しくて堪らなくなるんだ」

熱くなる胸元に手を当てて伝えると、マリエーヌはクスクスと愛らしく笑った。こういうやり取りも、もう何度目になるか分からない。それでも、マリエーヌはいつも嬉しそうに笑ってくれるから……そんな彼女の姿に高鳴る鼓動が鳴り止まない。それと、もっと一緒に居たいという欲も。

しかしさすがに遅すぎる時間だ。彼女を寝不足にさせる訳にはいかない。

そう自分に言い聞かせていると、彼女もまた何か物言いたげな顔でこちらを見つめていた。

僕と視線が交わると、不自然に目を逸らし……悩ましげな顔をしている。

――もしかして……マリエーヌも……僕と同じ気持ちなのだろうか。

そんな期待に後押しされ、彼女に声を掛けた。

「マリエーヌ。目が覚めてしまったのなら、少しだけ散歩でもしないか？」

「え……？」

「夜空の下で中庭を歩くのも趣（おもむき）があると思ったんだが……どうだろうか」

「あ……はい！　ぜひ！」

僕の誘いを受け、その表情がぱぁっと明るくなる。

無邪気な笑顔で返事をした彼女の姿は、どんな星々よりも煌めいていた。

公爵邸から出た僕たちは、夜空に佇む三日月の明かりに照らされて、石畳の通路へと降り立った。風もなく、虫の音も鳴りをひそめ、静まり返った空間の中を、僕たちはしっかりと手を繋いで歩き出した。

「マリエーヌ。寒くないか？」

「はい、大丈夫です。公爵様の上着がとても暖かいので……」

そう言って、マリエーヌは肩に掛けている上着を、もう片方の手で大事そうに握った。

「それなら良かった。僕も君のショールのおかげでとても暖かい」

僕も自らの肩に掛けているショールにソッと触れる。

公爵邸から出る直前、外は寒いだろうからと、僕が着ていた上着をマリエーヌの肩に掛けた。するとマリエーヌは、手にしていた自分のショールを僕に手渡してくれた。そのショールは、前世で、中庭の散歩をする時にマリエーヌが僕の膝に掛けてくれたものと同じ。

最近知ったのだが、どうやらそれは母親の形見らしく、彼女にとっては何物にも代え難い大切なものらしい。そんな思い入れのあるショールを僕に託してくれるだけでも嬉しくて堪らない。それに僕にとってもこのショールは、彼女との幸せな日々の記憶を思い起こす感慨深いものとなっている。

当然、マリエーヌはその事を覚えてはいないが……。

中庭へ着き、いつもの通路をゆっくりと進む。月明かりが照らしているとはいえ、日中と比べて視界が悪い。マリエーヌがつまずいてもすぐ支えられるようにと、その体に寄り添うように歩いた。

「夜の中庭を散歩するのは初めてですね。こんな夜中に外に出るなんて、なんだか新鮮です」

「そうだな。君が良ければ、時々夜の散歩をするようにしよう」

「え……いいのですか？」

「もちろんだ。君と過ごせる時間が増えるのは、僕にとってもこの上ない喜びだ」

「ありがとうございます。……私も……嬉しいです」

最後に小さい声で告げた言葉は、夜の散歩の事か……それとも僕との時間が増える事に対してか。訊いて確かめたい気持ちに駆られ、ソワソワとしていると、

「あら？」

マリエーヌが何かに気付いたらしく、目を見開いた。

「どうかしたか？」

「なんだか、甘い香りがしませんか？　いつもと違う強い香りが……お昼に来た時はこんな香りはしなかったはずなのですが……」

「甘い香り……」

甘い香りと言えば、いつもマリエーヌから香っているのだが……きっとそれとは違うのだろう。

神経を集中させ、その香りを確認すると、発生源と思われる場所へと向かった。

しばらく歩き、辿り着いた先には、透き通るように白く美しい花がいくつも咲き乱れていた。

「わぁ……綺麗……」

その光景を前にして、瞳を輝かせたマリエーヌが感嘆の声を上げる。

辺り一帯に広がる強い香り。夜に映える純白の花びらをいっぱいに咲かせるその姿は、生命力に満ち溢れているようにも感じられる。だが――。

「これはナイトクイーンだな。夜になると美しい花が開花し、芳香な香りを漂わせて受粉に必要となるコウモリを引き寄せるらしい。そして朝を迎える頃に花は萎れてしまうという――一年にたった一晩だけ花を咲かせるという伝承のある儚い植物だ」

「え……？　一晩だけ？　せっかく咲いたのに、朝になったらもう枯れてしまうのですか？」

「ああ。そういう花なんだ。こうして見られたのも奇跡に等しい。やはり君といると奇跡が起こるんだな」

「……それは……偶然だと思います」

少し困った笑顔で謙遜するマリエーヌの姿も儚く可憐に思える。

するとマリエーヌはその場でしゃがみ込み、ナイトクイーンに顔を寄せて香りを吸い込んだ。

「ほんと、いい香りですね。このお花の香りに引き寄せられるコウモリの気持ちが分かります」

――僕もいい香りを漂わせれば、マリエーヌを引き寄せる事ができるのだろうか……。

一瞬、そんな考えが頭を過ったが、今の僕にそれは不要だ。そんなものに頼らずとも、僕には思いを伝えられる言葉があるのだから。

「そうか。だが――」

僕もマリエーヌの隣に身を屈め、視線を合わせた。真剣な眼差しでジッと瞳を見つめた後、彼女の髪の毛を撫で梳かし、一束摘んで口元へと寄せ、口付ける。そしてスゥッとその香りを吸い込むと、彼女の香りで体中が満たされていく。

柑橘系のような爽やかさと、はちみつのような甘さを兼ね備えた、なんとも芳香な香りが……。

「やはり、僕が引き寄せられるのは君の香りだけだ」

「……!!」

髪を口元に添えたまま、口説き文句を綴ると、彼女は大きく目を見開いた。その瞳の奥にある喜びの感情を僕は見逃さない。きっと夜でなければその頬が赤く染まっているのが確認できただろう。

すっかり気を良くした僕は、更に言葉を連ねる。

「本当に、なんと良い香りだろうか。君の香りを香水にして、常に手元に置いておきたいくらいだ」

「そ……それは……やめた方がよろしいかと……」

「……そうか……。君が嫌がるのならやめておこう」

駄目か……実はすでに僕の監督で製作する準備を進めているのだが……駄目なのか……。

がっくりと肩を落として気落ちする僕に、マリエーヌがおずおずと口を開いた。

「私は……これからも公爵様の近くにいます。……ですから……そんなものは必要ないかと……」

「……!!」

それは……君の香りが恋しくなったらいつでも会いに来てほしい、という意味だろうか……?

期待する気持ちが胸いっぱいに膨らみ、ドキドキと心臓の鼓動が大きく高鳴る。

——もしかして……マリエーヌも……僕の事を……。

それを今訊いたら、マリエーヌは答えてくれるだろうか……?

喉の奥からすぐにでも飛び出しそうな問いかけ。それを必死に呑み込んだ。

——いや……彼女を焦らせてはいけない。僕は待つ、と決めたのだから。

その時、閑散としていた中庭を風がヒュウッと吹き抜けた。途端、マリエーヌが「くしゅんっ」と小動物が鳴くような声を発した。

——な……なんて可愛いくしゃみをするんだ……!

あまりの可愛さにすさまじい衝撃を受けて釘付けになるが、すぐに正気を取り戻した。僕の上着を羽織っているとはいえ、さすがに寒くなってきたのだろう。これ以上ここにいては風邪をひきかねない。

「マリエーヌ。そろそろ屋敷の中へ戻ろう」

「はい」

立ち上がった僕が手を差し伸べると、その手を取ってマリエーヌも立ち上がった。屋敷の方へと歩き出そうとした時、先ほどよりも強い風が吹き始め、マリエーヌの髪が大きくなびいた。風はなかなかおさまらず、僕は肩に掛けていたショールを取ると、それをマリエーヌの肩に掛けた。そしてその体をショールごと抱きしめた。

「こ……公爵様?」

僕の腕の中にすっぽりと収まるマリエーヌから、動揺する声が聞こえた。

「すまない。冷たい風に君をさらしたくなくて……。風が止むまでの間だけ、こうしていてもいいだろうか……」

「……はい」

小声で返事をすると、マリエーヌは僕の胸元に顔を埋めた。その行動に、全身を電撃が走ったような衝撃を受ける。僕に全てを委ねるようなその姿が……堪らなく愛おしい。思わず抱きしめる手に力がこもってしまうが、彼女が苦しくないようにと、必死に力加減を調整した。

すると再び腕の中から声が聞こえてきた。

「公爵様は……温かいですね」

「……それは……君が僕に触れているから……愛する人に触れられると、たちまち僕の体は燃えるような熱に侵されてしまうんだ」

「ふふ……そうでなくても、公爵様はいつも温かいです」

明るい声でそう告げると、マリエーヌはゆっくりと顔を持ち上げ僕を見上げた。

「公爵様は、温かい人です。体も……心も……とても温かいのです」

月光に照らされて、微笑みを浮かべるマリエーヌの姿が幻想的に煌めいている。その姿に見惚れながらも、彼女の言葉が僕の胸の内を更に熱くさせた。

――心が温かい……そんな風に言われる日がくるとは、想像もしていなかった。

冷血公爵。氷のように冷たい人間。――以前の僕がそんな風に呼ばれているのは知っていた。

だが、それについて気にした事はなく、変わろうとも思わなかった。周りからどう思われようが、僕が生きていくうえでは何の影響も及ぼさなかったからだ。

それが突然、体が動かなくなり、自分が何の力も権限も持たない存在となった時——周囲の人間の僕に対する態度が変わって初めて、それまでの自分がどれほど冷たい人間だったのかを思い知った。

だが、知ったところで分からなかった。人を思いやるとはどういう事なのか……優しさとは……何なのか……。毎日のように使用人からずさんな扱いをされる中で、そんな事を考えた時もある。

考える時間だけは沢山あった。それでも結局答えは見つからず——考える事もやめた。

結局、人は自分が一番大事で、優しさも思いやりも口先だけ。何の見返りもないと分かれば、あっさりと態度を翻す。それだけの事だと、頭の中で完結させた。

そんな時——君と出会った。

何の見返りも求めず、僕を心から思いやり、優しくしてくれた僕の女神——。

君の優しさに触れて、僕は人の温かみを知った。

思いやる心も、人を慈しむ心も……全て君が教えてくれた。

極寒の冬に閉ざされていた僕の心に、春の陽気のような君が温もりを宿した。

それがきっかけとなり、決して明ける事のなかった冬が終わりを告げ、凍てついた僕の感情を、血も、涙も……全てを溶かして巡らせたんだ。

僕の温もりは、君の温もりだ。

温かいのは、君の心なんだ。

君が、僕を変えたんだ——。

幕間　赤眼の死神

とある暗殺者の末路　～？？？～

「はぁっはぁっはぁっ……」

街灯のない狭い路地裏を一目散に駆け抜ける。

――くそ……くそっ……！　まただ！　また失敗した！　誰なんだよ⁉　俺の邪魔をする奴は⁉

苛立つ気持ちをぶちまけたいが、今はそんな余裕もない。さっきから俺の後ろを奴が追って来ている。奇襲は得意だが真正面からやり合うのは専門外だ。一度撒いてから仕切り直すしかねぇ！　くそが！　なんで俺がこんな目に遭わなきゃなんねぇんだよ！

ならず者として世間から弾かれた俺は、つるんでいた仲間と共に殺しを生業（なりわい）として生きてきた。人を殺すのは初めてでは無かったし、何よりも報酬が破格だった。それにこの世には誰かを殺したい人間が山ほどいる。次々と舞い込む依頼を引き受け、多くのターゲットを殺してきた。

だが、ある時を境に、急に全てが上手くいかなくなった。まるで俺たちが殺しに来るのを分かっていたかのように、いつも直前で邪魔が入った。

立て続けに仲間が捕まり、殺され、行方を晦（くら）まし……気付けば俺一人だけが残されていた。

度重なる失敗に痺れを切らした雇い主からは、この仕事が最後のチャンスだと念を押された。

恐らく、これを失敗すれば俺自身が雇い主から消されてしまうだろう。

失敗は許されない。だからこそ慎重に事を進めていた。

そんな矢先――突然、奴が現れた。

ただならぬ空気を纏うその姿を前にして、咄嗟に俺は依頼を遂行するよりも逃げる事を選んだ。裏の社会で生きていると、明らかに自分とは住む世界が違うヤバい奴と出くわす事がある。コイツは間違いなくその部類の人間なのだと、俺の本能が警告していた――。


どこまで逃げたかは分からないが、後ろから迫る気配が消えてようやく俺は足を止めた。息を切らせ、ふらつく体を壁に預けて後ろの様子を窺う。

――撒いたか？

その先に人の気配がない事を確認し、安堵の溜息と共に正面を向き――すぐ目の前に奴が居た。

「うわあああぁ⁉」

叫ぶと同時に飛び退いて距離を取り、腰に帯びていた剣を引き抜いた。

「誰なんだよお前は⁉」

頭を覆い尽くすほど深く被ったフードのせいでその顔は拝めないが、体形から察するに、恐らく男だろう。その手に握られた剣の切っ先が月光に反射し、こちらを眩しく照らしている。

フード姿の男は沈黙したまま、こちらへ一歩、また一歩と歩み寄る。それに合わせて、俺も後ろへと後ずさった。だが次の瞬間、男は地を蹴り一瞬で俺との間合いを詰めた。

――なっ⁉　速っ……！

咄嗟に剣を構えるが、それは男の一振りでいとも簡単に弾き飛ばされた。

完全に無防備となった俺の前には——月明かりに照らされた白銀色の髪の隙間から、血の色を連想させる鮮やかな真紅の瞳が煌めいていた。

俺を真っすぐに捉え、激しい憎悪を孕んだ視線にゾクリと背筋が凍る。

まるで死神を彷彿とさせる男の姿を前にして、死を覚悟した瞬間、俺の意識は途切れた——。

薄暗く、肌を纏わりつくような陰湿な空気が充満する中、何かに腰掛けた状態で目を覚ました。

——俺は……まだ生きてるのか……？

首筋が酷く痛むのは何かで強打されたせいなのか。未だぼんやりとする視界では、ここがどこなのかは分からない。だが、鼻を突くような血の生臭さに段々と意識が覚醒する。それだけじゃない。その中に混じった独特の臭い。これは——死体の臭いだ。

途端、全身からどっと汗が噴きだし、すぐさま立ち上がろうと試みるも体はピクりとも動かない。自らの体に視線を落とすと、両手足は鎖で固く縛られ椅子にくくりつけられていた。

——なっ……！　まさかさっきの奴に捕まったのか⁉

自分の置かれている状況を把握し、絶望感に囚われていると、

「目が覚めたか」

前方から声が聞こえ、恐る恐る顔を持ち上げた。少し離れた先で、椅子に腰掛け足を組む一人の男。

横柄な態度で頬杖(ほおづえ)をつき、軽蔑の眼差しで俺を見据えるその人物は——。

「お……お前は……！　なんで公爵サマがここにいんだよ⁉」

――おいおい。冗談じゃねえぞ！

冷血公爵、血に飢えた殺人鬼、無慈悲な拷問魔……さまざまな異名を持つこの男は俺が最も警戒する人物。最近はすっかり丸くなったと聞いてはいたが、それでも殺しの依頼はこの男とは無縁の人物に絞っていたはずだ。それなのに……いつの間に目を付けられたんだ⁉


「まさか……今までの依頼もあんたが邪魔してたのか⁉」

「ああ、お前の仲間の一人に協力してもらってな。大金をちらつかせたら喜んで協力してくれたぞ」

――くそ！　やっぱり裏切者がいたのかよ！

「でも……なんでだよ！　俺たちは公爵サマの邪魔になるような仕事はしていなかったはずだ！　俺らの他にも、もっと悪いヤツは沢山いるだろうが！　それなのになんで俺たちに目を付けた⁉」

「……片腕のない神父は知っているだろう？」

「……⁉　あ……ああ。一ヶ月ほど前に……確かにアイツは公爵サマの暗殺依頼を持ち掛けてきた。だがすぐ断った！　そんなヤバい依頼に手を出すはずがない！　それにあの神父ともあれ以来会っていない！　本当だ！　信じてくれよ！」

「ああ、そうだろうな。僕が殺したからな」

「……は？」

あっさりと告げられて、唖然としたまま言葉を失った。

――殺した？　自分の暗殺依頼を俺らに持ち掛けたから？　それも裏切った奴が言ったのか？

「そ……それじゃあ、この話は終わりでいいじゃねえか！　なんで引き受けてもない依頼のせいでこんな目に遭わなきゃいけねえんだよ！」

「今回は引き受けなかったんだな。やはりあの時は僕の状態をある程度知っていたという訳か……」

——今回は……？　さっきからなに訳の分かんねぇ事をブツブツ言ってやがるんだ!?

「なあ、頼むから命だけは助けてくれよ……そうだ！　公爵サマの殺したい奴を代わりに殺してやるよ！　むしろ俺を殺し専門で雇ってくれ！　今回みたいに邪魔が入りさえしなければ殺しは確実に遂行する！　公爵サマだって、殺したい奴は沢山いるだろう!?」

「ああ、そうだな。どうしても殺したい奴がいる」

「ならソイツを殺してやるよ！　公爵サマの手を汚さずとも……この俺が——」

「その必要はない。僕が殺したいと思う人間はお前で最後だ。それもこの手で、確実にな」

殺意の込められた瞳で睨み付けられ、全身を悪寒が走り抜けた。

縛り付けられ、動かない体がカタカタと震えているのが分かる。

「は……？　俺……？　なんでだよ……俺が一体何をしたってんだよ!?」

「しただろう。多くの人間を、その手で殺してきたんだろ？」

「そ……それは……ならあんたも同罪だろ！　知ってるんだぜ……あんたが自分にとって都合の悪い人間に罪を着せて過剰な罰を与えてたって事を……それだけじゃない。直接手にかけ、その死体も証拠も秘密裏に処理させていたって事もだ！　でなければあんたに敵対していた人間が矢継ぎ早に不審死を遂げたり消息を絶ったりするはずがないからな！　あんたこそとんだ極悪人だ！　そんな奴が今さら正義感から俺を殺すってのか!?」

「お前は何を言っているんだ？　人を殺すのが正義なものか。これはただの個人的な恨みだ」

「はぁ!?　じゃあなおさら意味がわかんねぇよ！　俺があんたに何かしたか!?」

「相変わらずお前はうるさいな。これ以上何を言っても意味はない。さっさと始めるとしよう」

素っ気なくそう言うと、公爵は椅子から立ち上がり、手にしていたナイフを逆手に持ち替えた。

「は……始めるって……何をする気だ⁉」

「あの時、お前はゲームと言っていたな。ナイフを順番に突き刺し、なるべく殺さないようにするのだと。今すぐにでもお前を殺してやりたいが、ギリギリまで殺さないように善処しよう」

「は……？　な……なんだよそれ⁉　悪趣味すぎだろうが！」

「知らん。お前が考案したゲームだろう」

「はぁ⁉　知らねぇよそんなの！　……そうだ！　誰かと間違えてるんだ！　そうに決まってる！　俺は公爵サマに恨まれるような事は絶対にしていない！　神に誓ってもいい！　だから助けてくれよ……なんでもするから！」

「人違いなものか。その頬に刻まれている傷も、醜く淀んだ目も、反吐が出るほど耳障りな声も、なにもかも覚えている。僕がお前を見間違えるはずがないだろうが」

ギロリと俺を睨み付ける視線から、空気が凍りつきそうなほどの殺気が伝わり、再び全身に悪寒が駆け巡る。呼吸する事もままならないほどの恐怖で、もう何も考えられない。

その死神は俺を睨み付けたまま、ゆっくりとこちらへ歩み寄る。

「やめろ……来るな……やめてくれ……お願いだ……！　俺が悪かったから！」

プライドなんて役に立たないものは捨て、涙を流して訴える。それでも死神は歩みを止める事はなく、その手に握られたナイフは震えるほどに力が込められている。今すぐにでも殺したくて堪らないという強烈な殺意がひしひしと伝わってくる。それでも、いくら体を動かそうとも、ガチャガチャと鎖が擦れ合う音が響くだけで俺の体は全く動かない。

「怖いだろう。体が動かず、目の前の脅威に何の抵抗をする術も持たない、無力な自分は……」

落ち着いた口ぶりでそう言うと、俺のすぐ目の前で足を止めた死神は、瞳を大きく見開き、積年の恨みを晴らすような顔で俺を見据えた。

「や……やめろ……やめろおおおおおおおおおお!!!!」

最期の抵抗も虚しく、その手がゆっくりと動き、ナイフを持つ手を頭上にかざした。

――なんでだよ……？　俺がお前に……何をしたってんだよ……!?

ほどなくして、その刃は俺の体に突き立てられ――いっそ殺せと訴えずにはいられない、地獄の時間が始まった――。

許せない人物　～アレクシア公爵～

公爵邸の地下にある隠し部屋。極一部の人間しか存在を知らされていないその場所は、薄暗く換気もまともにできていないせいで、陰湿な空気となんとも言い難い悪臭で満たされている。

まるで牢獄にも思えるこの場所で、無言で佇む僕の目の前には椅子に両手足を縛られたまま、見るも無残な姿になった人間の亡骸(なきがら)がある。

返り血で真っ赤に染め上げた僕の手からナイフがすり抜け、カランッと音を立てて床に落ちた。

――終わった……もう……これで最後だ――。

頬から滴り落ちる雫は、この人間の返り血なのか……それとも――。

「公爵様。これはまた……派手にやられましたね」

背後から、呆れ気味に呟くジェイクの声が聞こえてきた。

「……後始末は頼んだ」

「はぁ……分かりました。しかし、今回は少々手荒だったのでは……？　よほど強い恨みでもあったのでしょうか？」

「……」

「まあ、おっしゃりたくないのであれば、こちらも無理にはお聞きしません。ですが、いつまでこのような事をなさるおつもりですか？　こんな事を続けていれば、いずれマリエーヌ様も……」

「分かっている。ここを使うのは今日で最後だ。諸々片付けて誰も立ち入れないようにしておけ」

「……え？　よろしいのですか？」

「ああ。もう必要ない」

――これ以上、血に汚れた手でマリエーヌに触れたくはない……。

踵を返し、すれ違うジェイクとは目も合わせずに、僕は血塗られたその部屋を後にした。

返り血を浴びた体や髪の毛を念入りに洗い流し、寝間着に着替えた僕は自室のベッドへと倒れ込んだ。身を預ける冷たいシーツが、未だ火照る体の熱を溶かしていく。

窓越しに見える景色は、まだ暗闇に沈んだまま。瞼を閉じれば、体に染みついた血の臭いが鮮明になる。どれだけ洗い流しても、一度染み付いてしまった血の臭いは簡単に落ちてはくれない。

――マリエーヌと会う前に、もう一度体を清めよう……。

人を殺めたという痕跡は、体の奥深くまでこびりつく。あの男の返り血だけではない。かつてあの部屋で血を流した多くの人間の残り香までもが、今の僕の体に纏わりついている。

あの部屋は、僕に敵意を向ける人間や裏切り者たちを縛り付け、情報を吐かせる……そういう場所だった。その中には口を噤んだまま息絶えた者も何人かいた。公（おおやけ）にできないその遺体は秘密裏に処分させた。あの男の遺体も、人目に触れる事なく処理されるだろう。

はぁ……と深い溜息を吐き仰向けになると、見慣れた天井を見つめた。

かつて僕を殺そうとしたあの神父は、孤児院を営みながら、路頭に迷う孤児たちを引き取り育てていた。だが、表では里親が見つかったと嘘を吐き、裏では人身売買する輩に高値で売れそうな子供を売り渡していた。神父という仮面を被りながらも、その素性は非道極まりない人間だった。

三年前、その現場に踏み込んだ僕は、二度と神に祈る事ができないよう神父の片腕を切り落とした。命こそ奪わなかったのは、その場にまだ幼い子供がいたからだろうか。自分を売ろうとした神父の服を掴み、泣きながら体を震わせ怯える子供の姿を前にして、僅かに残っていた僕の良心が最後の一振りを押し止めたのか。

あの時の僕にそんな良心が本当にあったかは定かではないが。

そのすぐ後に駆け付けて来た治安部隊に神父の身を預けたが、護送途中で奴は逃げ出し、忽然と姿を消した。即座に周囲の捜索が行われたが、結局行方は分からず。どうせ何処かで野垂れ死ぬだろうと思っていたが……まさか今頃になって僕に復讐する機会を窺っていたとはな。

今回も、奴は僕の殺害を目論んでいた。依頼は承諾されなかったが、執念深いあの男が諦めるはずがなかった。だからこそ生かしておく訳にはいかなかった。僕の弱点であるマリエーヌの存在を知られたら、奴が彼女を狙うのは容易に想像できたからだ。

──いや……そうでなくとも。奴ら全員、この手で始末しなければ気が済まなかっただろう。

これまでにも、僕は多くの人間を殺めてきた。

戦場で対峙した敵国の人間、罪を犯した人間、僕を殺そうとした人間。

人を殺めるにはそれなりの理由があった。だが、中には不当に罰を与えた事案も確かにあった。

以前の僕は、人の命を奪う事に対して何も感じなかった。罪を犯した人間に罰を与えるのは当然であり、僕を殺そうとした人間を、僕が殺すのも当たり前の事だった。それに生きている人間が一人減ったところで何も変わらない。その人間の代わりなどいくらでもいるのだから──そう思っていた。

しかし、今は違う。誰かの代わりになれる人間などいない。

失われた命は二度と息を吹き返す事なく、その命に宿っていた心と共に、儚く消えゆくのだ。

命の重みというものを──あの時、目の前でマリエーヌを失って初めて僕は思い知った。

こうして過去に戻り、再び自分と向き合った時、ふいに思った。

今まで僕が殺めてきた人間の裏側で、どれだけ多くの人が嘆き悲しみ、涙していたのだろうか──と。マリエーヌを失い、悲嘆に暮れるしかなかった僕と同じように。

──それでも、その苦しみを知ったとしても、奴らだけはどうしても許せなかった。

あの時、マリエーヌを死に至らしめた奴らだけは──。

たとえ今世では、奴らがマリエーヌの存在すら知らなかったのだとしても……関係ない。

あの時のマリエーヌは、確かに奴らに殺された。何の罪もないマリエーヌが……たった一人の最愛の女性が……僕の目の前で……!!

その怒りが、再び僕に人としての感情を失わせた。無尽蔵に込み上げる激しい殺意を抑えられず……ただ殺すだけでは足りない。あの時のマリエーヌの苦しみ、恐怖、無念……それらを全て何倍にもして奴らに味わわせてやりたいと。その狂気じみた思いのままに、復讐の刃を奴らに刻み続けた。

果たして、こんな僕の姿をマリエーヌが見たらどう思うだろうか……。

今度こそ僕を見放し、その姿を消してしまうかもしれない——そんな恐怖を常に抱えていた。

——だが、それももう終わった。これ以上、この手を血で汚す必要はない。

これからは……マリエーヌと共に真っ当に生き、二人で幸せな日々を過ごすんだ——。

静かに閉じた瞼裏に映し出されたのは——血に染まり、事切れた彼女の姿だった。

「うっ……!」

ズキンッと胸に激痛が走り、胸元を強く掴んだ。その痛みが、マリエーヌを失った時の壮絶な悲痛を呼び起こし、狂おしいほどの怒りで目の前が真っ赤に染まる。

もう、憎むべき相手はこの世には存在しない。それなのに……今も怒りの感情が収まらない。

——いや……まだ一人だけ残っている。誰よりも許せない人物が。

それは——この僕自身だ。

あの時、目の前で殺されるマリエーヌを、僕はただ見ている事しかできなかった。

それどころか、彼女が殺される要因となったのは僕自身だった。僕の妻でなければ、彼女は死ななかった。僕と一緒になったばかりに、彼女は不幸な結末を迎えてしまったんだ。

もしもマリエーヌが僕と結婚していなければ、もっと良い人生を送れていただろう。優しい彼女の事だから、誰からも愛され、誠実で素晴らしい男性と結婚して幸せに暮らしていたはずだ。

そしてマリエーヌと出会わなかった僕は、あの事故により動かなくなった体と共に、地獄のような日々の行く末、孤独に独り死んでいただろう。

それこそが、本来あるべき姿だったはずだ。それなのに――。

どうして神は、こんなにも罪深い僕の願いを聞き入れ、叶えたのだろうか――？


少しだけ眠り、目覚めた僕はもう一度体を洗い流した。

完璧にとはいかないが、染み付いていた臭いは幾分かマシになった。それから手早く身支度を済ませ、マリエーヌへ贈る花束を作るべく中庭へと向かった。誰もいない廊下を歩きながら、もうすぐ彼女に会えるという喜びが、僕の冷え切った胸の内に温もりを灯していく。

マリエーヌと一緒にいる時だけは、心地良い幸せに浸っていられる。彼女の笑顔を見るだけで、何もかも救われた気持ちになれる。

だが――ひとたび一人になれば、瞬時に彼女を失った時へと心が引き戻される。奴らを全員無き者にすれば、この気持ちも少しは晴れるだろうと思っていた。――だが、結局何も変わらなかった。

マリエーヌは生きている。この体も、もう思いのままに動かせる。それなのに――。

僕の心は、今もまだあの時に縛られたまま動けずにいる。

――これは……僕に科せられた罰なのだろうか？

一生拭う事のできない罪を背負って生きていけという事か……。

――マリエーヌ……。

瞼を閉じ、その優しい笑顔を思い浮かべれば、少しだけ気持ちが楽になる。

僕たちが共に過ごしたあの日々を、今のマリエーヌは覚えていない。

だが、それでいい。彼女には必要のない記憶だ。

たとえ、僕と彼女の心の間に、取り払えない壁があるのだとしても……時折感じる、どうにもならない寂しさも全て、僕だけが知っていればいい。


――ただ、一つだけ。知りたい事がある。

悲しい結末を迎えてしまった僕たちだったが……。

二人で過ごしたあの時間。

果たして君は……幸せだったのだろうか――？

四章 貴方と過ごしたもう一つの記憶 〜マリエーヌ〜

不可解な行動

空は闇に沈み、ひっそりと静まり返った公爵邸の中で。

明かりを灯したランプを片手に、私は一人で廊下を歩いている。

今宵は新月。いつも廊下を明るく照らしてくれる月は、今は闇に身を潜めているけれど、漆黒の空にはビーズを散りばめたような星々が淡い輝きを放っている。

つい先ほど自室で目覚めた私は、どこか夢見心地な意識の中で、寝ぼけ眼(まなこ)をこすりながらベッドから起き上がった。時計を確認すると、時刻は間もなく日を跨ごうとしていた。

私は傍に置いていた赤ワイン色のショールを羽織ると、明かりを灯したランプを手に取り部屋から出た。それから夢を見ているような浮遊感の中、うっつらうっつらと頭を揺らしながら足の赴くままに廊下を歩き――ある部屋の前でピタリと止まった。

その部屋の扉と向き合うと、自然と体が動き、コンコンと控えめなノックをした。中からは何の反応もなく、辺りはシン……と静まり返ったまま。それでも一呼吸置いた私は、ドアノブに手をかけ、なるべく音を立てないようにと、ゆっくり回し――。

――……あれ？　開かない……？

いつもなら何の問題もなく開くはずの扉が、ドアノブを回そうとしても、ガチッ……と何かが引っ掛かり回らない。もう一度……と、再びその手に力を入れた。その時――。

「マリエーヌ……？」

「⁉」

突然、後ろから名前を呼ばれて、ドクンッと心臓が大きく高鳴った。

咄嗟に振り返ると、そこには――。

「公爵……さま……？」

突如として現れた公爵様の姿に、唖然としたまま声が零れた。

その瞬間、朧げだった意識が引き戻され、頭の中がハッキリと覚醒した。

そして今しがた、自分がとっていた不可解な行動に首を傾げる。

「あれ？　私……どうしてここに……？」

自分がいる場所も分からずキョロキョロと辺りを見渡していると、公爵様が落ち着いた口調で教えてくれた。

「ここは以前、僕が使っていた部屋の前だ。執務室が隣にある」

「あ……」

その指が指し示す先を見ると、公爵様の仕事場でもある執務室があった。

確かに、以前の公爵様は執務室の隣にあるこの部屋を私室として使っていた。だけど今の公爵様は、私のお部屋の二つ隣にあるお部屋を主に使用している。だから私がここを訪れる理由なんてないはずなのだけど……どうして来てしまったのかしら……？

部屋の扉を見つめながら考え込んでいると、公爵様が扉に手を添え、口を開いた。

「今、この部屋は貴重な資料を保管する場所として使っているんだ。だから誰かが勝手に持ち出さないよう、常にこうして施錠をしているんだが……」

するとと公爵様は真剣な眼差しで私を見つめ、問いかけた。

「マリエーヌ。君はこの部屋に何か用事があったのだろうか？」

「え……？　あ……いえ、特に用事はないのですが……ごめんなさい。なんだか寝ぼけていたみたいで、よく覚えていなくて……」

自分でもなんと説明すればよいのか分からず……とりあえず話題を変えようと、何気なく問いかけた。

「それよりも公爵様はどうしてこちらに？　もしかして、まだ仕事をしていらしたのですか？」

「いや……今日はもう自室に戻っていたのだが……」

途端、公爵様はどこかバツが悪そうに少しだけ視線を逸らすと、少し間を置いて話し始めた。

「君が部屋を出るのが分かったから……すまない。実は後ろから様子を見させてもらっていたんだ。君の様子がいつもと少し違っていたから……」

「……！　そうだったのですね」

——と、納得したものの、すぐに何かが引っ掛かった。

いくら公爵様と私のお部屋が近いとは言っても、私たちの部屋の間には夫婦共有の寝室が設けられている。それもかなり広いお部屋が。それなのに、私が部屋から出る音が公爵様の部屋にまで聞こえるのかしら？　それこそ耳を澄まして聞いていない限りは難しいと思うのだけど。

——まさか……いえ、きっと気のせいだわ。さすがに公爵様もそこまではしないはず……多分。

すると、顔に焦りを滲ませた公爵様がグイッと身を乗り出してきた。

「マリエーヌ、誤解しないでほしい。確かに僕は、日頃から神経を研ぎ澄まして君の部屋から聞こえてくる僅かな物音から君が今何をしているのだろうかと想像を膨らませる事はある。だが、常に君の行動を監視しているという訳ではないんだ。どうかそれだけは分かってほしい」

そう告げながらキリッと鋭く真剣な眼差しを私に向ける公爵様は、なんとも凜々しい顔つきをしている。その美しい容姿に思わずドキリとする——はずなのだけど、それ以上にインパクトのある発言をたった今聞いてしまった。

——公爵様。今ので疑惑が確信に変わったのですが……？

「……分かりました」

とりあえず、口角を上げて受け流すと、公爵様はホッと胸を撫でおろし、柔らかく笑った。

——本当に……公爵様は四六時中、私の事を考えてくれているのね……。

多少、行き過ぎてしまうところはあるけれど、そんな公爵様の姿すらも嬉しく思う自分がいる。

公爵様の態度が変貌してから、もう八ヶ月ほどが過ぎた。

それまでの私は、公爵様の妻であるのにもかかわらず、名前すらも呼ばれた事がなくて。月に一度の夜伽以外は存在を無視され続けてきた。

そんなある日、公爵様が高熱に倒れ——三日後、目を覚ました時には、急に私を溺愛するようになっていた。

最初は戸惑いもしたし、すぐには信じられなかった。あまりの変貌ぶりに、公爵様が二重人格を発症し、新しく形成された人格が妻である私を義務的に愛するようになったのだと思っていた。

それでも、真っすぐに誠実な愛を伝え続けてくれる公爵様に、私も少しずつ惹かれていった。

だけどその気持ちが大きくなる一方で、いつか公爵様が元の人格に戻り、私への愛も消えてしまうのでは……という不安にも駆られた。

そんな不安を抑えきれず、胸の内を吐露してしまった私に、それは絶対にありえない、と公爵様ははっきりと明言した。二重人格を発症している訳ではなく、私だからこそ愛しているのだと……言ってくれた。

だから私は、公爵様の言葉を信じる事にした。

いつ何時（なんどき）も、溢れんばかりの愛を注いでくれる公爵様だからこそ、信じたいと思った。


そんな事を思い返しているうちに、自分の不可解な行動への疑問はだんだんと薄れていった。

深く考えても仕方がない。やはり寝ぼけていただけだろう……と、小さく頷き納得する。

その時、公爵様がどこか切なげな瞳で私を見つめているのに気付いた。いや……見つめているというよりも……視線は私に向いているけれど、その瞳の焦点は私には合っていない。

——また、私の知らない私を見ているのかしら……？

そんな風に私を見つめる姿は、これまでにも何度かあった。

時折向けられるその瞳に、少しだけ寂しさを覚えてしまう。

公爵様は、私を愛するようになったきっかけを、ある夢を見たからだと教えてくれた。恐らく、その夢の中で私と公爵様の間に何かしらあったのだろう。けれどその詳細を話そうとした公爵様はとても辛そうで……そんな苦しい思いをさせてまで聞き出したくはなかった。

だから今はまだ分からない。公爵様が私を愛するようになった本当の理由を。

だけど……いつか分かる日が来るのだろうか。

その瞳が見つめる先に、一体何があるのかを——。

沈みそうになる気持ちを、笑顔を繕い無理やり持ち上げ、虚ろげな瞳をした公爵様に声を掛けた。

「公爵様。どうかされましたか？」

「……！　ああ、すまない！　……少し、ボーっとしていたようだ」

ハッと我に返った公爵様は、額に手を押し当て前髪をかき上げた。見目麗しいお顔がハッキリと露になり、思わずゴクリと固唾を呑んでしまった。

公爵様とは毎日顔を合わせているけれど、その美しさにはいつも目を見張ってしまう。

高級感のある白銀色の髪は絹のような光沢を宿し。ルビーを連想させる真紅の瞳は、ランプの灯に照らされ、幻想的な朱色の輝きを映し出している。筋の通った高い鼻、色気すら感じられる形の良い唇。その端麗な容姿に、今までどれだけの女性が虜になったのだろう。

——と言っても、その美しさよりも公爵様の悪評の方が際立ってしまい、女性たちは近寄るどころか遠ざかる一方だったらしいけれど。でもそのおかげで、今こうして公爵様と一緒に居られるのだと思うと……喜んでもいいのかしら……？　……少し、複雑ね……。

その時、前髪をかき上げていた手がこちらへと伸び、私が手にしていたランプを掴み上げた。

「マリエーヌ。部屋まで送ろう」

そう言って穏やかな笑みを浮かべた公爵様は、ランプを持つ手とは反対の手を私に差し出した。

触れなくても分かる、その温かみのある手の平が私を優しく誘う。誘われるままに手を重ねると、ギュッと力強く……それでいて優しく握られた。

それから私たちは手を繋いで並び、ランプの灯りが照らす廊下を歩きだした。

特に会話を交わす訳でもなく、ただゆっくりと……なるべくこの時間が長く続くようにと、いつもより速度を落として歩いた。そんな私の思惑に公爵様が気付いているかは分からないけれど、公爵様も私の歩く歩幅に合わせてくれている。少しだけ顔を持ち上げ、前髪の隙間から公爵様を覗き見ると、こちらを愛おしそうに見つめる瞳と目が合った。

私の視線に気付き、柔らかく目を細める公爵様の姿に、再びドキリと心臓が跳ね上がった。ゆっくりと歩む足とは対照的に、心音はドキドキと速さを増すばかり。

静寂に包まれたこの空間では、その音が公爵様にまで聞こえてしまいそうで。

なんとかこの沈黙を破りたくて、一ヶ月も先の話を始めてしまった。

「そ……そういえば、もうすぐ公爵様の誕生日ですよね？」

「ああ。そういえば、そんなものもあったな……」

公爵様は自分の誕生日の事なのに、まるで興味がないといった反応。

——もしかして公爵様は、お祝いされたりするのはあまり好きではないのかしら……？

公爵様と一緒に暮らすようになってから、お互い一度は誕生日を迎えた。けれど、それぞれお祝いの言葉を交わす事もなく、いつもと変わらない一日を過ごした。あの頃の公爵様と私の関係を考えれば、それも仕方がなかったと思う。お祝いなんて、できる雰囲気でもなかったし……。

それが今は、こうして手を繋いで歩くのが当たり前の関係になった。

あの時よりも、私たちはずっと夫婦らしくなった。公爵様が望んでいる、愛し合う夫婦のかたちにだって……きっといつかなれるはずだと、今は希望を持てるようになった。

だからこそ、公爵様の誕生日をきちんとお祝いしてあげたい。

私は公爵様の妻であり……家族なのだから。

「公爵様。何かほしいものとか、私にしてほしい事はありますか？」

「え……？」

私の問いに、公爵様はキョトンと目を丸くした。その反応から察するに、なぜ私がそんな事を訊くのか分かっていないようにも見える。もう一度、今度はもっと分かり易く説明を添えた。

「公爵様の誕生日を、私からもお祝いさせていただきたいのです。日頃の感謝を込めて、何かプレゼントも贈りたいですし……公爵様のために、私にできる事があればと思って……」

「……!?　マ……マリエーヌが……僕のために……!?」

大袈裟に思えるほどの驚愕の表情で、公爵様は私を凝視している。そんな姿に圧倒されながらも、私はコクリと力強く頷いた。途端、真紅の瞳が光を照らした宝石のごとくキラキラと輝き出した。

「なんという事だ……誕生日を祝うなど、くだらん戯れだと思っていた僕はなんて愚かだったんだ！　マリエーヌが僕のために……僕だけのために……!!　誕生日を祝ってくれるだと!?」

未だ信じられないとでもいうような表情でワナワナと震え出す公爵様を、私は口をキュッと閉ざしたまましばらく眺め――もう一度訊いてみる。

「それで公爵様。先ほどの質問に対するお答えを聞きたいのですが……」

「あ……ああ。ほしいもの……か……。マリエーヌからの贈り物ならばなんだって嬉しいだろうな……。それに、してほしい事も君になら何でも――」

そこまで言うと、公爵様は何かに気付いたようにハッと目を見開き、ポツリと呟いた。

「手料理……」

「え……？」

思わず気の抜けた声が出てしまったけれど、公爵様はジッと私を見据えてはっきりと答えた。

「マリエーヌ。君の手料理が食べたい」

「……私の手料理……ですか？」

予想外の要望に、再び聞き返してしまう。

更に公爵様は期待に満ち溢れた瞳で私を見つめ、いつも以上に積極的な様子で告げた。

「ああ、何でも構わない。君が料理したものを食べたいんだ」

「……ですが……公爵様のお口に合いそうなものは作れないと思います」

それも一流のシェフが作る料理を毎日食べている相手に、自分の手料理をお出しするのはさすがに気が引けてしまう。公爵様の要望をお断りするのは心苦しいのだけど……。

「そんな事はない。君が料理したものなら何でも僕の口に合うと自信を持って言える」

やんわりとお断りするつもりが、公爵様から自信満々にそう言われ、何も言えなくなった。

「……だが、もちろん無理にとは言わない。君がよければぜひ、僕のために料理をしてほしいんだ」

切望するような姿を見せながらも、決して無理強いはしない公爵様の優しさに心がジーンと温まる。

そうやって、公爵様はいつも私の気持ちを優先してくれる。だからこそ尚更、公爵様がそれを望むのなら、やっぱり叶えてあげたい。料理の腕に自信はないけれど……公爵様が喜んでくれるのなら……！

そう思い、静かに覚悟を決めた。

「……分かりました。公爵様のために、丹精込めて料理をさせていただきます！」

「本当か⁉　嬉しいな……君の手料理が食べられるなんて……夢のようだ……」

公爵様は心底嬉しそうな様子で感動に瞳を潤ませながら深い喜びに浸っている。そんな姿を見せられると、こちらまで嬉しくて胸が熱くなる——と同時に、プレッシャーも物凄いけれど……！

——これはなんとしても、公爵様の誕生日までにお出ししても恥ずかしくない料理を作れるようにならないといけないわ……。だけど、こういう時って何を作るべきなのかしら？　作れるものなんてそう多くはないし、手間のかかるものだと失敗した時にどうにもならないし……。

早くも何を作ろうかと頭を悩ませていると、公爵様の足がピタリと止まった。

気付けば、いつの間にか自室の前に到着していた。

「あ……」

無意識のうちに、私の口から残念そうな声が漏れた。

——もう、着いてしまったのね……。

さっきまで満たされていたはずの気持ちが、一気に心細くなっていく。

もう一度眠りにつき、再び目を覚ました時には、公爵様はいつものように花束を持って私に会いに来てくれるというのに。そんな僅かな時間でさえも離れがたくて、私たちを繋いでいる手の平にギュッと力を込めた。

俯く私の耳に、公爵様の名残惜しそうな声が聞こえてきた。

「あと数時間後にはまた会えるというのに……なんとも離れがたいな……」

その瞬間、私の心が喜びで一杯になった。

——公爵様も、私と同じ事を思っていてくれた……。

ただそれだけの事が、嬉しくて堪らなくて……心が通じ合ったような高揚感を覚えた。

公爵様はいつも、こうしてありのままの気持ちを言葉にして伝えてくれる。

私への愛を……何度でも口にして、揺るぎない気持ちを証明し続けてくれている。

それに比べて私は……公爵様への気持ちを未だに伝えられていない。

——私はもう……ずっと前から、公爵様の事を——。

それを認めるのが怖くて、いつまでも気付かないふりをしていた自分の気持ち。公爵様と共に過ごしたあの夜に、私ははっきりと自覚した。だけど私は、自分が公爵様に相応しい人物だとは到底思えなくて。その自信の無さが、この口を固く閉ざし蓋をしてしまう。だけど……。

——このまま公爵様に甘えていてはいけない。少しでも、自分の思いを言葉にしないと……！

その決意と共に顔を持ち上げると、勇気を振り絞り、思いのままに誘ってみる。

「あの……公爵様。良かったら、お部屋でもう少しだけお話ししませんか？」

「え……？」

私の言葉を聞いて呆気にとられる公爵様のお顔を、上目遣いでジッと見つめる。

——こんな夜更けに自室へお誘いするなんて……そんなの……恥ずかしいに決まってる……！

というか、よく考えたら告白するよりも大胆な事を言っているのではないかしら⁉

……でも……きっと公爵様なら……聞き入れてくれるはず……。

期待と不安が渦巻く感情を落ち着かせる術もなく、繋ぐ手の平をこれでもかというほどギュ〜ッと握りしめた。一方で公爵様は、少し狼狽(うろた)えるように私をジッと見つめている。

皆が寝静まる深夜。二人だけの空間というのは、いつもより気持ちが大胆になれるのかもしれない。

この雰囲気のまま、お部屋の中で少しでもお話ができたのなら——今度こそ、私の気持ちを伝えられるかもしれない。そしてあわよくば……また一緒のベッドで眠りたい……なんて……。

公爵様と共に過ごしたあの夜、公爵様の腕の中で優しい温もりに包まれ、眠りについた時の多幸感がずっと忘れられなかった。すごくドキドキしたけれど、心はとても安らかで……気付けば一瞬で眠ってしまっていた。それがちょっとだけ残念にも思えて、もう一度、一緒に寝る口実がないかと密かに探していた。

すると私を見つめ返していた公爵様は、視線を地に落として口を開いた。

「すまない、マリエーヌ……。それは……できない」

「……！」

まさか断られるとは思わず、そんな提案をしてしまった自分への激しい後悔が突き上げる。咄嗟に繋いでいた手を離し、両手をパタパタと振りながら必死に笑顔を繕った。

「そ……そうですよね！　こんな夜中なのに私ったら何を言ってるのかしら……どうか今の発言は忘れてください！」

そう明るく訴えるも、恥ずかしさと後悔で涙がじわりと目尻に浮かぶ。それが零れてしまわないよう、くるりっと公爵様に背を向けて、自室の扉へと足早に向かった。その時——。

私の耳の後ろから手が伸び——トン……と目の前の扉に押し当てられた。すぐ後ろに感じられる気配……この感じは、前にも一度経験がある。

——こ……これは……壁トン……!?

急転直下の壁トンに、とても頭が追い付かない。すると、反対側の手も後ろから伸び……同じように扉へ押し当てられた。

——え？　……え……⁉　これはもしかして……壁トントン⁉　って、そんなのあるの⁉

動揺のあまり、頭の中が混乱する。

扉と公爵様の両手により閉じ込められたような状態で、私の背中に公爵様の体がギリギリ触れる所まで近付いた。背中から伝わる公爵様の熱いほどの体温が、私の体まで熱くしてしまう。それと同時に、公爵様の心臓の鼓動がすさまじい速さで鳴り響いているのが分かった。それが自分の鼓動とも重なって……どちらのものかも分からなくて……クラクラしそうなほど顔も体も熱い。

それでも必死に声を絞り出した。

「こ……公爵……様……？」

すると私のすぐ耳元で、公爵様の囁く声が聞こえた。

「マリエーヌ」

いつもとは違う、熱の籠もった色気のある声で名を呼ばれ、ドキッと心臓が大きく跳びはねた。

その声と、耳に触れる吐息がゾクゾクと体中を刺激する。

「僕はいつだって君と一緒にいたい。今もそう思っている。……ただ……こんな夜更けに部屋の中で君と二人きりというのは……僕が君にとって一番危険な人物になりかねない」

「……え……？」

——それってどういう意味……と、聞こうと思ったけれど、聞く前に察してしまい、カァッと顔が熱くなる。

「君が僕を好きになるまでは、僕はこの一線を越えるつもりはない。だが……二人だけで……それも密室となると……情けないが、自分を抑えられる自信がないんだ」

――それはつまり……私とお部屋で話をするのが嫌な訳ではなく……話だけでは収まらなくなってしまうから、無理だと……そう言いたいのでしょうか……？

その先を想像してしまい、更に顔が発火しそうなほど熱くなる。だけど両想いなら全く問題ないし……そうでなくとも、私たちは夫婦だから当然の事で……というか、そもそも私たちがそういう事をするのは初めてではない訳で……だとしても、改めてそう言われると物凄く恥ずかしい……！

――って、それよりも今のこの後ろから抱きしめられているような状況は大丈夫なのかしら⁉

熱に浮かされるままグルグルと思考が駆け巡り――しばらくして、私の体に密着していた公爵様の体がスゥッと離れた。その温もりが去り、急に背中が寂しく感じる。

「すまない。そういう訳だから……今日はこの辺にしておこう。君を僕から守るためにも……」

「……は……はい……」

公爵様に背を向けたまま、か細い声で返事をすると、公爵様は私の手を取り台の上に置いていたランプを手渡してきた。それを受け取り、心を落ち着かせようと、揺らめく灯をジッと見つめた。

「マリエーヌ」

ふいに優しく名前を呼ばれて、顔を持ち上げた。すると、私を愛おしそうに見つめる公爵様は、ゆっくりと口を開き――。

「いつもありがとう」

そう言って微笑む公爵様は、嬉しそうにする半面、なぜか少しだけ寂しそうにも見えた。

唐突に告げられた感謝の言葉。それは何に対する感謝なのだろう……と、その理由が分からず何も

返せずにいると、公爵様は「あと……」と言葉を続け、私の髪を一房(ひとふさ)手にとり、

「やはり髪を下ろした君も、愛らしくて可愛いな」

「……!!」

口説き文句と共に、公爵様はその髪を口元まで持ち上げると、愛おしむように口付けた。

その行動に、再びボッと火が噴き出すように顔が熱くなった。

そんな私を、公爵様は満足気な笑顔で見つめ、

「おやすみマリエーヌ。また明日、会いに来るよ」

「……はい……おやすみなさい……公爵様」

今度こそ就寝の挨拶を交わし、私は公爵様に見届けられながら部屋の中へと入り、扉を閉ざした。

フラフラとおぼつかない足取りでランプをサイドテーブルに置くと、そのままベッドに倒れ込んだ。

ドキドキドキと、未だに心臓は高鳴り落ち着かない。ひんやりと冷たかった布団も、あっという間に私の熱で熱くなった。

一人になって、少しホッとする自分と、ほんの少しだけ……残念な自分がいる。


——公爵様。別に……抑えなくてもいいんですよ……？

心の中でなら、そんな大胆な事も言えるのに……と、枕に顔を埋めながら、体中の空気が抜けるような溜息を吐き出した。

翌日。朝食を終え、公爵様が執務室へ向かうのを見届けた私は、さっそく料理の練習をするために調理場へとやって来た。

リディアに言伝（ことづて）を頼んでいたのもあって、私を出迎えてくれた食事担当の使用人が簡潔に調理場の使い方を説明してくれた。貯蔵庫にある物は何でも自由に使っていいと言ってくれたので、ズラッと並んでいる種類豊富な食材を前に頭を悩ませた。見慣れない野菜や気になる食材は色々とあるけれど、まずは馴染みのある物を使って料理の勘を取り戻そうと、艶のある玉ねぎを一つ手に取った。それから隣に並んでいる人参も取ろうと手を伸ばした時、ある事を思い出した。

――そういえば、公爵様は人参を食べられるようになったとは言っていたけれど、好きになった訳ではないのよね……？

……でも、今日はあくまでも練習だから、入れても構わないわよね……？

だとしたら、人参は料理に入れない方がよいのかしら？

念のため、私の斜め後ろに控えている専属侍女――リディアに訊いてみる。

「リディア。野菜スープを作ろうと思うのだけど、人参を入れてもいいかしら？」

「もちろんです！　嫌いな食べ物は特にございません！」

リディアは鼻高々にそう言うと、抱えていた籠を私に差し出した。

「ふふ……それは素晴らしいわね」

威勢の良い返事に思わず笑みが零れた。持っていた玉ねぎをその籠の中へ入れると、人参、じゃがいも、卵を手に取り、どんどん籠に入れていく。

今日調理したものは、リディアをはじめとする屋敷で働く使用人たちに食べてもらう話になっている。だけどもし公爵様がそれを知ってしまったら、自分も食べたいと言い出すかもしれない。だからなるべく公爵様にはバレないように練習したいのだけど……それは多分難しい。

公爵様は仕事中であれ、隙あらば私の部屋を訪ねに来るし、私が部屋に居ないとなると、片っ端から居場所を捜し回るに違いない。ここでこっそり練習しているのがバレるのも時間の問題だと思う。

それでも、公爵様にはちゃんとしたものを作れるようになってから、誕生日に召し上がっていただきたい。だからたとえバレたとしても、当日までは我慢していただくしかない。

残念がる公爵様の顔が頭を過りつつも、食材を選び終えた私は、今度は鍋や包丁などの調理器具を手に取った。

すると野菜の入った籠を調理台の上に置いたリディアが、不思議そうに首を傾げた。

「マリエーヌ様は、今までにここで料理をされた事があるのですか？」

「？　いいえ、今日が初めてになるわ」

「そうですか。それにしては、置き場所をよくご存じだと思ったもので」

「……確かに、そうよね……」

実のところ、私もそれは不思議に思っていた。

先ほど、簡潔に説明を受けたとはいえ、どこに何の調理器具があるかまでは詳しく聞いていない。それなのに体が自然と動いてその場所を的確に当てている。偶然というよりも……まるで最初からそこにあるのが分かっていたかのように。

不思議に思ったのはそれだけじゃない。

こうしてこの場所に立っている事自体が、なんだか懐かしく思えて……少しだけ、泣きそうになった。公爵様が使用人たちを一斉に解雇した日、一度だけ調理場には入ったけれど、その時はこんな気持ちにはならなかったのに。

——やっぱり最近の私はなにかおかしい。自分の事なのに、自分でもよく分からなくなる。上手く説明できないけれど、まるで自分の中に知らない誰かがいるような感覚。

それと……時々、不思議な夢を見ている気がする。その内容はよく覚えていないけれど、誰かと一緒にいたような……。目が覚めた時には、切ない気持ちで苦しくなるのだけど……あの人はいったい誰なのかしら……？

調理台に置かれた食材、自分が握る包丁を見つめたまま、しばし考え込んでいると、神妙な面持ちをしたリディアが恐る恐る声を掛けてきた。

「あの……？　マリエーヌ様……大丈夫でしょうか……？」

「え？　……あ……ごめんなさい。ちょっと考え事をしていたから……」

咄嗟に笑顔で返事をするも、リディアはなぜかひどく怯えているようで。

「リディア……？　顔色が真っ青だけど大丈夫？」

調子が悪いのかと思い近寄ろうとしたけれど、それに合わせてリディアも素早く後ずさり、私たちの距離は縮まらなかった。

なぜそんな反応を……？　と、小首を傾げる私に、リディアがぽつりぽつりと言葉を発した。

「考え事って……もしや私という存在をどう消そうかと考えている訳ではないですよね……？」

「………………え？」

――リディアを消す……？　それって……どういう意味かしら……？

やはり訳が分からず言葉に詰まっていると、リディアは目を逸らしたまま口だけを動かした。

「いえ……急に包丁を握ったまま動かなくなってしまったので……さっきの私の発言が何かマズかったのかと……それで……その包丁で口封じをされてしまうのかと考えてしまって……」

――……それはつまり……私がリディアを消すって……そういう意味だったの……？

「も、もちろん、マリエーヌ様がそんな事をするはずがないと分かってはいるのです！　分かってはいるのですが……そう思ってしまうのは、最近、寝る前に殺人事件を題材にした推理小説を読み始めた影響でしょうかね……」

「……そう……でも、大丈夫よ……？　さすがにそんな恐ろしい事は考えないわ」

精一杯の笑顔を浮かべ、手にしていた包丁をまな板の上に静かに置いた。するとようやくリディアは私と目を合わせ、引き攣った笑顔で明るく振る舞った。

「そうですよね！　公爵様ならともかくとして、マリエーヌ様がそんな事するはずありませんもんね！　ははは……」

乾いた笑いで誤魔化してはいるけれど、リディアは私と一定の距離を保ったまま縮める気はないらしい。相変わらず、想像力豊かな彼女には感心させられる。だけど握っている包丁を見つめたまま物思いにふけるというのは……傍（はた）から見たら恐ろしい光景だったかもしれない。それにさっきは包丁を手にしたままリディアに近寄ろうとしていたし……。

――料理中に考え事はよくないわね……。

そう深く反省し、気を取り直して目の前の作業に集中する。

野菜を切り始めると、「さすがマリエーヌ様。お上手ですね」と、すかさずリディアが褒めてくれた。さっきの事を気にして私の機嫌を取ろうとしているのかしら……と、少しだけ勘ぐってしまったけれど、リディアが嘘をつけないのは知っているので素直に喜んだ。

久しぶりの料理。上手くできるか心配だったけれど、体はちゃんと覚えてくれていて安心した。全ての食材を切り終えると、それを鍋に入れてひたひたになるまで水を注いで火にかけた。野菜に火が通るまではしばらく時間がかかるので、今のうちに例の件をリディアに相談する。

「ねえ、リディア。公爵様の誕生日にお渡しするプレゼントなのだけど……何がいいかしら？」

するとリディアは口元に手を当て、まるで事件を推理する名探偵のようなポーズを決めた。

「うーん……そうですねぇ……。あの人の事ですから、マリエーヌ様から貰えるものなら何でも喜ぶと思います。試しに紙の切れ端でもあげてみてはいかがでしょうか？　きっと高価な額縁に入れて永遠に眺めていると思います。それかそこら辺に落ちている石でもいいかもしれませんね……。あ、でもマリエーヌ様が使ったタオルとかは絶対駄目ですからね！　あの人、何に使うか分かりませんから……あとマリエーヌ様の髪の毛とかも……とにかく、マリエーヌ様の体から生み出されたものはやめておいた方が良いです」

――……やっぱりリディアに聞くのは間違いだったかしら……。

そう、少しだけ後悔する。だけど確かに、公爵様なら何をあげても満面の笑みで喜んでくれそう。

「というか、マリエーヌ様の手料理が食べられるだけでも、公爵様にとっては十分すぎるプレゼントだと思いますよ？」

「そうかしら？　でも……舌の肥えた公爵様を満足させるものができるか分からないし……」

「大丈夫です！　あの人はマリエーヌ様の手料理であれば、たとえ炭になったとしても美味しく召し上がるに違いありませんから！」

自信満々に言い放ったリディアの言葉に、「そうね……」と思わず同意してしまう。とはいえ、さすがにそんなお粗末なものをお出しする訳にはいかない。気を引き締めて、料理に集中しないと。

そうこうしているうちに、グツグツと鍋の中身が沸騰し始めていた。浮いてきた灰汁を丁寧に掬い取り、鍋に蓋をして再び時間を置く。その間、別の容器に卵を割入れ、牛乳を足して念入りにかき混ぜた。それからバターを一切れ入れた鍋を火にかけ、溶いた卵を流し入れる。焦がさないように火力を落とし、木べらで絶え間なく混ぜながらゆっくりと固まっていくのを待った。

「マリエーヌ様。それは何を作っているのですか？」

「スクランブルエッグよ。弱火でかき混ぜながらゆっくり火を通していくと、トロトロで美味しいのが出来上がるの」

「おお……それは美味しそうです……。上手く噛めない私にはピッタリの料理です」

「上手く噛めない……？」

ぼそりと呟いた言葉が気になり問いかけると、リディアはギクリと小さく肩を跳ねさせた。

それからしらじらしく私から視線をずらし、言い辛そうに口を開く。

「ええ……。ちょっと……いえ、かなり痛くて……」

「もしかして、虫歯？」

「うっ……！　認めたくはないのですが……噛んだだけで痛みが走るというのは、きっとそういう事なのでしょう……」

「そんなに酷いの？　早くお医者様に診てもらった方が良いわ」

「ええ、そうなんです。自分でもそう思ってはいるのですが……これだけ痛いという事は、もう間違いなく抜くしかないと思うのです。ですが、嫁入り前に歯を抜くのは少々抵抗がありまして……」

「気持ちは分からなくもないけれど……。だけどそんなに痛いのならやっぱり――」

「あ！　マリエーヌ様！　そろそろ火を止めた方がよくないですか⁉」

わざとらしくそう言うと、リディアはカタカタと蓋を揺らしている鍋を指さした。

「まだ大丈夫よ。もう少し煮込むわ」

「でも、あまり煮すぎると野菜の原形が無くなってしまいませんか？」

「ええ、それでいいの。ほどよく崩れていた方が、後ですり潰すのが楽だから――」

――え？

すり潰す……？　私……何を言っているの……？

自分がなぜそんな事を口走ってしまったのか分からず、口元に手を当てて自問していると、リディアが興味津々に声を掛けてきた。

「マリエーヌ様。それはもしかしてコーンポタージュのような、野菜を濾して滑らかにするタイプのスープを作ろうとしているのですか？」

「いえ……そのつもりはなかったのだけど……おかしいわね。なぜすり潰そうとしたのかしら？」

「もしや……私のために、噛めなくても食べられる料理を作ろうとしたのでは？」

「……それもないと思うのだけど……」

「では、公爵様も虫歯を患っているとか……⁉」

「リディア……誰もがあなたのように深刻な虫歯を患っている訳ではないのよ……？」

ぐいぐいと食い気味で問いかけてくるリディアの言葉を受け流し、私は調理台の上に視線を移した。

そこには既にすり鉢とすりこ木が置かれている。つまり、リディアの話を聞く前から、私はこれを無意識のうちに用意していた……という事になる。

――すり鉢なんて、使う料理は限られているのに……。

なぜそんなものを用意していたのか、再び考え込んでしまい――ハッと顔を上げた。

咄嗟に火にかけている鍋の蓋を取り、中見を確認する。案の条、野菜はほとんど煮崩れしてしまい……リディアの言う通り、原形がなくなっていた。軽くかき混ぜると、ボロ……とじゃがいもが崩れて粉々になった。そのせいでスープも淀みドロドロになってしまっている。

それを見つめて途方に暮れる私を励ますように、リディアが優しく声を掛けてきた。

「マリエーヌ様。理由はなんであれ、トロトロのスクランブルエッグと野菜が溶けたスープは咀嚼が難しい私にはとても嬉しい料理です。むしろ毎日これを食べたい気分です」

「そう……。それよりも、リディアは早くお医者様に診てもらった方がいいわ……」

右頬に手を当て笑みを浮かべるリディアにそう告げると、その口が縫い合わさったかのようにグッと固く閉ざされた。これは当分診てもらう気はないらしい。

その時、スクランブルエッグの存在を思い出した私は、すぐさま隣の鍋に目を移した。そこには……すっかり固まってしまった卵の塊が。もはやトロトロ感は全くなく、木べらでつつくとボロボロと形が崩れた。これではトロトロというよりもボロボロ……。

唖然としたまま立ち尽くし、とりあえず火を止めると、涙を堪えて重い溜息を吐き出した。

――やっぱり……料理中に考え事はよろしくないわね……。

こうして、私の料理練習初日は、ドロドロのスープと、ボロボロのスクランブルエッグという、散々な結果となった。それでも、料理を食べてくれた使用人たちは口を揃えて「美味しいです」と言ってくれた。その優しさに、落ち込んでいた気持ちも救われた。

それから私は、次の日、その次の日も料理の練習を続けた。様子を見にきてくれた調理担当のシェフからも助言をもらい、少しずつ料理の腕も上達していった。

三日後には、さっそく私の居場所を捜し出した公爵様が調理場までやって来たけれど、「料理を口にするのは誕生日まで待ってください」と、率直にお願いすると、素直に応じてくれた。だけど練習で作った料理を使用人が食べていると知った時の、リディアたちへ向けられた視線にはゾッとした。

それでも、公爵様は私との約束を守り、練習で作った料理には決して手を付けようとしなかった。

その代わり、私が料理する姿を淡い笑みを浮かべながら、嬉しそうにいつまでも見つめていた。

半泣き状態のジェイクさんが迎えに来るまでは――。

レイモンド様が来られたのですが……？

冬晴れの暖かい日差しが降り注ぐ公爵邸の中庭。

年間を通して、比較的暖かいこの土地に雪が降る事はない。代わりに、この時季でも彩り豊かな花々を観賞できる。澄んだ空気の中で鮮明に映し出される景色もまた趣があって美しい。

展望用の小屋の中で、私とリディアは丸テーブルを囲んで座ると、目の前でアイシャがお茶を淹れる様子を興味津々に眺めていた。

いつもなら、この時間は公爵様と食後の散歩を楽しんでいるのだけど、今日は二階にある書庫で急ぎの用事があるらしく。昼食を終えると、待ち伏せていたジェイクさんに急かされながら、公爵様は名残惜しそうに別れを告げて去って行った。

そんな公爵様の背中を見送った後、自室へ戻ると、ちょうどリディアが部屋の掃除をしていた。邪魔になってはいけないと、引き返そうとしたところを後ろから呼び止められた。いつもより早い私の戻りを不思議がるリディアに事の経緯を説明すると、『せっかくのお天気ですし、中庭で食後のティータイムはどうですか？』と、素敵な提案をしてくれたので、喜んでそれに賛同した。

それから手早く掃除を終えたリディアは、お茶に精通しているアイシャも連れてきてくれたので、さっそく三人で中庭へと向かった。

アイシャの故郷は茶葉の生産地としても有名で、彼女自身も幼い頃からお茶に慣れ親しんだ生活を送っていたらしい。聞いた話によると、地元の茶葉だけでは飽き足らず、あらゆる地方の茶葉を集めては飲み比べをするほどお茶が好きらしく。お茶の淹れ方もよく知っていて、アイシャが淹れてくれるお茶は魔法がかかったかのように一層美味しくなる。もちろん、リディアが淹れてくれるお茶もとても美味しいのだけど、それとはまた別次元にも感じられて。同じ茶葉を使っているのに、淹れ方の違いでこんなにも香りや味が変わるのかと、初めて口にした時は衝撃的だった。

「お待たせいたしました」

お茶の入ったティーカップが乗るソーサーを、アイシャが両手で慎重に持ち、私の目の前にソッと置いた。次にリディアの前。そして自分が座る席の前に置くと、おずおずと椅子に腰掛けた。

本来ならば、こうして侍女が自分の仕える主人と同じテーブルでティータイムを楽しむ――なんて事はないらしい。だけど私は、そんな主従を重んじる関係よりも、できるだけ友人に近い形で接してほしいと思っている。

それは今まで私に友達という存在が居なかったから、互いに気兼ねなく話ができる関係というものに憧れを抱いていたのもある。当然、私たちの立場上、それが難しい話なのは分かっている。それでもせっかく仲良くなれたのだから、たまにはこうして一緒にお茶を楽しみたいと思い、私から彼女たちにお願いした。それを聞いたリディアは快く応じてくれたけれど、アイシャは根が真面目なのもあり、承諾はしてくれたものの、体がカチンコチンに固まってしまうほど緊張している。

その様子だと、とてもお茶を楽しむどころではないので、なんとか緊張を解そうと、声を掛けた。

「アイシャ、そんなに緊張しなくても大丈夫よ？　私からお願いした事だから」

「は……はい！　マリエーヌ様と同じお席でお茶をいただけるなんて、光栄の極みでございます！」

「ふふっ……私もアイシャと一緒にお茶を飲めるなんて嬉しいわ」

「……！　あ……ありがたき幸せでございます！」

声高らかにお礼を告げると同時に、アイシャは座ったまま勢いよく頭を下げた。危うくティーカップに顔を突っ込みそうになり、思わずドキッとしたけれど、ギリギリのところでピタッと停止したのを見て、密かに胸を撫でおろした。

少しだけ緊張感から解放されたアイシャの様子にも安堵し、私は目の前にあるティーカップを手に取った。口元まで持ち上げると、ふわっと甘い香りが立ち上り期待に口が綻ぶ。そのお茶を一口、二口と口に含めば、コクのある深い味わい、ほのかな渋みが口の中に広がっていく。

「美味しい……。やっぱりアイシャが淹れてくれるお茶は格別ね」

「あ……ありがとうございます！」

恥ずかしがるように頬を赤らめて、アイシャは嬉しそうに顔を綻ばせる。一方でリディアは、眉をひそめたままティーカップの中に視線を落としている。物言いたげな口が、間もなく開かれた。

「確かに美味しくはあるのですが……私にはちょっと渋みが強いかもしれないですね」

「あ……それでしたら、ミルクを少し入れましょうか？　このお茶はミルクとも相性が良いので、まろやかになって飲みやすくなると思います」

アイシャは立ち上がると、テーブルワゴンの上に置いてある小ぶりのピッチャーを手に取り、リディアのティーカップの中へ少しだけ注いだ。それを軽くスプーンでかき混ぜ、再びお茶を口にしたリディアはご満悦な様子で口元をにんまりとさせた。

「さすがアイシャ。お茶の申し子と呼ぶに相応しいお手前です」

その口調がとても上からのようにも思えるけれど、アイシャはそんなリディアの言葉にも素直に喜んでいる。仲の良さそうな二人の姿に、少しだけ羨ましく思いながらも、思わず笑みが零れた。

「ふふっ……本当にそう思うわ。アイシャの淹れたお茶を、ぜひ公爵様にも飲んでいただきたいわ」

「え……公爵様に……ですか……？」

あからさまにアイシャが狼狽えていると、リディアが横から口を挟んだ。

「マリエーヌ様。それはやめておいた方がよろしいかと。アイシャはプレッシャーに大変弱いので、その日を想像して眠れなくなってしまいます。それでまた粗相をしてしまっては、今度こそ解雇は免れないですからね」

「う……ううう っ……！」

リディアの言葉に、アイシャは鳩尾を押さえて苦しそうに顔を歪め始める。

「ほら見てください。さっそくアイシャの胃痛が始まりました」

――私にはリディアがプレッシャーをかけているようにしか見えないのだけど……。

そんなやり取りを微笑ましく見ていると、背後から聞き馴染んだ声が聞こえてきた。

「マリエーヌ」

優しく囁くように名前を呼ばれて、胸が高鳴った。だけど、少しだけ違和感も。声は同じだけど、何かが違うような……？　と、怪訝に思いながら振り返ると、そこに居たのは――。

「……！　レイモンド様！」

思わず声が先走り、咄嗟に椅子から立ち上がった。

レイモンド様は、ライトグレーのスーツの上から漆黒のロングコートを羽織り、柔らかい笑みを浮かべて佇んでいた。私と目が合うと、赤い瞳を更に細めた。

「久しぶりだな。その姿を見る限り、元気そうで安心した」

公爵様と同じ声でそう告げると、レイモンド様は私の方へと歩み寄ってきた。

近付くほどに、その容姿が公爵様とそっくりなのがよく分かる。絹のように美しく艶のある白銀色の髪も、ルビーのように煌めく神秘的な真紅の瞳も。公爵様に劣らぬ美しさに、思わず目を奪われそうになる。公爵様と異なる箇所といえば、髪を長く伸ばして一つ結びにしているという事と、前髪の分け目が逆な事かしら……。――と、思わず観察してしまったけれど、私もテーブルから離れてレイモンド様と向き合った。

「大変ご無沙汰しております。レイモンド様も――」

お元気そうで……と続けようとしたけれど、久方ぶりに見たその姿は少し疲弊しているようにも見えて、言葉を変えた。

「……少し、お痩せになられましたか？」

「ああ……色々とゴタゴタしていたからな……。おかげでここに顔を出すのもずいぶんと遅くなってしまった。以前に君と会ったのは確か、春頃だったからな……」

言われてみれば、ここ数ヶ月……少なくとも、公爵様の態度が変わってからは、レイモンド様は一度もここを訪れてはいない。それ以前は二ヶ月に一度は顔を出しに来ていたはずなのだけど……。とはいえ、こちらもここ数ヶ月は目まぐるしい日々が続いていたので、特に気に掛ける余裕もなかった。

そしてふと思う。

――レイモンド様は、公爵様がお変わりになられたのは知っているのかしら？

伯爵位を持つレイモンド様は、ここから東部に向けて遠く離れた場所にある伯爵領で暮らしている。ここへ来るのにも、馬車と汽車を乗り継いで三日はかかると聞いたけれど、そんな遠方に住んでいるのなら、こちらの情報がどれだけ届いているのか分からない。だけど、私が公爵様に愛されるようになり、今は幸せに暮らしているのだと知れば、きっと喜んでくれるはず……。

なぜなら、レイモンド様はこの屋敷で冷遇されていた私をずっと気に掛けてくれていて……あの時の私にとっては、唯一の味方とも言えた人物なのだから――。

私とレイモンド様が初めて会ったのは、公爵様と結婚して間もなくの事だった。

レイモンド様は、私たちの結婚式に参列はしなかったものの、式を挙げてから数日後に公爵邸を訪れ、挨拶をするためにわざわざ私の部屋まで訪ねに来てくれた。

当時、公爵様に弟がいる事すら知らされていなかった私は、突然目の前に現れた公爵様そっくりな人物を前に、どうすれば良いかも分からず……言葉を失い立ち尽くしていた。

そんな私に、レイモンド様は安心させるように柔らかく笑いかけ、

「お初にお目にかかります。アレクシア・ウィルフォード公爵の弟で、レイモンド・ウィルフォードと申します。この度は、ご結婚おめでとうございます」

そう挨拶を述べると、レイモンド様は丁寧に頭を下げた。

氷のように冷たい公爵様とそっくりな姿で、物腰柔らかく話しかけてくれたレイモンド様に、私はただ戸惑うばかりで。だけどあの時の私は、誰かからそんな風に優しく声を掛けられる事なんてなくて……緊張の糸がほどけたように思わず涙が滲んだ。それから少しだけ会話を交わしてお別れの挨拶となったけれど、自分の存在を気に掛けてくれる人が居てくれただけでも、心が救われた。

その後も、二ヶ月に一度という僅かな回数ではあったけれど、レイモンド様が公爵邸にやって来た時には、決まって私の部屋にも訪ねにきてくれた。あらぬ噂にならないようにと、部屋の扉を開けた先での立ち話でしかなかったけれど、私にとっては心安らげる貴重なひとときだった。

一年間の冷遇生活に耐え続けられたのも、レイモンド様の存在が大きかったのかもしれない。

そんな思い出に浸っていた私の耳に、レイモンド様の声が聞こえてきた。

「それにしても……しばらく会わないうちにずいぶんと雰囲気が変わったな……。髪形もドレスも……前はそんな風ではなかったと思うが……」

レイモンド様は訝しげに私の頭の上から足元まで観察するように視線を動かした。その言葉はごもっともで……以前の私は自分の身なりを気に掛けてはおらず、髪は櫛で梳かすくらいで、数も少ない質素な洋服を着回していた。それに比べ、今は毎日のようにリディアが髪飾りを使って可愛くヘアアレンジをしてくれるし、身に纏うドレスも、装飾は控えめながらもレースが沢山施された可愛らしいデザインに。手首には、公爵様の瞳を連想させるルビーがはめ込まれたブレスレットも。

これらは全て公爵様が贈ってくれたもので、他にも一室に納まりきらないほどのドレスや装身具が贈られている……と言ったら、レイモンド様は信じてくれるだろうか。

どこから説明するべきかと思い悩んでいると、途端にレイモンド様の瞳が鋭く尖り、その視線は私の傍にいるリディアとアイシャへと向けられた。

「それに……見覚えのない侍女だな」

レイモンド様の口から小さく呟かれた声は、低く冷たいものだった。

その威圧的な視線を向けられ、リディアはあからさまに不快さを顔に滲ませ、アイシャは怯えるように項垂れ震えている。

レイモンド様は、以前まで私が使用人たちからも冷遇されていたのを知っている。だからこそ、わざとそういう態度を見せて彼女たちを威嚇しているのだろう。――だけど今は違う。

私を慕ってくれている彼女たちにそんな目を向けられて、私も黙ってはいられない。

私はレイモンド様の視線を遮るように間に立ち、その真紅の瞳と向き合った。

「レイモンド様。二人は私の大切な侍女です。そのような目で見られては、彼女たちが怖がって萎縮してしまいます」

力強く訴えると、レイモンド様は大きく目を見張り、私を凝視した。

「……驚いたな。君がそんな風に言うなんて……」

「……あの時とは、色々と状況が異なりますので」

私を心配してくれるレイモンド様に対し、咎めるような発言をしてしまい、心苦しくも思う。だけど、どう説明すればよいのだろう。公爵様に愛されるようになったと言っても、すぐには信じてくれないだろうし。

——とりあえず、まずは今の公爵様に会ってもらうのが一番よね……？

「レイモンド様は公爵様に会いに来られたのですよね？　公爵様は確か二階の書庫にいらっしゃるはずです」

「ああ。そうらしいな。……だが、今日は兄さんに会う前にマリエーヌに会っておきたかったんだ」

「え？　私に……ですか？」

今度は私の方が目を見張り、首を傾げる。そんな私に、レイモンド様はどことなく嬉しそうに微笑むと、羽織っているロングコートで隠れていた右手を差し出してきた。

「マリエーヌ。これを君に渡したくて持ってきたんだ」

その手には、見事なまでに真っ赤に開花した薔薇の花束が握られている。

「……？」

――これを……私に……？

なぜか花束を贈られようとしている状況に、頭が追い付かず……それを素直に受け取って良いのかも分からないままその場でしばらく立ち尽くし――その時だった。

「マリエーヌ!!」

突如、頭上から私の名を叫ぶ声が聞こえ――次の瞬間、突風にあおられて私の髪が大きくなびいた。反射的に瞼を閉じ、再び開いた私のすぐ目の前には、見慣れた後ろ姿があった。

「……公爵……様？」

呆気にとられたまま、その背中に呼び掛けるも、公爵様はレイモンド様と対峙したまま動かない。ふと頭上を見上げると、公爵邸の二階の窓から身を乗り出したジェイクさんが、ポカンと口を開けたまま固まっていた。

――公爵様。

まさか……あの場所から飛び降りてここまで来たのでしょうか……？

二階とは言っても、一階の天井が高いだけに結構な高さになる。そんな場所から飛び降りて、平気なはずがないのだけど……。念のため、後ろから公爵様の体を隅々まで観察し、怪我はしていない事を確認してホッと胸を撫で下ろす。そんな私の心配をよそに、二人は向かい合ったままで。

先に沈黙を破ったのは公爵様だった。

「レイモンド。僕のマリエーヌに何の用だ？」

――僕の……？　今、僕の……っておっしゃいましたか……？

自分で言うのも恥ずかしいけれど、今まで『僕の女神』とは何度か言われてきた。だけど、『僕のマリエーヌ』というのは初めて聞いたわ……。自分の名前の前に『僕の』が付くだけでなんでこんなにもときめくのかしら……⁉　だって……そんなのまるで所有物みたいなものの言い方なのに……それが全然嫌じゃない……むしろ嬉しいとすら感じてしまうなんて……！

嬉しいやら恥ずかしいやらで、すっかり火照って熱くなった頬っぺたを両手で包み込み、にやけてしまいそうな口元をプルプルと震わせていると、ふいにリディアと目が合った。

生暖かい笑みを浮かべるリディアと、その少し後ろではキラキラと憧れにも似た眼差しでこちらを見つめるアイシャ。そんな二人と自分との間に、言い知れない温度差を感じて、冷静さを取り戻した私は、コホン……とわざとらしく咳払いをして何事もなかったかのごとく平静を装った。

すると、小馬鹿にするようにレイモンド様が鼻で笑った。

「ふっ……。僕の……か……。あれだけマリエーヌを邪険に扱っていたくせに、今更よくそんな言葉が出てくるものだな」

「……レイモンド。先に僕の質問に答えろ。何の用があってマリエーヌに会っていた？」

私の位置からは公爵様がどんな表情をしているかは分からない。だけど、その声はいつもよりも低く、機嫌が悪そう。まるで昔の公爵様の口調を聞いているみたいで、少し胸がざわついた。

「別に。挨拶をしていただけだ。自分の義姉にあたる人物に挨拶するのは、特におかしい話ではないだろう」

「ならばその花束はなんだ？　お前は挨拶をするだけの相手に、わざわざ花束を用意する奴だったのか？」

「……さすがに、これを見られて言い逃れはできないか」

レイモンド様は手にしていた薔薇の花束をテーブルの上に置くと、再び公爵様と向き合った。

「僕はマリエーヌを迎えに来たんだ」

「……なんだと？」

その瞬間、おびただしいほどの冷気が公爵様から漂い出した。思わず身震いしていると、リディアが私の肩へショールをソッと掛けてくれた。

「兄さんは……世継ぎをつくるためだけにマリエーヌと結婚したんだろう？　金の力を利用して」

「……！」

「更には、マリエーヌの実家に多額の金を支給する事で、彼女の逃げ場を失わせた。外出する事も許さず、マリエーヌをここへ閉じ込め自分の都合良く利用するために」

「……」

挑発的な口調で言葉を連ねるレイモンド様に、公爵様は何の反論もせず押し黙っている。

ただ、その両手は固く握りしめられ、僅かに震えている。まるで何かに耐えるように。

「何の反論も無しか？　そうだろうな……反論の余地もないだろう。全て事実なのだから。……それなのに、今更愛妻家を装うなんて、今度は何を企んでいるんだ？」

「……企みなどない。僕がマリエーヌを愛しているのは、紛れもない事実だ」

「はっ……あくまでもシラを切るんだな！　だが、今更になって彼女を愛する姿を見せたところで、これまでの事が全て許されるとでも思っているのか⁉　兄さんの態度が、今までどれだけ彼女を傷つけてきたか……誰からも歓迎されず、孤独な日々を一人で過ごす彼女がどれほど辛い思いをしてきたのかを、本当に分かっているのか⁉」

レイモンド様は声を張り上げ言い放つと、はぁ……と物悲しげに息を吐いた。

「こんな事を言ったところで、兄さんには到底理解できないだろうけどな……」

「……」

公爵様は何も言わない。だけど、その哀愁漂う後ろ姿を見ていると、息が詰まりそうになる。

確かにレイモンド様の言いたい事もよく分かる。それが私のためを思っての発言である事も……。

だけどレイモンド様は分かっていない。前まで私に冷たい態度をとっていた事を、公爵様は自分の罪として受け入れるようになり、今も後悔に苦しみ自身を責め続けている事に。

──誰から言われるまでもなく、それを一番気にしているのは公爵様なのに……そんな言い方をされたら、何も言えないに決まっている。

公爵様に代わって何か告げようと言葉を探すも、それより早くレイモンド様がボソリと呟いた。

「──本当に、何も反論しないんだな」

しばし沈黙の時が流れると、公爵様が憂いを含んだ声で話し始めた。

「ああ、そうだな。今更僕がどれだけ変わろうとも、マリエーヌを傷つけ、苦しめてきたという事実は変わらない。こんな事で許されるとも思ってはいない。だが──」

公爵様の声が途切れ、その体はこちらへと向けられた。ようやく正面から向き合えたけれど、切なく笑うその姿に胸が締め付けられる。すると公爵様は、私に向けていつものように手を差し伸べた。

すぐにその手を取ると、そのままゆっくりと引き寄せられ、優しく抱きしめられた。

「僕は心からマリエーヌを愛している。マリエーヌさえいれば、他に何も望まない」

「……！」

堂々と告げられた愛の言葉に、一瞬、足の感覚が分からなくなった。抱きしめられていなかったら膝から崩れ落ちていたかもしれない。だけど私を力強く抱きしめるその手は、微かに震えている。

それがどういう感情からなのかは分からないけれど、もしかしたら不安なのかもしれない。

――私がまだ、はっきりと自分の気持ちを伝えていないから……。

私が離れていかないようにと、縋るような公爵様の背中に手を回そうとした時――。

「驚いたな……。噂は本当だったのか。兄さんが変わったという……」

――！　レイモンド様……知っていたの？

つまり、わざと挑発的な事を言って公爵様の反応を見ていたという事……？

これにはさすがに、私も少しムッとしてしまう。

レイモンド様は何も悪びれる様子はなく、腕を組み小さく息を吐き出した。

「兄さんの奇妙な噂は僕の所まで届いていた。妻に向けて連日、馬車から溢れるほどのプレゼントを贈るようになり、人々の生活にも気を遣うようになったと……。とても信じられなかった。どうせ兄さんが世論操作のために、わざとそんな噂(デマ)を流しているのだろうと。だが……確かに、公爵領の雰囲気はずいぶんと変わっていた。町は活気に満ち溢れ、領民も生き生きとしていた。そのうちの何人かに直接話を聞いてみたが、兄さんの評判も上々だった。それに……耳を疑う話も聞いた。兄さんが……マリエーヌを抱きかかえて嬉しそうに街中を歩いていたと」

「……っ!!」

唐突にそんな発言が飛び出したので、思わず噴き出しそうになった。

――それは……初デートの時の話だわ！　まさかこの流れでそんな話が飛び出すなんて……さすが

に恥ずかしすぎる……！

再び、リディアとアイシャからの生暖かい視線が背後からチクチクと刺さり始める。

彼女たちが今どんな表情を浮かべているかは、あえて確認しないでおく。

「だが、それを聞いた時、疑問に思った。たとえ演技なのだとしても、あの兄さんがそこまでするはずがない。不用意に人に触れるのも嫌がる人間だったし、媚びを売るのも毛嫌いしていた。そんな兄さんが誰かに物を贈ったり、ましてや抱きかかえて笑顔を向けるなんてありえない。だから僕は、ある結論を導き出したんだ」

「……結論？」

思わず聞き返してしまうと、レイモンド様は気遣うような視線を私に向けた。

「ああ。もしかしたら、マリエーヌにとっては酷な話になるかもしれない……」

「え……？　それは……どういう意味でしょうか……？」

私が訊ねると、レイモンド様は気まずそうに視線を伏せるも、すぐにキリッと表情を引き締めた。

「マリエーヌ。下手にうやむやにするよりも、君にはハッキリと伝えた方が良いだろう」

真剣な眼差しを向けられて、私も固唾を呑んでその言葉を待つ。そしてその口が開かれ――。

「今の兄さんは恐らく――二重人格を発症している」

「「……」」

堂々と告げられたレイモンド様の言葉に、誰もが口を閉ざし沈黙した。

――二重人格……まさか今になって再び、その言葉を耳にするなんて……。

一方で、レイモンド様はキリッと眼光鋭く真剣なお顔で私の反応を待っている。

——え、どうしよう……。今更二重人格だと言われても……反応に困るわ……！

こういう場合、「そんなまさか!?」って驚いてあげるべき？　それとも正直に——。

「え、今更そんな事言う人いたんですね」

リディアーー！　そうよね！　あなたならそう言うわよね……!!

沈黙を破ったリディアの口は、今はアイシャの手によって塞がれている。幸いな事に、リディアの言葉はレイモンド様にははっきりと聞こえなかったらしく、ホッと胸を撫で下ろした。

確かに、かつては私たちも今のレイモンド様と同じように、公爵様は二重人格を発症しているのだと思っていた。事実、診察した医者もそう診断していたし、誰もがそれを信じて疑わなかった。だけどそれは違うと、公爵様はきっぱりと否定した。その翌日には、使用人たちにもそれは周知され、未だに公爵様が二重人格を発症していると信じる人はこの邸内にはいないのだけど。

「マリエーヌ。いきなりこんな事を言われて戸惑うのも無理はない」

——確かに戸惑うしかない。いきなりというか……今更こんな事を言われても……。

「だが……今の兄さんは明らかに前とは別人だ。恐らく、新しく形成された人格が君を愛し、人々を思いやるようになったのだろう。だが、その人格がこれから先もずっと続くとは限らない。ある日突然、元の冷たい兄さんに戻ってしまうかもしれない。その時に、今の甘い夢から覚め、再び辛い思いをするのは君なんだ」

——レイモンド様。それと全く同じことを数ヶ月前の私も思っていました。

今になって改めてそう連ねられると、なんだかとても恥ずかしくなってくるわ……！

「だからマリエーヌ——」

「レイモンド。僕は二重人格など発症していない」

沈黙を続けていた公爵様も、さすがに不快感を露にしながら否定する。それもそのはず。勝手に二重人格だと決めつけられ、懸命に伝え続けていた愛の言葉を真に受けてもらえなかったのを知って、一番ショックを受けていたのは公爵様なのだから。

「どうだか……。口だけではなんとでも言える。そもそも、兄さんが誰かを愛せるはずがないだろう。自分で言っていたじゃないか。『愛なんてものに、何の価値があるんだ？　そんなもの理解するだけ無駄だ』と。それなのに今更マリエーヌを愛してるだと？　じゃあ、兄さんはどうやって知りもしない〝愛〟を理解したんだ？　本当にその意味を分かっているのか？　それも全て、新しい人格がつくり出した仮初（かりそめ）の感情じゃないのか？」

「レイモンド様」

公爵様の腕の中から、私は静かに声を掛けた。

その声を聞いた公爵様は、私を抱きしめていた手の力を戸惑いがちに弱めた。その腕から解放された私は、それでも公爵様から離れる事なく寄り添ったまま、レイモンド様と向き合った。

「私を気に掛けてくださり、ありがとうございます。ですが、これは私と公爵様の問題です。レイモンド様には関係のない事です」

「……！」

きっぱりと告げた私の言葉に、レイモンド様は少し傷ついたように顔を歪めた。だけどすぐに急き立てられるように訴えかけてくる。

「マリエーヌ……関係なくはない！　僕はずっと……君を閉じ込めているこの冷たい屋敷から、君を連れ出したいと思っていた！　君を無視し続け、思いやりのかけらもない兄さんの傍にいる必要なんてない！　だから僕は――」

「もしかして……その花束には、そういう意味が込められていたのですか？」

「……ああ。そうだ」

レイモンド様はテーブルの上に置かれている花束を切なげに見つめた。

――もしも……公爵様が変わる前だったら……。

一瞬、そんな事が頭を過ったけれど、すぐに振り払った。

「でしたら私は、それを受け取れません。私が花束を受け取る男性は一人だけと決めていますから」

「……！　マリエーヌ……！」

はっきりと告げた私の言葉に、公爵様の頬が赤く染まり歓喜の表情へと変わっていく。

「マリエーヌ！　本当にそれでいいのか⁉　兄さんはまたきっと元の兄さんに戻るだろう！　その時に傷つくのは君の方なんだ！」

声を張り上げ訴え掛けてくるレイモンド様と私の間に入り込むように、公爵様が身を乗り出した。

「レイモンド。それ以上マリエーヌの名前を呼ぶ事は許さない。お前にとってマリエーヌは義理の姉であり、公爵夫人だ。立場をわきまえろ」

「何を今更……兄さんの方こそ、今まで彼女の名前も呼んであげなかっただろう！」

「ああ、そうだな。……だが、それとこれとは別だ。お前がマリエーヌの名前を呼ぶのは癪に障る」

「はっ！　相変わらず兄さんは自分勝手な人だ！」

「そうだ。僕は自分勝手だ。だからお前はマリエーヌの名前を呼ぶな」

「何を開き直って――」

「あの……一言、よろしいでしょうか？」

言い争う二人の間に、口を挟んだのはリディアだった。

一瞬生まれた沈黙の隙を逃がさず、リディアは言葉を続けた。

「兄弟喧嘩をするのなら、他所でやっていただけませんか？　せっかくマリエーヌ様が私たちと一緒にお茶を楽しみたいと言ってくださったのに、あなた方に邪魔されたせいで全く楽しめていません。お茶も冷えてしまって美味しくなくなってしまいました。ですので、ここら辺でお引き取り願えると非常にありがたいのですが」

――リディア……この状況でそんな事を言えるあなたの心臓、強すぎじゃないかしら……？

「は？　侍女が主人に向かって何を――」

「なんだと!?」

リディアに対し不快を露にしたレイモンド様の言葉をかき消し、公爵様が驚愕の声を上げた。

「に……兄さん……？」

その勢いに圧倒され、唖然とするレイモンド様をそのままに、公爵様は私の両肩に手を添えて申し訳なさそうに眉尻を下げた。

「マリエーヌ、すまない……。せっかく君が楽しい時間を過ごしていたというのに、それを台無しにしてしまうとは……僕はなんという大罪を犯してしまったんだ！」

「いえ……そこまで気にされるほどの事では……」

「そんな事はない！　君の大事な憩いの時間を穢してしまうなんて、一生の不覚だ……！」

真っ青な顔でワナワナと震える公爵様の姿に、慰めとなる言葉を必死に探した。

「……あの……公爵様。元気、出してください」

すると公爵様は私の両手を力強く握り、キリッと真剣な眼差しを私に向けた。

「マリエーヌ……この罪は僕が一生をかけて償っていく！　だから……どうかこれからもずっと……僕と一緒にいてほしい」

「ええっと……償う必要はないのですが……私も……これからもずっと公爵様と一緒に居たいです」

「……！　マ……マリエーヌ……！」

公爵様は頬を赤く染め上げ、じぃぃぃん……と聞こえそうなほどの感動に瞳を潤ませている。

「いや……誰だ……この男は……？」

信じられないものでも見るような顔でレイモンド様が呟く。だけどそんな反応も今更と思わざるを得ない。リディアとアイシャも特に動じる事なく落ち着いた様子で見守ってくれている。ひとしきり感動し終えた公爵様は、いつものように私に優しく微笑んだ。

「マリエーヌ。本当にすまなかった。僕はもう行くから、お茶の続きを楽しんでほしい。また、夕食の時間に迎えに行くよ」

「はい。お待ちしております」

そう返すと、ルビーのような瞳が嬉しそうに細められ——瞬時に真剣な眼差しとなり、それはレイモンド様へと向けられた。

「レイモンド。僕もお前に言いたい事がある。中で話をしようじゃないか」

「……」

そのまま二人は視線だけを交わし、公爵様は中庭から立ち去って行った。それを見て、レイモンド様も公爵様を追うように中庭を後にした。二人の姿が見えなくなり、私の視線はテーブルの上に置かれている花束へと向かった。綺麗にラッピングされ、見事なまでに真っ赤な花びらを開花させている薔薇の束。とても美しいのだけど……それを見ていると、なんとなく既視感を覚えてしまう。

——まさか……とは思うけれど……。

するとリディアが、おもむろに花束を持ち上げ、その中を食い入るように覗き込んだ。それが終わると、今度は花束を逆さまにして上下に思いっきり振り始める。バサッバサッと音を立て、何もない事を確認すると、リディアは花束を抱えるように持ち直して真剣な眼差しを私に向けた。

「マリエーヌ様、大丈夫です。中に宝石は入っていないようです」

「そう……良かった。とりあえず安心したわ」

「これ、どうしましょうか？　いっそのこと燃やしますか？」

「いえ、また取りに来るかもしれないし、そのままにしておきましょう」

有能な専属侍女の行動に感心しつつも、その隣ではアイシャが「え？　え？　宝石って……？」と、不思議そうに首を傾げている。

——アイシャ、大丈夫よ。その反応で合っているわ。

私たちが公爵様の行動にすっかり毒されているだけなのだから。

いつの日か贈られた宝石まみれの薔薇の花束を思い出し、フフッと小さく笑ってしまった。

母の愛　～レイモンド～

『僕はマリエーヌを心から愛している』

僕の前を颯爽（さっそう）と歩く兄の後ろ姿を見ながら、先ほど告げられた言葉が頭から離れなかった。

――兄さんがマリエーヌを？　そんな馬鹿な事があるものか。

腹の底から込み上げる苛立ちを奥歯で噛み潰し、視線の先にある兄の背中を睨み付けた。

――だが、驚いたな……。

あの兄さんが、あんなにも冷淡な態度を見せていたマリエーヌに愛を囁き、しかもマリエーヌ自身もそれを受け入れているとは……さすがに予想外だった。しかしマリエーヌは、ここで兄さんだけでなく使用人からもずっと蔑ろにされていた。だからこそ、急に兄さんから愛されるようになり、嬉しかったに違いない。その言葉を素直に受け入れてしまったのも頷ける。

だが、こんな危険な場所にいつまでも彼女を置いておく訳にはいかない。今からでも遅くはない。やはりマリエーヌを説得して、この男から引き離すべきだ。

血も涙もない独裁者が再び目覚める前に……。

この男が、誰かを愛するなど――絶対にありえないのだから。

僕が物心のついた頃には、既に兄さんは次期公爵としての英才教育を受けていた。

公爵家の男児は、二歳を迎えると母親とは引き離され、独自の教育を受けるのが代々伝わる風習である。その教育方針は皇室により定められたもので、それを怠る事は帝国に背くのと同じとみなされた。

レスティエール帝国の公爵となる人間は、広大な領土と、多岐にわたって多くの権限を与えられ、その確固たる地位を手にする。代わりに、有事の際には率先して帝国の盾となり、命を懸けて皇帝を守り、時には剣として部隊を率いて戦地へと赴く。そのため、文武両道を極め、強固な精神力を養い、皇帝に絶対的な忠誠心を誓う人間である必要があった。だからこそ、まだ人格の形成されていない幼少期から徹底した教育を義務付けられていた。

本来ならば、僕も同じ教育を受けるはずだった。二人以上の男子が生まれた場合は、双方に同様の教育を受けさせ、より優秀な人間へ爵位を譲渡するようにと定められていたからだ。

だが、父はそれをしなかった。その理由は、僕の母の存在だった。

母は、まだ幼かった兄さんと引き離されたショックが大きく、その後間もなくして生まれた僕にひどく依存していた。乳母(うば)がいるのにもかかわらず、僕から片時も離れようともせず、常に行動を共にしていた。まるで、我が子を奪われまいと警戒するように……。

そんな母の様子を見た父は、僕を後継者候補から外したいと皇帝に申し出た。

皇帝はそれを承諾する条件として、兄さんをより完璧な公爵へ仕立て上げるようにと命じた。

それが兄さんを更なる過酷な環境へと追いやる事となり——その結果、教育を終えた兄さんは、人としての感情が著しく欠落した冷酷な人間となっていた。

一方で僕はというと、最低限必要になるマナーや知識を学ぶくらいで、勉強の時間が終われば優しい母と共に遊んだり、ティータイムを堪能するなど、兄さんとは対照的な幼少期を過ごしていた。時には、感情表現が乏しく不器用な父も交えて、母が好きな花々が咲く中庭の散歩にも出かけた。

同じ屋敷に住んでいるのに、僕と兄さんは別世界にいるような生活を送っていた。

兄さんから見れば、そんな僕の姿はもしかしたら羨ましく思えたかもしれない。

――だが、裏を返せば、僕は誰からも期待されていない存在だった。

兄さんには、次期公爵として何もかもを手にする絶対的な権力者となる未来が約束されていた。

それに比べ、僕を待ち受けているのは、公爵家の男子として生を享けたにもかかわらず、早々に後継者候補から外され、甘やかされて育った世間知らずの坊ちゃんという肩書きだ。周囲から冷ややかな視線を浴びせられ、秀才な兄と比べられるのは目に見えていた。

どうあがいたところで、全てにおいて兄さんに敵わないのは承知の上だ。だが、たった二年遅く生まれたというだけで、僕は何も手にする権利がない。

だからこそ、一つくらい兄さんが手にできないものを持っていたかった。

それが、母親からの愛情だった。

あの優しい眼差しも、抱きしめてもらった時の温もりも全て、僕だけのものだった。兄さんには理解できないであろう愛される喜びを僕は知っているのだと。

――だが、それすらも決して僕だけのものではなかった。

中庭を僕と歩いている時、母はよく兄さんの部屋の窓を見上げていた。閉めきった窓と分厚いカーテンに遮られ、兄さんの姿なんて見えるはずがないのに……。見兼ねた僕が声を掛けるまで、母はその場から離れようとしなかった。母はいつも兄さんの事を気に掛けていた。

それに、兄さんを見ている時の母の姿を見れば……誰にでも分かったはずだ。それは疑う余地もない、我が子を見守り愛する母親としての慈愛に満ちた眼差しなのだと。

それなのに——そんな母からの愛情に、兄さんは微塵も気付かなかった。

教育を終えて母と再会した兄さんは、決してその姿を見ようとしなかった。まるで母の存在が見えていないかのように、無視し続けた。母からの愛を——自ら拒んだんだ。

その癖、自分は誰にも愛されなかったなどと……よく言えたものだな。

「レイモンド。お前はいつ、マリエーヌを好きになったんだ？」

「……！」

執務室へ足を踏み入れるなり、単刀直入に問われた。

僕がいつマリエーヌを好きになったのか——それは自分でもよく分からない。

ただ、彼女がいつか次期公爵となる子供を出産し、かつての母と同様に子供と隔離され、一人孤独を抱えて生きていくのかと思うと……放ってはおけなかった。

それに母の時とは違い、マリエーヌの周りには味方になってくれそうな人間などいなかった。兄さんが彼女に対して無関心なせいで、使用人たちも彼女を冷遇するようになっていたからだ。

最初は、そんな彼女を可哀想だと思う同情心から、気に掛けるようになった。とはいえ、特段に親しい関係だった訳ではなく。いくら愛のない婚姻だったとはいえ、既婚女性に対する節度は保っていた。

それなのに……いつからだろうか。彼女に対して、特別な感情を抱くようになったのは——。

マリエーヌは、たわいもない僕の話をいつも楽しそうに聞いていた。屋敷の外に出られない彼女にとっては、どんな話であろうと常に新鮮な驚きがあったのだろう。瞳を輝かせ、期待に満ちた眼差しで真剣に話を聞いていたかと思えば、歓喜の声を上げたり、驚きに目を見張ったりと……そんな彼女の反応が楽しくて、時間が過ぎるのはあっという間だった。

何度か言葉を交わし、少しは仲良くなれたかと思い、困っている事があれば遠慮なく話してほしいと伝えた。無駄にプライドの高い使用人たちから、どんな待遇を受けているかは知っていたからだ。

——だが、彼女は不平不満については一切口にしなかった。何も困った事はないの一点張りで、更には僕を心配させまいと思ったのか、いつもと変わらない笑顔を繕った。

清楚で健気なその姿に、いつしか心惹かれるようになっていた。

女性に対してそんな気持ちを抱くようになったのは、マリエーヌが初めてだった。

「……少なくとも、兄さんよりもずっと前なのは確かだ」

「そうか。ならばなぜもっと早くマリエーヌを迎えに来なかった？」

「……⁉」

——もっと早く迎えに……だと？　どういう事だ……？

その言葉の意味が分からず、返答に迷う僕を見た兄さんは、苛立つように瞳を鋭く尖らせた。

「お前は、マリエーヌが僕や使用人たちからどのような扱いをされていたのかを知っていたのだろう？　ならばなぜ、今まで彼女をここに残したままにしていた？　どうしてすぐにこの屋敷から連れ出さなかったんだ？」

「⁉　なっ……」

思わぬ言葉に声が詰まった――が、すぐに激しい怒りが込み上げ勢いのままに声を荒らげた。

「兄さんにそんな事を言う資格があるのか⁉　ずっとマリエーヌを苦しめ続けていたのは兄さん自身じゃないか！」

「……ああ。そうだな」

兄さんは図星を指されたように顔をしかめ、肩を落とし俯いた。ギリッと歯を食いしばり、固く握る拳を震わせる姿は、まるで自分の中の何かと葛藤しているようにも思えた。

「だからこそ、あの時のマリエーヌにとって、お前は救いとなる存在だったはずだ。本当にマリエーヌを大切に思うなら、お前が彼女をここから連れ出すべきだった。そうすれば……まだ彼女の心の傷は浅かったはずだ」

「それはずいぶんと勝手な事を言ってくれるな。だが仮にもし、僕が彼女をここから連れ出していたとしたら、兄さんだって僕たちを放ってはおかなかっただろう？」

僕の言葉に、兄さんはピクッと眉をひそめると、表情に影を落とした。

「そうだな。あの時の僕なら、お前を追い詰め、見せしめにその両足を斬り落とすくらいはしていたな。……マリエーヌの事も……二度と逃げ出せないよう、光も灯さない牢獄に閉じ込め、人との関わりを完全に断ち切っていただろう」

重々しい口調で告げた兄に、僕は軽蔑の眼差しを向ける。

「ああ、そうだ。兄さんはそういう人間だ。それを分かっていながら、そう易々と彼女を連れ出せるはずがないだろう！」

「だが、お前が全てを捨てる覚悟で彼女と共に逃げたのなら、お前にも勝算はあったはずだ」

「……⁉　なっ……さっきから兄さんは何を言っているんだ⁉　たった一人の女性のために、何もかもを犠牲にしろというのか⁉」

「そうだ」

間髪容れず答えた兄に、呆れを通り越して怒りが湧き起こる。

——自分がマリエーヌを苦しめていたくせに……。

全て僕のせいにするつもりか……？　兄さんはどこまで勝手なんだ！

「馬鹿げてる！　じゃあ兄さんはどうなんだ⁉　マリエーヌのために、その地位も財も領民も、何もかもを捨てられるというのか⁉」

「無論だ」

「じゃあ今すぐその爵位を捨ててみろ！　彼女のために全てを捧げる覚悟があるのなら、それをこの場で証明してみせろ！」

「それは無理だな」

「ほら見ろ！　自分ができもしない事を僕にしろだと⁉　前の兄さんでもそんなふざけた事は言わなかったはずだ！　人格が変わって頭までおかしくなったのか⁉」

「いや、今の僕は至って正常だ。頭がおかしいというのなら、それは以前の僕の方だろう。あの時の僕は、何もかも間違えてばかりだった……本当に、最低な人間だったな」

「…………は？」

——兄さんが……自分の間違えを認めた……？

最低な人間だったと……自分で言ってしまうのか……？

これまでも、兄さんの非人道的な言動には何度も反論してきた。だが、兄さんは決して自分の意思を曲げず、僕の訴えは圧倒的な力の差でねじ伏せられた。人の気持ちを理解しようともしない兄には、何を言っても無駄なのだと……口答えする事も諦めた。

そんな兄さんが、こんなにもあっさりと――いや……違和感はもっと前から感じている。先ほどから兄さんが言っている事は……全て感情論だ。説得力のかけらもないし、あまりにも馬鹿げている。感情に流される人間を、『愚かだ』と罵ってきた兄さんが……今まさに、その感情に翻弄され自身を制御できていないようにも見える。

唖然としたまま押し黙る僕に、兄さんは落ち着いた口調で話し始めた。

「レイモンド。僕はマリエーヌのためならば、全てを捧げる覚悟がある。この地位も、財も……あとは……そうだな」

少し考える素振りを見せ、兄さんは両手を広げて僕に見せた。

「この手足すらも差し出していい」

「はぁ⁉」

――さっきから何なんだ⁉　聞いているこっちまで頭がおかしくなりそうだ！

延々と聞かされる戯言に、いい加減こちらもうんざりしてくる。

それでも、兄さんは依然として真剣な表情のまま言葉を続けた。

「だがそうしないのは、それがマリエーヌのためにならないからだ。この手足も、公爵という地位も、マリエーヌを幸せにするためには必要になる。ゆえに、マリエーヌのためなら全てを捨てられると証明するのは難しい。口先だけではなんとでも言えると捉えられても仕方ないだろう」

「……」

――そうだ。証明できないのなら、何を話そうが全て無意味だ。

「だが、マリエーヌが女神である事は証明できる」

「……は？」

――兄さんはまた何を言い出したんだ……？

ポカンと口を開けて佇む僕とは対照的に、兄さんはうっとりとした笑みを浮かべて、頬をほのかに赤く染めた。……なんだ……その、見た事のない顔は……？

「マリエーヌと一緒にいると、奇跡が起きるんだ」

「…………奇跡？」

とても兄さんの言葉とは思えない発言に、ただただ聞き返す事しかできない。

更に兄さんは瞼を閉じると、いっそ清々しいと思えるほどの鮮やかな笑みを浮かべた。

「たとえ一筋の光も差し込まない、冷たく閉ざされた闇の中に閉じ込められたとしても……彼女がそこにいるだけで、温かい光が灯るんだ」

――？？？

「更にはそこが猛毒に侵され、息をする事もままならない地であったとしても……彼女さえいれば、心地の良い風が吹き流れ、毒気は全て浄化され、空気も澄み渡るだろう」

――兄さん……？？？

「どんな絶望の淵に立たされようとも……彼女が手を差し伸べてくれるだけで、そこに希望が宿る。その手を取れば、あらゆる苦しみからは解放され、包み込まれるような優しさで満たされる。それまでの苦痛が嘘だったかのように……この世界が変わるんだ。いや、彼女こそがこの素晴らしい世界を創造していると言っても過言ではない」

――兄さん……！　あんたはさっきから一体何を言っているんだ……⁉

やがて満足そうな笑みを浮かべて瞳を開いた兄さんは、自信満々に口を開いた。

「どうだ？　やはりマリエーヌは女神だろう」

さも当然だろうと言わんばかりに同意を求める兄さんを前に、もはやどう反応すれば良いのか分からない。とりあえず開いた口が塞がらないが、必死に口を動かし声を絞り出した。

「…………いや……分からない……今の説明でなぜ、マリエーヌが女神だと証明できるんだ……？」

すると兄さんは眉を寄せ、「ふむ……」と呟き、口元に手を当て、

「さすがにまだ足りないか。ならばもう少し彼女が起こした奇跡について語ろう」

「いや、それはもういい」

再び、清らかな微笑みを浮かべて語り始めようとしたのを咄嗟に制止すると、兄さんは不服そうにこちらを睨み付けた。……そんなに語りたかったのだろうか。

だが、今のような話をこれ以上聞かされるのはさすがに耐え難い……というか、ここまでくるとある種の洗脳なのかと疑いたくもなる。なんだか頭痛もしてきた……。

とりあえず、ズキズキと痛む頭を押さえつつ、腹の奥底から深く長い溜息を吐き出した。

「いくら人格が変わったのだとしても、さすがにこれはやり過ぎだろう……」

「だからそれは違うと言っているだろうが」

瞬時に表情が切り替わり、怒りを顔に滲ませ低い声で反論するその姿は、確かに昔の兄さんだ。

身震いするほど漂う冷気もそれを証明している。だが――。

「……とても信じられない。一体、何があったらそんなに別人のようになってしまうんだ……？」

その問いに、漂っていた冷気が一瞬で消え去った。

再び柔らかい笑みを浮かべた兄さんが、自らの胸元に手を当て嬉しそうに口を開いた。

「マリエーヌが、僕に〝愛〟を教えてくれたからだ」

「……！」

その言葉に、腹の奥がズクンと疼いた。

――気に入らない。兄さんの口から、そんな言葉が出てくる事が。

そんな思いを払拭するように、小さく失笑した。

「ふっ……マリエーヌが兄さんに愛を教えただと？　ろくに会話もしなかったのにか？　それどころか、兄さんは彼女をずっと無視してきたじゃないか。それなのに、どうやって彼女が兄さんに愛を教えたというんだ？」

前の兄さんなら、マリエーヌが何を言おうとも聞く耳を持たなかったはずだ。

あの時の二人の間には何の感情もなかったのだから。

「会話など不要だ」

「……!?」

――会話など……いらない……？

「マリエーヌの相手を思いやる心、深い愛情が僕に愛を教えてくれた。愛を理解するにはそれだけで十分だったんだ」

「――!!」

――思いやる心……深い愛情……だと……?

沸々と、腹の奥から込み上げる感情。それを抑え込むように拳を震えるほど握りしめた。

「嘘だ！　兄さんは……愛なんて信じていなかっただろう！　そんなものに価値は無いと……それを理解しようともしなかったじゃないか！」

胸のつかえを吐き出すように反論すると、それすらも受け入れるように、兄さんは頷いた。

「ああ、そうだ。あの頃の僕は本当に愚かだった。何もかもから目を逸らし、見ようともせず……マリエーヌの優しさにも気付けなかった。今更それを後悔したところで、何もかも遅すぎるが……」

「……!!」

――まただ。どうしてそうあっさりと認めてしまうんだ!!　自分の犯した過ちを!!

あまりにも違い過ぎる兄の姿に、頭の中は激しい拒否反応を起こす。

さっきから頭痛が治まらない。思考も上手くまとまらない。

おかしいのは兄か？　それとも、この状況を受け入れられない僕の方なのか……?

――本当に……兄さんは自らの意思で、こんなにも変わったというのか?

自分の非を認め、それらを悔い改め、一からやり直そうとしている……そういう事なのか?

……もし、それが本当ならば……こんなにも喜ばしい事はない。

この領地も、ここで暮らす人たちも……全てが良い方向へと向かうだろう。僕もここで生まれ育った人間として、ずっと気に掛けてきたが……もう、何も心配する必要はない。

マリエーヌの事にしても……今の兄さんなら、誰よりも大切にしてくれるはずだ。

ついさっき目にした、互いに頬を赤らめながら見つめ合う姿。それが二人の本当の姿なら……。きっと、今まで辛い思いをしてきた分も、幸せになれるだろう。

そんな二人の姿を思い出し、切なく胸が痛むのを、気のせいだと自分に言い聞かせた。

もともと二人は夫婦なのだから……それが正しいかたちに収まっただけで。

――それなら……もう、僕が何を言う必要もない。

大人しく自分の領地に戻り、僕がするべき事を為せばよいだけじゃないか。


「ふざけるな……」


納得しようとする思いとは裏腹に、その本音は僕の口から吐露された。

その瞬間、積もり続けた苛立ちが一気に増幅し、抑えきれなくなった。

ギリッと奥歯を噛みしめ、平然と佇む兄を、憎悪の眼差しで睨み付ける。

「なぜ、今になってそんな事を言うんだ……！」

これ以上、何を言っても意味がないのは分かっている。兄さんは自分が間違っていたとすでに認めているのだから。

それでも吐き出さずにはいられない。このドロドロと渦巻く感情を……！

「会話は不要？　相手を思いやる心と深い愛情があれば十分だと……本当にそう思っているのか？」

「ああ、そうだ」

なんの迷いもなく即答した兄に、ギリギリまで膨れ上がっていた感情が瞬時に爆ぜた。

「それなら……！　なぜ母さんの愛には気付けなかったんだ!!」

そう吐き捨てた瞬間、ハッと我に返った。まさか自分の口から、そんな言葉が飛び出すとは思いもしなかった。

——だが、納得いかなかった。だっておかしいじゃないか。

血の繋がった母からの愛を拒絶し続けた兄が、共に過ごして二年も経たない女性からの愛を信じるなど。ましてやその女性を愛するなんて……！

母さんの悲しみも知らずに……なんて自分勝手な男だろうか……。

どれだけ息子を大切に想っていても、それが伝わらない限りは、自分もまた息子からは決して愛されない。その悲しみを抱えながらも……兄さんを愛し続けていた母さんの気持ちを——。

ふいに思い出したのは、両親が亡くなった日の事。

馬車の滑落事故により二人は突然この世から去った。

僕が変わり果てた両親の姿と対面している時、兄さんは随分と遅れてやってきた。二人の亡骸を前にしても表情一つ変える事なく、『本物で間違いないようだな』とだけ呟き、すぐに背を向け立ち去った。あの時の兄さんは、両親が本当に死んでいるのかを確認するために来ただけで——その後の葬儀には姿を現さなかった。

兄さんにとって、両親の存在は重要ではなく、必要としていたのは父が所持する爵位だけだった。

母さんは……あんなにも兄さんを愛していたというのに。

死してなお、息子から別れを惜しまれもせず、自分の姿を思い出してもらえる事もなく、ただ忘れられるだけだなんて……それはどんなに寂しい事だろうか……。

母さんの気持ちを想像するだけでも、胸が張り裂けそうに痛む。そのせいか、母さんの顔を思い出そうとすると、憂いを帯びた悲しげな笑顔しか思い描けない。母さんと楽しく過ごした思い出は、沢山あったはずなのに……そんな日々を振り返る事すらも、今は辛くなるだけだ。

――それなのに……なぜ今になって愛を理解したなどと……。

再び込み上げた怒りは、次第に熱を失い虚しさへと変わった。

今の兄さんなら、母さんの愛情にも気付けただろう。だが母さんはもうこの世にいない。今更愛を理解したところで遅すぎる。母さんからの愛はもう、兄さんには決して伝わらないのだから――。

「そうか。やはり母は――僕を愛していたのか」

「――!?」

迷いなく告げられた言葉に、思わず息を呑んだ。だが、すぐにそれが根拠のない言葉だと察した。

――呆れたな……よくもそんな心にも無い事を……。

あまりの馬鹿馬鹿しさに、思わず笑いが込み上げた。

「ふっ……ははは！　やはりだと？　心を入れ替えて愛の狂信者にでもなったのか？　この世は愛で溢れている！　自分は誰からも愛される人間なのだと！　はっははは！　それはおめでたいな！」

ひとしきり笑い飛ばした後、「はぁ……」と虚しく息を吐き出し、問いかけた。

「本当に、母さんから愛されていたと思うなら、なぜ葬儀にも参列しなかった？　死んだ人間は何も与えられない。だから死体に用はないとでも思っていたんじゃないのか？」

「ああ、そうだ。あの時の僕は、確かにそう思っていた」

「はっ！　それでよく母さんから愛されていたと、知った風な事を言えたな！」

「……僕が母から愛されていたと知ったのは、つい最近だ」

「……何？」

ありえない。母さんはもう六年も前に亡くなっている。

「意味が分からないな。今更どうやって知ったというんだ？」

呆れ気味に問いかけると、兄さんは真っすぐ僕を見据えて口を開いた。

「ブルーロザリアの存在だ」

「!!」

その名前に、再び大きな衝撃を受ける。

ブルーロザリア――どこまでも澄んだ海のように鮮烈な青い花を咲かせる植物。

――それは、母さんが一番好きな花だった。

中庭に植えてあるブルーロザリアも、母さん自らが手入れをするほど大事にしていた。僕の誕生日には、プレゼントと一緒に必ずその花が添えられていて、『大切にしてね』と言って渡された。

だから僕にとっても、思い入れのある花だが……どうして兄さんの口からその名前が……？

「……その花がなんだというんだ？」

動揺を悟られないよう、平静を装い問いかける。

すると兄さんは窓際へと視線を移し、静かに語り始めた。

「僕が幼い頃に使っていた部屋の窓から、ブルーロザリアの花壇がよく見えていた。この時季になると花壇の一面が真っ青に染まり、まるで海を切り取って持ってきたかのようにも思えた。それが印象深くて、花に興味のなかった僕でも、その光景は記憶の片隅に残っている」

――そうか……兄さんは、あの花の存在に気付いていていたのか。

ブルーロザリアが咲いていた花壇は二か所。一つは僕の部屋の近くに。もう一つは兄さんの部屋の近くだった。母さんは、『私の好きなお花だから、レイモンドの部屋からよく見える位置に配置してもらったの』と言っていた。だから兄さんの部屋から見える位置に配置したのも、母さんの意向だったのだろう。――だが、それが何か関係あるのか……？

すると兄さんは、窓へ向けていた視線を僕に向けた。

「レイモンド。お前はブルーロザリアの花言葉を知っているか？」

「花言葉？　……いや……知らないな」

花言葉とは、その花の象徴となる言葉としてそれぞれ定められている。詳しくは知らないが、赤い薔薇は〝情熱的な愛〟という花言葉を持っているのは有名な話だ。

だからこそ、僕もマリエーヌへ贈る花束として赤い薔薇を選んだのだが――。

つい先ほどの苦い記憶が蘇り、胸の奥がズキッと痛んだ。それでも兄さんは構わず言葉を続けた。

「ブルーロザリアの花言葉は、〝母の愛〟だ」

「――!?」

――母の……愛……？　あの花には、そんな意味が込められていたのか……？

しかもそれを、よりによって兄さんの口から知らされる事になるなんて……。

唖然としたまま立ち尽くし、そのまま言葉を失った。

――だから、母さんは……。

脳裏を過ったのは、ブルーロザリアを手入れする母の姿。それを見た幼き日の僕が、『なんで母さんが花の世話をするんだ？　庭師に任せればいいじゃないか』と不満を言うと、土で汚れた顔を綻ばせた母は、『このお花だけは、私が育てないと意味がないのよ』と告げた。その理由を聞いても、『いつかレイモンドにも分かる日がくるといいわね』と言って言葉を濁された。

あの時は、好きな花だから自分で世話をしたいのだろうと、深く考えなかった。だが――。

――母さんが育てていたのは……母としての愛情……？

そう考えると、今までの母さんの言動が、スッと腑に落ちた。

僕は――母さんから『愛してる』と言われた事がない。

その理由は、なんとなく想像できた。兄さんに伝えられない言葉を、僕だけに伝える事に対して、罪悪感を覚えるのだろうと――。

だからこそ、言葉にできない想いを、母さんなりの形でどうにか伝えようとしていたのかもしれない。たとえその意味を、僕たちがすぐには理解できなくとも……いつの日か気付いてもらえる時が来るのを信じて――。

ふいに、胸の内から何かが込み上げるような感覚に襲われた。

これは怒りか……それとも悲しみ……？　――いや……後悔、だろうか。

母の愛を、信じきれなかった自分自身への……。

――僕も……母さんに愛されていたのか……？

今更、そんな疑問を蒸し返すとは思わなかった。

僕が十二歳の頃、父さんと兄さんと共に、皇宮で開かれたパーティーに参加した。社交の場に顔を出すのは初めてだった僕は、当時かなり緊張していたのを覚えている。

会場に足を踏み入れた瞬間、周囲から一斉に注目を浴びたのは公爵であった父――そして、その視線はすぐに兄へと集中した。次期公爵として期待の眼差しを一身に浴びても、兄さんは顔色一つ変えず、全く興味がないといった様子だった。やがてその視線は冷ややかなものとなり、僕へと向けられた。軽蔑するような冷めた視線、小馬鹿にするような含み笑い。兄さんの時とはあまりにも違う周囲の反応に、いたたまれなくなった僕は「気分が悪い」と言って、休憩室で休む事になった。

公爵邸で使用人たちから甘やかされて育った僕には、あの場はとても耐えられなかった。それでも皇帝陛下への挨拶はしなければと思い、なんとか起き上がり、父さんと共に向かおうとしたのだが……。

「お前が陛下に挨拶する必要はない」

そう告げられ、結局、僕は皇帝陛下に挨拶する事はできなかった。

父さんから言われた言葉が、まるで僕自身が必要ないと言われたようにも思えて――自分が誰からも期待されていない、不要な人間なのだと知った。

その日から、僕は自分の存在する意味を見出せなくなった。

両親からの愛情さえも信じられなくなり、母さんが僕に向ける優しい眼差しすらも、素直に受け入れられなくなっていた。

――母さんはきっと、僕に兄さんの面影を重ねて見ているのだろう。

そんなひねくれた思想をこじらせた。

双子でもないのに、兄さんと瓜二つなこの容姿も気に食わなかった。髪を伸ばし始めた理由も、少しでもその面影を消し去りたかったからだ。大好きだった母とも、心の距離を感じるようになり、幸せを感じていた両親との時間も……他人行儀のようなぎこちなさを覚えるようになった。

それでも……失いたくはなかった。

両親の愛すらも全て幻想なのだとしたら――僕の手に残るものは何もなくなってしまうから。

たとえ心の底では信じられずとも……本物かも分からない愛に縋っていた。

そして、そんなわだかまりを残したまま、両親は突然この世を去った。

だからもう、その真意を知る事はできないのだと諦めていた。

だが――母さんは、残していたんだ。

僕を愛していたという、確かな形跡を。

母さんがブルーロザリアと共に僕に伝えた『大切にして』の言葉は、きっと花言葉と共に贈った僕への愛だったのだろう。

「僕も……母さんに愛されていたんだな……」

その言葉は、僕の口から吐露された。

「何を今更……誰がどう見ても、そうとしか思えなかっただろう」

呆れ顔の兄さんに諭され、ふいに熱いものが込み上げ視界が滲んだ。

『なぜ母さんの愛に気付けなかったんだ!!』

兄さんに向けた言葉が、自分自身にも突き刺さる。

――何を偉そうな事を……僕も気付けなかったじゃないか……。

母さんに悲しい思いをさせていたのは、僕も同じだった。

あんなにも長い間、ずっと一緒に過ごしてきたのに……注がれてきた愛を信じられず、更には母さんからの愛に気付かない兄さんを、いい気味だと笑っていた。

二人の息子から愛を拒まれ……母さんがどれだけ傷ついていたかを知りもせず――。

記憶の中にある憂いを帯びた母の笑顔――それも全て、兄さんのせいだと勝手に決めつけて。

認めたくなかった。それが、僕自身に向けられていたものだったのだと――。

瞼を閉じ、零れそうになった雫をグッと指先で押し込んだ。

――母さん……すまない。

今更、気付いたところで謝る事もできないが……。

静かに息を吐き出し、少しだけ冷静になると、再び兄と向き合った。

「……兄さんは……どうやってブルーロザリアの花言葉を知ったんだ？　まさかマリエーヌが？」

「いや、僕が調べたんだ」

「兄さんが自分で……？　さっき花に興味はないと言っていたじゃないか」

「ああ。昔はそうだった。だが、マリエーヌに花の名前を教えてあげたくて調べていたんだ」

――ありえない。あの兄さんが……？

「マリエーヌのために、わざわざ花の名前を調べたというのか？」

「そうだ。その時に花言葉の存在も知った。それで思ったんだ。僕の部屋から見えるように咲いていたあの花は、母が僕に伝えたかった想いが込められていたのではないかと」

「……!!」

耳を疑うような発言だった。

何よりも驚いたのは、その花に込められた母の想いまでも酌み取ろうとしている姿だ。

「もしかしたら、母は僕を愛していたのではないかと……今になって思えるようになった。いや、今だからこそ……か。昔の僕なら、母の気持ちなど知ろうともしなかっただろうからな」

――信じられない。あの兄さんが……人の気持ちをこんなにも理解するようになったのか……？

「それに気付けたのも、マリエーヌのおかげだ」

「……は？」

その発言に、思わず間の抜けた声が漏れた。

「なぜここでマリエーヌの名前が出てくるんだ？　自分で調べたんだろ？」

「ああ。だがマリエーヌがいなければ、僕は花に興味を持たなかった。わざわざ図鑑を開いて名前を調べる事もしなかっただろう。ブルーロザリアという花の名前も、その花に込められた意味も、何もかも分からないままだった。だから母の愛に気付く事ができたのも、全てはマリエーヌのおかげなんだ」

なんとも嬉しそうな顔で、流暢に語る兄さんの姿が……なぜか煌めいて見える。

「そ……そんなの、ただのこじつけだろ！」

「いや――奇跡だ」

力強くそう言うと、兄さんは鮮烈な笑顔を輝かせ――。

「マリエーヌがいると、奇跡が起こるんだ」

なんとも幸せに満ち足りた顔をして、兄さんは言葉を連ねた。

「どうだ？　やはりマリエーヌは女神だろう」

誇らしげに微笑み、キラキラと眩い輝きを放つ兄の姿を前にして、もはや何も言葉がでない。

――奇跡？　女神……？　本気でそんな事を言っているのか？

誰も信用せず、己の力のみで全てを動かしてきた人間が、こんなにも一人の女性に愛執し、陶酔するとは……。兄さんをこれほどまでに変えてしまう何かが、二人の間にあったのか……？

――だが……恍惚の表情で浸っている兄を見ていると……考える事すらも野暮に思えた。記憶にある兄の姿と、今の兄の姿のあまりの違いぶりに、急に何もかもが馬鹿らしくなり、鼻先で笑った。

兄に対する怒りも、胸の奥に残っていたしこりも……今は何も感じない。

むしろ清々しいと思えるほどに気持ちが落ち着いている。

――今の兄さんの姿を、母さんが見たらどう思うだろうか……。

そんな事まで頭を過り、瞼を閉じて母の姿を思い浮かべた。


――ああ。確かに……奇跡が起きたのかもしれないな……。

瞼裏に思い描いた母は、どこまでも澄み渡る海のように、穏やかな笑顔を浮かべていた。

それから兄さんは無言で自席に着くと、机の上に積まれている書類を手に取りペンを走らせた。
僕はというと、その場に立ち尽くしたまま、これまでの自分を見つめ直していた。
『なぜもっと早くマリエーヌを迎えに来なかった？』
兄さんに問われた言葉が、今になってずっしりと重くのしかかった。

恐らく今の兄さんならば、マリエーヌが辛い境遇にいると知れば、たとえどんな状況であろうとすぐに彼女を救い出していただろう。

それに比べて僕は……マリエーヌよりも自分の保身を第一に考えていた。

今の僕では兄さんに敵わないのは目に見えていた。だから、いつか必ず……もっと力を手に入れたら……と。言い訳ばかりを並べて自分を納得させていた。

そんな日など来るはずがないと、本当は分かっていたというのに。

彼女の手を取りここから連れ出す勇気なんて最初からなかったんだ。

——結局、僕のマリエーヌへの想いは、その程度のものだったという訳か。

今になって彼女を迎えに来たのも、噂で兄さんが変わったと聞いたからだった。

兄さんにとって妻となる女性は、跡継ぎさえ産めるのであれば誰でもよかったはずだ。だからマリエーヌにこだわる必要は無い。心を入れ替えた兄さんとなら、結婚したがる女性も現れるだろうと……そう思っていた。

——だが、逆だった。

兄さんは、マリエーヌさえ傍にいればそれで良かったんだ。

全てを投げ出してでも、彼女だけは譲れなかったのだと……今、ようやく理解した。

悔しいような、安心したような……複雑な気持ちが込み上げ、にがにがしく笑った。

「やはり兄さんはズルいな……。結局、何もかも手にする事ができているのだから」

そんな僕の皮肉に、兄さんは書類に視線を落としたまま口を開いた。

「お前にはそう見えるかもしれないな……。だが僕も昔、お前に対して同じ事を思っていた。お前はあの時、僕が本当に欲しかったものを全て手にしていたのだから」

——そうだろうな。あの時、誰よりも辛い思いをしていたのは間違いなく兄さんだった。

公爵家の長男として生まれたというだけで、選択の余地もなくその宿命を受け入れるしかなかったのだから。自由も、両親からの愛を受け止める余裕も、何もかも奪われたのは兄さんの方だった。

「それに僕がもっと早く……マリエーヌと出会うよりも前に愛を知っていれば、彼女を傷つける事もなかったはずだ」

そうやって、兄さんが苦痛に歪んだ顔をするのも、マリエーヌへの後悔を語る時だけだろう。

「ふっ……。やはり兄さんが羨ましいな。そんな風に思える相手と出会えるなんて……」

「……そうか。だが、その代償も計り知れないものだった」

「……？」

か細い声で呟いたその言葉に、底知れない苦悩のようなものを感じた。

その意味を問う前に、表情をコロッと変え、すまし顔となった兄さんが口を開いた。

「ああ、そうだ。もうすぐお前も誕生日を迎えるんだったな。その祝いも兼ねて、特別に良いものを教えてやろう」

「……良いもの？」

まさか兄さんが僕の誕生日を祝う日がくるとは思いもしなかった。自分の誕生日すらも気にした事がない兄さんが……どういう風の吹きまわしだ……？

しかし……滅多にものを褒めない兄さんが〝良いもの〟と称賛するものが何なのか……非常に気になる。

「ついて来い」

兄さんは椅子から立ち上がると、僕の隣を通り過ぎ執務室から出た。その後ろに続いて出ると、兄さんはすぐ隣の部屋の前で立ち止まり、手にしていた鍵で扉にかけられた錠を開けた。

――ここは……兄さんの部屋だったはずだが……。

兄さんの後を追うように、そこへ足を踏み入れた。その先にあったのは――。

「……本棚？」

部屋の中には本棚が規則的に並べられ、まるで書庫のような空間になっている。書庫は二階にもあったはずだが、収まりきらなかった本をこちらに置いているのだろうか？

疑問に思いながらも、本棚に隙間なく収められている書物に目を通した。だが、どれも読んだ事のない表題ばかりで、その内容まではよく分からない。とりあえず無難そうなものを一冊引き抜き、適当にページを開いた。


『君の秘密の花園を、僕が暴いても良いだろうか……？』

『そんな……！　いけないわ……私には、正式な婚約者がいるのよ！』

『知っている！　だが、あんな奴に暴かれる前に……僕が先に……！』

『ああ……！　だめよ……あ――』


「レイモンド」

背後から呼ばれた瞬間、バァンッッ!!　と、本が潰れそうな勢いでページを閉じた。

なんとなく……見てはいけないものを見てしまったような背徳感にドキドキと心臓が高鳴っている。

――なんだ……今のは……？　これは一体なんなんだ⁉

フルフルと震える手を持ち上げ、本の表題をこれでもかと凝視した。

『暴かれた秘密の花園』

てっきり花の専門書なのだろうと思って手に取ったが……花園とは何の事を言っていたんだ⁉

狼狽える僕とは対照的に、兄さんは涼しい顔のまま淡々と言葉を続けた。

「恋愛初心者のお前にそこの本はまだ早い。僕でさえ、まだそのステージには達していないというのに……せっかちな奴だな。お前に相応しいのはこっちだ」

その足で兄さんは部屋の奥の方へと向かい、そこにある本棚の前で立ち止まった。

「ここから好きなのを持っていくといい。僕はもう全て読んでしまったからな」

そう得意げに話す兄さんの姿を尻目に、指定された本棚に並ぶ本に目を通していく。

『せっかち男爵の初恋』『騎士の囁きに誘われ』『無表情な王太子の溺愛』……？？？

――僕は一体……何を読まされようとしているんだ……？

「兄さん……これは一体なんなんだ……？」

「ああ。これは恋愛指南書――もとい恋愛小説というものだ。僕のように女性と愛を育みたいと思うのなら、一度は読んでみるべきだ。これのおかげで僕はだいぶマリエーヌに意識してもらえるようになった。特に壁トンを実行した時のマリエーヌの反応が可愛すぎてな……危うく扉ごと押し倒しそうになったが、なんとか耐えてみせたさ」

そう言って、フフッと不敵な笑みを浮かべる兄さんは、なんとも嬉しそうな様子だ。

——……いや、壁トンってなんだ……？

というか……まさかこの部屋の本棚全てが、恋愛小説で埋まっているというのか？

しかも兄さんはこれらを全て読破した……だと……？

もう一度、怪訝な眼差しを兄へと送ると、フッと鼻先で笑われた。

「そう遠慮するな。ここにある本はいつでも入手可能だ。絶版のモノはさすがにやれないが」

——いや……そんな心配はしていないのだが……。

「……兄さん……本当に……変わったな……」

「ああ。全てマリエーヌのおかげだ」

なんとも爽快な笑顔を浮かべる兄さんと、表情筋が死んだように動かない僕との間に、雲泥の温度差があるような気がするが……その幸せそうな姿も全て、マリエーヌのおかげなのだろう。

——やはり兄さんが羨ましいな。

再び、目の前の本棚へと視線を移す。

——僕もいつか、誰かを心から愛し……愛される日がくるのだろうか……？

そんな願いにも似た思いを抱きながら、並んだ本の中から三冊ほど抜き取った。

公爵邸から出ると、ちょうどマリエーヌが中庭から戻って来るところだった。
さっきは事情も知らないまま偉そうな事を言ってしまったせいか……若干気まずい。
そんな僕の様子に気付いてか、マリエーヌは穏やかな笑みを浮かべて声を掛けてきた。

「レイモンド様、お帰りですか？」

「あ……ああ。用事はもう済んだからな」

「そうですか。どうかお気を付けてお帰りください」

「ああ、ありがとう。……あと……さっきは余計な事を言ってしまって……申し訳なかった」

歯切れ悪く謝罪を口にすると、マリエーヌは一瞬キョトンとした後、クスクスと笑った。

「お気になさらないでください。私を心配しての発言だったというのは十分承知しておりますから」

――それは、僕が贈ろうとした花束も、深い意味はなかったという事にしてくれるのだろうか。

プロポーズのつもりでもあった告白を無かった事にされるのは少し寂しい気もするが……それもきっと、マリエーヌの優しさなのだろう。

今、僕の目の前にいる彼女は、以前のように本音を押し殺し、俯くだけの彼女ではない。僕が兄さんを一方的に責め立てた時も、兄さんの代わりに彼女が反論を述べていた。兄さんが変わったのと同じように、彼女自身も変わったのだろう。僕がいない間も、そうやって二人は互いを支え合ってきたのかもしれない。

――最初から、二人の間に入る隙なんて無かったという訳か。

「マ……義姉さんの幸せそうな姿が見れて良かったよ」

「あ……ありがとうございます」

頬を赤く染めて嬉しそうに笑う姿を喜ばしいと思う半面、少しだけ胸の奥が痛んだ。

その時、マリエーヌの背後からひょっこりと顔を覗かせたのは、先ほどマリエーヌと共にいた夕日色の髪の侍女。その手には、真っ赤な薔薇の花束が抱えられている。……て、それはまさか――。

「レイモンド様。こちらの花束はいかがなされますか？」

「……」

真顔で問われ、しばし沈黙する。

――なぜ、それを持って来たのか。できればそれとなく処分してほしかったんだが……。

「もう必要ない。適当に捨ててくれ」

「……そうですか」

だが、その侍女は不服そうに花束をジッと見つめたまま動かない。

「捨てるのに抵抗があるのなら、別にもらってくれても構わないが……」

「……そうですか」

――……さっきからなんなんだこの女は？

思い返せば、先ほどもこの侍女は兄と僕に向けて侍女らしからぬ態度で無礼な発言をしていた。普通、あんな発言をすれば解雇されて当然だ。

それなのになぜ、この女は平然とここにいられるんだ？

「何か不服があるなら言ってみろ」

「ええ、そうですね。それなら言いますけど……」

その瞬間、マリエーヌが「あ……」と小さく呟いたが、侍女の口は止まらなかった。

「確かに、さっきまではこの花束を燃やしてしまおうと思っていたのですが、あまりにも立派な薔薇なのでそれも勿体なく思えまして。花に罪はありませんしね……ですが、もらうとしても、初めて男性からもらう花束が、意中の女性を口説き落そうとして振られて戻ってきた代物だと思うと、素直に喜ぶ事もできません。まあ、宝石の一つでも入っていれば喜んで受け取りましたが、残念ながらそれもなさそうですし……。どうしましょう……捨てるのは勿体ない。かと言ってもらうのも縁起が悪い。いっその事、間を取ってもう一度これ土に植えてみましょうか。どうなんですかね……切り花って土に植えたら根っこが生えるんですかね？」

「…………いや……知らん……」

──な……なんなんだこの女は⁉

建前でもなんでもいいから、ここは「ありがとうございます」と素直に受け取って僕のいない所で捨てるなり埋めるなりすればいいじゃないか！　それなのになぜわざわざ僕の前でそんな失礼な事を言うんだ⁉　……確かに、不服な事を申せとは言ったが……それにしても限度ってものがあるだろう！　それに宝石だと？　花束に宝石を仕込む奴がいるか！

「とりあえず何か憑いていたら嫌なので、マリエーヌ女神像へ捧げて清めましょう」

「おい、それはどういう意味だ──って……マリエーヌ女神像……だと……？」

思わずマリエーヌへ視線を向けると、彼女はすぐに視線を逸らし、なんとも言えない複雑な顔で口を噤んでいる。

「もしかして、レイモンド様はまだマリエーヌ女神像をご存知ではないのですか？」

「あ、ああ……なんだそれは？」

訊いてはみたが、名前からしてだいたいの想像はついてしまう。しかし……いや……まさかな。

「せっかくですからご覧になりますか？　すぐそこにありますので」

「……ああ、そうしよう」

「あ……リディア、私は先に戻っているわね。レイモンド様、私はこれで失礼いたします」

にがにがしく笑って別れの挨拶を告げると、マリエーヌは逃げるように屋敷へと去って行った。

「それではご案内いたしましょう。こちらです」

マリエーヌの姿を見届けた侍女がそう告げると、再び中庭へと進んで行く。

夕日色の長い髪が揺れ動く後ろ姿を見ながらしばらく歩き、その先に見えてきたのは――。

「なっ……」

その一言だけ発し、言葉を失った。

――まさか……本当にこんなものが……!!

愕然とする僕の視線の先には、マリエーヌにそっくりの石像があった。

高級感のある石材に彫刻を施した台座。その上に佇む石像は、なんとも神々しい存在感を放っている。胸元で両手を組み、慈愛に満ちた微笑みを浮かべ、背中からは羽らしきものが生えたその姿は、まさしく女神………なのか……？

その呼び名から想像はしていたが、実物を目の当たりにしての衝撃は凄まじい。しかも思わず感心してしまうほどよくできている。こんな繊細に作られた石像は今まで見た事がない。恐らく最新の技術を駆使して作られたものだろう。特に髪の部分がとても精巧に作られていて、本当に風になびいて揺らめいているように見える。まさしく髪……いや、神……なのか？

――って、どこに力を入れているんだ兄さんは！

この技術を使ってもっと他にするべき事があるだろうが！

そう悶々（もんもん）とする葛藤を抱えていると、隣にいる侍女が淡々と語り始めた。

「私たちは毎朝、ここでマリエーヌ女神像にお祈りを捧げ、穢れを落として日々の業務にあたるようにと言われているのです。レイモンド様もせっかくですし、お祈りを捧げてみてはいかがでしょうか。結構、ご利益があると好評なのですよ」

「……そうなのか？」

——ご利益、あるのか……？　だが、果たしてこれはマリエーヌなのか、神なのか……？

もはや誰に対して祈りを捧げれば良いかも分からないのだが。

すると隣にいた侍女はマリエーヌ女神像の足元に花束を置き、さっそく手を組み祈りだした。まさか僕の花束の穢れもここで清めようというのか……？　なんて失礼な女なんだ……。

腑に落ちない点も言いたい事も多々ある。……が、とりあえず今は深く考えないでおこう。

そう吹っ切る事にして侍女と同じように手を組み、マリエーヌ女神像と向き合った。

——これはマリエーヌではない。ただの女神像だ……。

そう自分に言い聞かせ、心を無にして祈りに専念する。

——この国がこれからも安泰であり、民たちが平穏に暮らせますよう。

…………あと……できれば僕も……運命の相手と出会えますように——なんてな。

そんな願いを付け足してしまった自分に、フッと自嘲の笑いが込み上げた。

あんな兄の姿を見せつけられて、どうやら僕までおかしくなってしまったようだ。

「……めん……ね……い……かね……」

突如、その呟きが隣から聞こえて顔を上げた。隣にいる侍女に視線を向けると、未だに手を組んだまま熱心に祈りを捧げ続けている。ボソボソと何か聞こえてくるが、よく聞き取れない。口に出してしまうほどの強い思いが込められた祈りを捧げているのだろうか？

盗み聞きする趣味はないが、さすがに気になる。さりげなく近寄り、耳を澄ました。

「……とこ……金……男……金……できればイケメン……金……イケメン……玉の輿……！」

――なっ……！　本当になんなんだこの女は⁉

いくら祈りを捧げると言っても、こんな品の無い欲望まみれの祈りはさすがに駄目だろうが！　穢れを落とすどころか、この女が穢れを持ち込んでいるんじゃないのか⁉　マリエーヌ女神像を何だと思っているんだ⁉　こんな事が知られたら兄さんに殺されるぞ‼

その時、僕は手に持っていた本を地面に取り落としてしまった。

その音に反応し、侍女がパチッと目を開けると、僕の足元に落ちている本に視線を向けた。

「レイモンド様。何か落ちたようですが」

「あ……ああ。すぐに拾おう」

足元の本に手を伸ばし、拾おうとしたその時……本の表題を目にして思わずギョッとした。

『侍女ですが、主人の弟に見初められました』

――なんだこの本は⁉　こんなものを手にした覚えはない！

……いや、そういえば兄さんが帰り際に『これも持っていけ』と言って渡してきたのがあった。それがこれだったというのか？　だとしても……侍女と主人の弟とは、まさしくこの侍女と僕の関係と完全に一致しているじゃないか！

咄嗟に顔を上げ、侍女の様子を窺った。しかし、そんな僕の反応に気付いていないのか、侍女は落ち着いた様子で本をジッと眺めている。

――僕が気にしすぎなだけなのか？

……そうだろうな。こんなのただの偶然だ。兄さんだって、特に何も考えず薦めただけだろう。それに僕がこんな女を見初めるはずがない。つい今しがた、欲望ダダ漏れの姿を目の当たりにしたばかりだというのに、どうやったらこの女を好きになれるというんだ。

馬鹿馬鹿しい……と、あらぬ考えを払拭していると、侍女が落ちたままの本を拾い上げた。

「これは、公爵様の恋愛小説でしょうか？」

「あ……ああ、そうだ。兄さんが適当に見繕って僕に渡したものであって、別に僕が選んだ訳ではない。だから決して侍女に興味があるとか、そういうのではない」

どこか言い訳めいた事を口走ってしまい、変な汗まで出てきた。すると侍女は口元に手を当て、何やら考え始めたかと思うと、その手からポロッと本が零れ落ちた。

そしてスゥゥッと大きく息を吸い込み――。

「あああああああ!!」

「!?」

突如大声を上げた侍女に、ビクッと肩が跳ね上がった。

何事かと聞く前に、侍女はこちらを凝視し、僕の顔面めがけてビシッと人差し指を突き立てた。

「お金！　イケメン！　地位！　なんという事でしょう……めちゃくちゃドストライク物件じゃないですか!!」

「……!?」

――ド……ドストライクぶっけんって……何だ……？

というか人を指さすな！　どこまで失礼な奴なんだ⁉

心の中で悪態をついてみせるが、こちらを見つめる紫色の瞳は、なぜかキラキラと輝きを放っている。アメジストのような光沢感のある瞳の美しさに、不覚だが思わず目を奪われてしまった。

しかし次の瞬間、その瞳から光が消え、表情が無に帰した。

「……いや、やっぱり無理。嫌でも公爵様を連想させてしまうこのお顔だけは無理‼　こうしちゃいられない……今すぐ公爵様にレイモンド様だけは無理ってお伝えしないと！」

「なっ……待て！　それはどういう事だ⁉」

こちらに背を向け、駆け出そうとした侍女を咄嗟に引き止める。

すると振り返った侍女は、キッと睨むような鋭い眼差しを僕に向け、

「どうもこうも……公爵様は私たちを結婚させようとしているのですよ！」

「……は⁉　な……なぜそんな事になるんだ⁉」

「説明するとめんどくさいので省きますが、しいて言うならマリエーヌ様の幸せのためですよ！」

「な⁉　なんで僕とお前が結婚すればマ……義姉さんが幸せになるんだ⁉」

「それは公爵様に直接お聞きください！　とにかく、私は公爵様に抗議してまいりますから！　レイモンド様だけは無理だと！　……ああ！　でも、もしそうなったらマリエーヌ様を『おねえさま』とお呼びする権利をもらえる⁉　それはすっごく魅力的な特権だわ……。でも今のところ考えられる利点ってそれくらいしかないし、やっぱり公爵様とそっくりっていうだけで生理的に無理――」

百面相する侍女の姿に圧倒され、唖然と立ち尽くす間に、侍女は屋敷の方へと走り去って行った。

嵐のような時間が去り、静けさに包まれたこの場に、冷たい風がヒュゥゥと吹き込んだ。

――本当に……なんだったんだ……あの侍女は……？

なぜあんなにも包み隠さず本音を垂れ流せるんだ？

今まで僕に近付いてきた女性たちは皆、嘘で塗り固められた人間ばかりだった。夜会に参加すれば、皇族の血を引く僕の血筋を求め、純真さを装った多くの令嬢が詰め寄ってきた。だが、滲み出る欲望はそう簡単には隠せない。下心を隠し、嘘偽りの言葉ばかりを述べる女性たちを目の当たりにして、僕は段々と女性不信に陥っていった。

そんな時にマリエーヌと出会い、裏表のない純真無垢な彼女に心惹かれたのだろう。

そう思えば、確かにさっきの侍女も裏表のない女性と言える。むしろ、少しは表の顔を作れと言いたくなるほどの正直者だ。本人が目の前にいるというのに、僕だけは無理だと堂々と口にするくらいだからな……。だが、そんなの僕も同じだ！　僕だってあの侍女だけは無理だ！　あんな欲望ダダ漏れ女と結婚するくらいなら、一生独身でいた方がまだマシだ！　たとえ懇願されたとしても結婚なんて絶対にしないからな！

込み上げる苛立ちと、すっかり熱くなった体の熱を逃がすように大きな溜息を吐いた。

それから落ちている本を拾いあげ、パンパンと叩いて土埃をはらい、その表題を睨んだ。

――そんな訳がないだろう。誰があんな女を……。

いずれにしろ、どうせそのうち解雇されるだろう。もう顔を合わせる事もないはずだ。

……まあ、顔は悪くないし、良く言えば素直な性格だ。あんな高望みさえしなければ誰かしら娶ってくれるんじゃないか？　どちらにしろ僕は無理だがな。

フンッと小さく失笑し、今度こそ落とさないようにと本を固く握りしめ、中庭を後にした。

その後——。
伯爵領に戻ってから、夕暮れに染まる空を見るたび、夕日色の髪を揺らす侍女の姿を思い出す事になるとは——この時の僕はまだ、知る由もなかった。

公爵様の誕生日

レイモンド様の来訪から数日後。
ついにあの日が訪れた——。

「マリエーヌ、おはよう」

食堂の扉を開けてすぐに、満面の笑みを浮かべた公爵様が私を出迎えてくれた。

「公爵様、おはようございます。このたびはお誕生日おめでとうございます」

お祝いの言葉を贈ると、公爵様は一層嬉しそうに目を細める。

「ありがとう。今日という日をこんなにも心待ちにした事はない。君の作った料理を食べられるのだと思うと嬉しさのあまり興奮して眠れなかった。マリエーヌ、君も朝早くから準備してくれていたのだろう？　無理を言ってすまなかった」

「いいえ、大丈夫です。公爵様のために、私にもできる事があって嬉しいですから」

どこか照れくさそうな笑みを交わし合うと、公爵様は胸元に抱いていた花束を私に差し出した。

「今日は薔薇とカスミソウを使って君の優しさと清らかさ……そして僕から君への純愛を表現してみたんだ。受け取ってくれるだろうか」

目の前のそれは、赤とピンクの薔薇の中に真っ白で可憐な小花が沢山散りばめられており、上品さの中に可愛らしさを詰め込んだような、優雅な花束だった。

「まぁ……素敵です……。公爵様、いつもありがとうございます」

公爵様が贈ってくれた言葉と共に、花束を両手で大事に受け取り……思わず笑ってしまった。

「ふふっ。公爵様のお誕生日なのに、私が先に受け取ってしまいましたね」

「ああ、すまない。今日は持って来なくてもいいと言われていたが、やはりどうしても君に花束を贈りたくて……気付いた時には中庭で花を摘んでいたんだ」

頬をかきながら、公爵様はバツが悪そうにしているけれど、そんな姿も愛おしく思える。

今日は公爵様が二十九歳を迎える誕生日。

いつもなら、公爵様は私が目覚める頃に花束を持って部屋の前で待機しているけれど、今日は朝食の支度があるからと、事前にお断りをしておいた。だけど初めて公爵様から花束を贈られた日から、一日も欠かさず花束を贈ってくれていたので、もしかしたら……と、想定はしていた。

それに私に花束を贈る時の公爵様は、私よりも嬉しそうにしているから……それは公爵様にとって、私が思っている以上に大事な事なのかもしれない。

——だけど、今日は私が公爵様を喜ばせる日だから……！

そう気合を入れ、気持ちを引き締める。

するとすぐ傍に控えていたリディアが私の手から花束を持ち上げた。

「では、こちらのお花は花瓶に生けて食堂のテーブルに飾りましょうか」

「ありがとう、リディア。お願いするわ」

「かしこまりました」

花束を抱えたリディアが食堂から出て行くのを見届け、再び公爵様と向き合った。

「では、公爵様。お席へ参りましょうか」

「ああ、そうだな。行こう、マリエーヌ」

ウキウキと嬉しそうな公爵様に手を引かれ、私たちはいつも食事をしている席に着いた。

公爵様はソワソワとしながら今か今かと料理を待ちわびている。その姿が落ち着かない少年のようにも思えて、また少し笑ってしまった。

公爵様はここ一週間ほど、食事以外は執務室に籠り仕事に勤しんでいた。それも全て、今日一日を自由に過ごせるようにするために。あんなにも自分の誕生日に興味を示さなかった公爵様が、この日を待ち遠しそうにしているのは率直に嬉しかった。

私が朝食に手料理を作る事を決めたのも、公爵様と少しでも長く一緒に過ごしたいと思ったからで。朝食を終えたら、一緒に街へお出掛けする予定にもなっている。

公爵様と二人でお出掛けをするのは初めての街デート以来。だからこの日を楽しみにしていたのは私も同じ。昨晩はドキドキしすぎて、私もよく眠れなかった。

間もなくして、料理をのせたテーブルワゴンを押して食堂にやってきた使用人たちが、私の作った料理をテーブルの上に並べ始めた。

パン、クリームシチュー、こんがり焼けたベーコンが添えられたサラダと、今度こそとろとろのスクランブルエッグ。それと果物の盛り合わせも。練習では他にもいろんな料理を作ったけれど、結局無難なものを選んでしまった。だけど朝食のメニューとしてはこれくらいが丁度良い……と、心の中で言い訳をする。

テーブルの上に全ての料理を並べ終えると、使用人たちは速やかに食堂から退室した。

再び私と公爵様の二人だけとなり、食堂の中がシン……と静まり返る。今のところ公爵様からは何の反応も見られない。それどころか、まるで時が止まったかのように、公爵様は目の前の料理に視線を落としたままピクリとも動かない。てっきり満面の笑みで喜んでくれると想定していただけに、だんだん不安になってくる。

——やっぱり、私の料理では満足していただけなかったのかしら……？

「あの……公爵様。もしもお気に召さないようでしたら、今からでもシェフの方に朝食をお願いいたしましょうか？」

そう声を掛けると、公爵様はハッと大きく目を見開き慌てだした。

「いや、違う！　そうじゃないんだ！　……すまない。マリエーヌが僕のために作ってくれた料理だと思うと、感激して言葉を失っていたんだ……。本当に、嬉しいんだ……。食べるのがもったいないと思うほどに」

そう弁明すると、公爵様は細めた瞳に涙を滲ませ、再び料理に視線を移した。その姿から、心の底から喜んでくれているのが伝わり、嬉しさに胸が熱くなりこそばゆいような感覚にもなった。

ますから」

「ふふっ大袈裟ですよ。もし公爵様のお口に合うようでしたら、特別な日でなくてもまたお作りしますから」

「本当か⁉　君の料理なら毎日毎食食べたいくらいだ！　……だが、君の負担にはさせたくない。だとしたら、どれくらいの頻度でお願いするべきか――」

コロコロと忙しなく表情を変える公爵様は、とても二十九を迎えたとは思えない。私よりもずっと年上なのに、やっぱり可愛く思えてしまう。

「公爵様。その前に、味をみていただいた方がよろしいかと思います」

「あ……ああ、そうだったな。冷めないうちにいただこうか」

いそいそと公爵様が嬉しそうに両手を合わせたので、私も同じように手を合わせる。

「「いただきます」」

二人の声がピッタリと重なり、顔を見合わせ微笑んだ。

公爵様はスプーンでシチューを掬い上げ、しばらくそれをジッと見つめた後、まるで初めて口にする食べ物かのように慎重に口へ運んだ。その様子を、私もドキドキしながら見守った。

次の瞬間、公爵様の顔がふわっと綻び、うっとりとした笑みを浮かべた。

「美味しい……。マリエーヌ。君の料理は誰が作るものよりも温かくて美味しいよ」

その表情を見れば、それがお世辞ではないのは一目瞭然で、つられてこちらも顔が綻んだ。

「ありがとうございます。そうおっしゃっていただけて嬉しいです。もう少しボリュームがあるものを御用意しようかとも思ったのですが、後にお出掛けも控えているので軽めのメニューにしました」

「ああ、これで十分だ。僕はもともと小食だからな。それにしても君の料理は本当に美味しいな。野菜もほどよく柔らかくてとても食べやすい」

「……もしかして、公爵様も虫歯ですか？」

「？　いや、虫歯はないはずだが……なぜだ？」

「いえ、なんでもありません」

――私ったら、公爵様になんて事を聞いてしまったのかしら……。

不躾な質問をした恥ずかしさから、私は顔を伏せたままもくもくと自分の料理を口に含む。

練習した甲斐もあり、自分でもそれなりに美味しくできたとは思うけれど、いつも食べている料理とは雲泥の差を感じてしまう。

――やっぱり、本当は私に気を遣ってくださっているのかも。

それでも、公爵様は本当に嬉しそうな様子で一口一口を嚙みしめるように召し上がっている。

しばらくして私の視線に気付いた公爵様は、鮮やかに微笑んだ。

「君の手料理が食べられるなんて、僕は本当に幸せ者だな」

真っすぐ告げられた言葉に、再び胸が熱くなり、視界が歪んだ。

公爵様の幸せそうな姿を見ていると、私まで幸せな気持ちで満たされていく。

すると公爵様は何かに気付いたらしく、私に声を掛けてきた。

「マリエーヌ。もしかして僕のシチューには人参を入れていないのか？」

「あ……そうです。お好きではないかと思ったので……入れた方がよろしかったでしょうか？」

「いや、別に構わないのだが……」

そう言うものの、公爵様は私が食べる分のシチューをジッと見つめて何やら考え込んでいる様子。

私のシチューの表面にはオレンジ色の人参がひょっこりと頭を覗かせている。

――公爵様。もしかして人参が食べたかったのかしら？

公爵様の分を装いなおそうかと思った時、公爵様は顔を上げ、期待の眼差しをこちらに向けた。

「マリエーヌ。もう一つ、僕の願いを言ってもよいだろうか」

「え？　あ……もちろんです！　今日は公爵様のお誕生日ですから、何でもおっしゃってください」

「ありがとう。じゃあ、君のシチューに入っている人参を僕に食べさせてはくれないか？」

「……え？」

――私のシチューの人参を……？

「でも、食べかけのものですし……よろしければ新しいものを装い直しますが……」

「いや、それがいい。君の手から、僕にその人参を食べさせてほしいんだ」

「え？　私の……手から……？」

――それはつまり……あれでしょうか……？

たまに恋人同士が自分の料理を相手の口へ直接与えるという行為で、噂に聞く「あーんしてほしい」というので間違いないでしょうか……!?

もしかして、また恋愛小説のワンシーンを再現しようとしているのかしら……？

そんな事をあれこれ考えている間も、公爵様はキラキラと期待に満ち溢れた顔でこちらを見つめている。そんな目で見られては、もう返事は一つしかない。

「わ……分かりました！」

意気込んで承諾した途端、公爵様は勢い良く立ち上がりものすごいスピードで私のすぐ横に自分の椅子を移動させて着席した。私の肩と公爵様の肩が触れるくらい急接近され、ドキリと心臓が跳ねたけれど、公爵様が無邪気に笑うのだから、それにつられて笑ってしまった。

おかげで肩の力が抜けた私は、スプーンでシチューの人参を掬い取り、公爵様の口元へと持っていく。ゆっくりと口を開けた公爵様は、パクリとそれを口に含んだ。モグモグと口を動かし、ゴクリと呑み込んだ公爵様がしたり顔を決めていたので、思わず噴き出してしまった。

二十九にもなる男性が、人参を食べて褒めてほしいと言いたげな顔を見せているだなんて。

以前の公爵様からは全く想像できなかったと思う。

すると公爵様の視線が再び私の料理へと移った。その視線の先には、スクランブルエッグがのったお皿。私は手にしていたスプーンで、スクランブルエッグを掬い取り、再び公爵様の口元へと運んだ。それを待っていたかのように公爵様が口を開けたので、その口の中へスプーンを滑り込ませた。それからもう一度スプーンで掬って口元へ運ぼうとした時――。

「あれ？」

それは無意識のうちに体が動いた一連の動作だった。

――公爵様は何も言っていないのに、なんで私……？

「ごめんなさい。私ったら何を勝手な事をしてしまったのかしら……」

「いや、君が謝る必要は何もない。君のスクランブルエッグを食べたいという僕の気持ちが通じたんだ。僕の心の声を聞いてくれてありがとう」

――ああ、そうなのね……って、さすがにならないわ！

公爵様に余計な気を遣わせてしまったと反省するも、どこか嬉しそうな顔をした公爵様は更に言葉を連ねた。

「だが、君の食べる分が少なくなってしまったな。今度は僕の分を君に食べさせてあげよう」

「……え？」

呆気にとられる私にニッコリと無垢な笑顔を浮かべると、公爵様は立ち上がり自分の席から料理を持って来た。再び隣に着席した公爵様は、手にしている皿のスクランブルエッグをスプーンで掬い取り、私の口元へと運んだ。

「はい、マリエーヌ」

「……」

まだ心の準備もできていないのに、既に口元にはスクランブルエッグが待機している。更には期待の眼差しを存分に注ぐ公爵様の笑顔まで。

——……これも公爵様のお願いになるのかしら……？

それなら応えない訳にはいかない。と、観念した私は恐る恐る口を開いていく。口の開き具合はこれで良いのか、変な顔になっていないか……と、落ち着かない気持ちで待っていると、口の中にスプーンが入ってきたので、パクリと口を閉じた。だけど上手く食べきれなかったようで、口の端からはみ出したスクランブルエッグが零れ落ちてしまった。

「あ……すまない。口元を汚してしまった。やはり素人がやると難しいな」

「いえ、大丈夫です。私も慣れてなくて……」

備えのナプキンを手に取り、口を拭こうとした私の手を公爵様がパシッと掴み、驚きに目を見張る私に微笑を浮かべて囁いた。

「マリエーヌ。僕が綺麗にしてあげよう」

「え……？」

次の瞬間、公爵様の美しいお顔が私の顔にグッと近付き……もう片方の手を私の顎に添え、クイッと上へ持ち上げた。

――こ……これは……顎ックイ……！　――って……公爵様は何をなさるつもりなの……⁉

公爵様の赤々とした情熱的な瞳がじっとりと私を見つめている。やがてその視線は私の唇へと移り変わった。それを間近で見せられ、ドキドキと胸が高鳴り呼吸が止まりそうなほど苦しくなる。

それなのに……公爵様はゆっくりと私の口元へ自らの唇を近付けていく。公爵様の吐息が私の口元にかかり、恥ずかしさに耐えきれずに瞼をギュッと閉じた。そして――。

「失礼します。お花をお持ちしま――」

お約束のごとくリディアが食堂に戻って来たので、私は勢いよく公爵様から顔を逸らした。

リディアはというと、食堂に足を踏み入れたまま、「やってしまった」という顔で完全に硬直している。そんな彼女を、公爵様はゴゴゴゴと地鳴りが聞こえそうなほどの形相でギロリと睨み付けた。

「なんの用だ……？」

「……いえ……先ほどのお花を持って来ただけで……なんかすみません……」

視線を逸らしたままそう言うと、リディアは抱きしめていた花瓶をテーブルの端に置き、助けを求めるような視線を私に向けた。途端、何かに気付いたように目を見開くと、私の近くに駆け寄り、

「マリエーヌ様。お口元が汚れていますよ」

そう言うと、リディアは私の口元をナプキンで拭こうとして、触れる直前でピタリと止まった。

「あ……ああ、なるほど。そういう事ですか。汚れた口元を舐め……ああ……あれか……」

――な、なめ……？　なめ……何なの……!?

何かを察したらしいリディアは、真剣な顔つきで私に訊ねた。

「マリエーヌ様。どうしましょうか？　先ほどの続きをご希望されますか？」

「…………いえ……もう……結構よ……」

なんとなく、リディアが何を言わんとしているかが分かってしまい、火照る顔を伏せたまま返答すると、リディアは何も言わずに私の口元を優しく拭ってくれた。

それからは公爵様も渋々と自席に戻り、食事の続きを再開した。

多少の気まずさは残ったけれど、それも長くは続かず、いつもの和やかなムードへと戻っていった。

公爵様は最後まで一口一口大事そうに口に含み、食事をゆっくりと堪能してくれた。

「マリエーヌ。君の料理は本当に美味しいな……。僕のために作ってくれてありがとう」

瞳に涙を滲ませ、感慨深く感謝の言葉を口にする公爵様の姿に、なぜか胸の奥が苦しくなるほど締め付けられて。嬉しさと切なさが交じり合い……私まで泣きそうになった。

朝食を終えると、公爵様とは一度別れて自室へと戻った。それからリディアの手により瞬く間に着替えを終えた私は、仕上げに髪の毛をセットしてもらっている。

「マリエーヌ様。できましたよ」

背後から声を掛けられ、目の前に置かれている姿見で自分の姿を確認した。

淡い黄色を基調としたドレスのスカート部分には、繊細なデザインのレースが沢山施され、可愛らしいお花の装飾があちこちに縫い付けられている。私の髪も、ドレスのデザインに合わせてくれたらしく、お花を散りばめたような可愛い髪飾りでセットされている。首元には公爵様の瞳を連想させるルビーのネックレスも。これは以前、公爵様から贈られた花束に仕込まれていたルビーで作られたもの。あの時の宝石は、アクセサリーとしていくつか加工してもらった。それでもまだ宝石箱いっぱいに残っているのだけど。

いつもより華やかな姿に仕立ててもらった私は、これから公爵様と二回目の街デートへ出掛ける。だけどその心意気は一回目とは訳が違う。あの時の私は、公爵様の変り様に戸惑って、ただ流されるばかりだった。でも今は、公爵様に愛されていると自信を持って言える。

そしてその気持ちは、私も同じなのだと。

だから私も――今日こそは、公爵様に自分の気持ちを伝えたい……！

その決意と共に、私は覚悟を決めた力強い眼差しを鏡に映る自分へと向けた。

「マリエーヌ様。なんだかこれから戦場にでも赴くかのような気迫ですね……」

「え……？」

言われて気付くと、私は手汗が滲むほどに拳を固く握りしめていた。

……気合だけは十分ね……と、握っていた拳をそっと解いた。

「それにしてもいいですよね……街デートって……。もう響きからしていいですよね……」

「ふふっ……そうね。リディアはそういうお相手はいないの？」

「はい。残念ながら……。つい最近、チャンスが訪れそうな気配はあったのですが、ちょっと意に染まない相手だったので丁重にお断りしました」

「そうなの？　でもリディアは素直で可愛いから、すぐに素敵なお相手が見つかると思うわ」

「そうでしょうか……だといいのですが……」

いつになく自信なさげに呟くと、リディアはハッとしたように顔を上げ、

「マリエーヌ様。もしもマリエーヌ様が男性であったなら、私をお嫁さんにしてくれますか？」

急に真剣な顔でそんな事を言われて、思わずむせ返りそうになった。だけどそんな発想もリディアらしくて……にっこりと笑って答えた。

「ええ、もちろんよ。リディアなら大歓迎だわ」

「マリエーヌ様……！　嬉しいです……私もぜひ、マリエーヌ様と結婚したいです！」

そんなやり取りをしていると部屋の扉がノックされた。返事をすると、開いた扉の先から柔らかい微笑みを浮かべた公爵様が姿を現した。

「マリエーヌ。支度は終わっただろうか？」

その問いかけと共に部屋に入ると、公爵様は私の姿を目にして真紅の瞳を大きく見開いた。

「マリエーヌ！　今日の君はいつにもまして素敵だ……それに……なんという事だ！　君の美しさに魅せられて体中に花が咲いているじゃないか！　やはり君は奇跡を起こす女神だったんだな……」

「いえ、これは飾りですから」

ニコッと笑って訂正させていただくも、公爵様はうっとりとした眼差しで私を見つめたまま放心している。するとリディアが「んんっ」とわざとらしく咳払いをして、

「公爵様。早く出発しないと日が暮れてしまいますよ」

そう急かすと、公爵様はハッと我に返り、惚けていた表情を引き締めた。

「ああ、そうだな。しかし君の可憐な花に引き寄せられて余計な蝶が群がらないか心配だな」

——造花だから蝶は寄ってこないと思うのですが……。

なんて考えていると、瞬時に公爵様の顔に影が落ち、唸るような低い声がボソボソと聞こえた。

「まあ、そんな事があれば僕がその蝶を始末しよう……。二度と羽ばたけぬように、その羽を——」

「公爵様！　時間がもったいないので早く行きましょうか！」

その先の言葉を聞いてはいけない気がして、咄嗟に口を挟んだ。

「ああ！　そうだったな！　行こうか、マリエーヌ」

つい今しがた見た姿が幻かのように、ピカーッと笑顔を輝かせた公爵様は、いそいそと私に手を差し出した。その手を取り、私たちが部屋を出……ようとした時。

「ああ、そうだ」

公爵様は何かを思い出したように扉の前で足を止め、顔だけを後ろに向けてリディアを凝視した。

「リディア。たとえマリエーヌが男であったとしても、結婚相手はこの僕だ。分かったな？」

低い声で、力強く念を押す公爵様からはただならぬ冷気が漂ってくる。

リディアは公爵様と向き合いながらも、その視線をおもいっきり違う方角へ逸らし、「分かりました……」と震える声で答えた。

——公爵様。また、聞き耳を立てていらっしゃったのですか……？

他にも物申したい事はあるけれど、とりあえず先を急ごうと公爵様に声を掛けようとして、

「マリエーヌ」

ふいに優しく名前を囁かれ、胸の奥が一瞬で火が付いたように熱くなった。

その先に続く言葉に、期待感でいっぱいになる。

「愛してるよ」

なんとも愛おしそうに私を見つめる公爵様は、大切にその言葉を紡ぐと、私の手を持ち上げその甲に口付けた。

もう何度告げられたかも分からない。毎日贈られている言葉なのに——相変わらず私の胸は苦しいくらい締め付けられてしまう。

しばらくして、慎重に唇を離した公爵様は、私を見つめて嬉しそうに目を細めた。その姿にもまた心を奪われ、私たちは互いに見つめ合ったまましばらくその場に立ち尽くしていた。


——唯一の出口を塞がれ退路を断たれたリディアが、一生懸命空気に徹しているのに気付いたのは、もう少し先の事だった。

◇◇◇

公爵邸を出発した私たちは、以前と同じように手を繋いで繁華街へと向かった。

多忙を極める公爵様と、こうしてゆっくり街を散策するのは至難の業。それでも今までに何度か公爵様から街デートへ誘われた事はあった。だけど決まって公爵様の背後に潜むジェイクさんが、淀みきった黒いオーラを放ちながら見つめてくるので、それとなくお断りさせていただいた。

もちろん私も公爵様とお出掛けはしたかったけれど、前回、ジェイクさんの要望を無視して街デートを存分に楽しんでしまった後ろめたさが今も残っている。帰ってきた時、干からびたような姿で悲愴感を漂わせて現れたジェイクさんを見れば、誰でも同じ気持ちになると思う。公爵様以外は。

「あ！　マリエーヌ様だ！」

突然聞こえたその声に顔を上げると、あちこちから声が上がり始めた。

「本当だ！　マリエーヌ様！　こんにちは！」

「公爵様とマリエーヌ様がいらっしゃるぞ！」

次第にゾロゾロと周囲に人々が集まりだし、あっという間に私たちは注目を浴び始めた。今日は身分を隠している訳ではないし、私たちの存在はすぐに気付かれるとは想定していたけれど。

——……さすがに人が集まりすぎじゃないかしら？

それになぜか公爵様よりも私の方が注目されている気がするのだけど……？

不思議に思いながらも、私たちを取り囲む人々に向けてニコリと微笑みかける。

「おお！　マリエーヌ様が笑ってくださったぞ！」

「マリエーヌ様！　なんと神々しいお姿なんだ！」

「これは祝福だ……きっと大きな奇跡が起こるに違いない！」

「……？」

そんな人々の反応に、さすがに違和感を覚える。その答えを求めて公爵様に話しかけた。

「あの、公爵様」

「なんだい？　マリエーヌ」

「先ほどから皆さん、私の事ばかりに注目しているように見えるのですが……」

「ああ、そうだろう。君のように美しく可憐な女性が歩いていたら誰もが注目するのは当然だ」

「……で……でもそういうのとは少し違う気がして……なんというか、まるで神でも崇めるような目で見られている気がするのですが……」

「ああ、間違いない。君は女神なのだから。ようやくそれを理解した者が増えたというだけだ」

「……」

──どうしよう。公爵様だと話にならないわ……。

すると突然、公爵様が何かに気付いたように顔を上げた。

「ああ、そういえば……マリエーヌ。君に見せたいものがあったんだ」

「え……？」

「こっちだ。行こう、マリエーヌ」

キラキラと笑顔を輝かせる公爵様に手を引かれ、しばらく歩いたその先に──私の知りたかった答えはあった。

街の中心部にある広場。その中央には円形の大きな噴水が設置されている。そこから噴き出す水しぶきを存分に浴びて聳え立っているのは、見覚えのある一体の石像。

まさしくそれは公爵邸の中庭に存在するものと同一で……つまり、羽を生やした私っぽい像……！

まさかそれと同じものがこんな所にまで建てられていたなんて……！

石像を前にしてワナワナと震える私とは対照的に、公爵様は満足気な笑みを浮かべている。

「公爵邸の使用人には、毎朝マリエーヌ女神像に祈りを捧げる事を義務化しているんだが、どうやらそのおかげで皆の調子がすこぶる良いらしい。きっとマリエーヌ女神像の加護によるものなのだろう」

「え……ええ……？」

——みんな……毎日そんな事をしていたの……？

「だからこの街の中心部にもマリエーヌ女神像を建てれば、街全体がマリエーヌ女神像の加護により守られるだろうと思って実際に建ててみたんだ」

「…………」

さらっと言ってのける公爵様に、返す言葉が見つからない。言われてみれば……確かに、さっき私に向けて手を合わせている人たちが何人かいたけれど……まさかあれは私に直接お祈りをしていたという事……？

そう思った矢先から、視線を感じて振り返れば、さっそく私に向けて手を組む人たちの姿が。

——公爵様。

本当に私を神にするおつもりですか？　あと、その名前もどうにかなりませんか……!?

恥ずかしさのあまり涙目になりながら公爵様に視線を移すと、なんとも清々しく良い顔で女神像を見据えている。そして何かを決意するように大きく頷き、意気揚々と口を開いた。

「この通りの名前も、マリエーヌ女神通りと改名しよう」

「いえ、それはやめましょう」

以前、私の石像を作ろうと言い出した公爵様に対して、笑って受け流してしまった事を激しく後悔する私は、新たに決断されようとしていた事案を即座に取り下げさせてもらった。

それから、私たちは行き交う人々にお祈り……見守られながら街デートを堪能した。

最初は人々からの神を崇めるような視線が恥ずかしくて、とても顔を上げられなかったけれど、それも段々と慣れてきた。……こんな事に慣れるのもどうかと思うのだけど。

初めての街デートで訪れたカフェに寄り、昼食を堪能した私たちは、そこから少し歩いた先にあるお花屋さんに立ち寄った。お店の中に入ると、公爵様が展示してあるフラワーアレンジメントに興味を示し、色んな角度からそれを入念に観察し始めた。

最近の公爵様は、更にお花に詳しくなっていて、新しく覚えたという花言葉も沢山教えてくれるようになった。あまり物覚えのよくない私も、公爵様が教えてくれたお花の名前はほとんど覚えている。だってあんなにも嬉しそうに教えられたら、その笑顔ごと覚えておきたいと思ってしまう。

そのうち公爵様は店主を呼びだし、フラワーアレンジメントの構造について話を聞き始めたので、それを微笑ましく思いながら後ろから見つめていた。

その時、ベージュ色の帽子を被ったお爺さんが、杖を突きながら私の傍までやって来た。立ち止まり、帽子を取ると、それを胸元に当てて私を見上げた。

「マリエーヌ様、お初にお目にかかります。今日はお会いできて大変光栄です」

丁寧に告げられた挨拶と共に深々とお辞儀されたので、私もとっさに頭を下げて応える。やがて顔を上げたお爺さんは、目尻にしわを寄せてニッコリと微笑むと、穏やかな口調で話しかけてきた。

「公爵様には、常日頃から感謝しております。いつか直接お礼を申し上げたいと思っておりましたが、とてもお忙しい方ですので諦めておりました。……それがまさか今日、こうしてお会いできるとは……きっとマリエーヌ女神像へのお祈りが届いたのでしょう」

「……」

私の浮かべている笑顔が、少しだけ歪んだ気がした。

すると店主と話を終えた公爵様が私の隣へとやってきた。

「すまない、マリエーヌ。待たせてしまったな」

「あ……いえ。それよりも公爵様、こちらの方が公爵様にお礼をおっしゃりたいと――」

公爵様とお爺さんが向かい合えるように私が後ろへ身を引くと、お爺さんはスッと背筋を伸ばして公爵様と向き合った。

「公爵様。この街に養老院を建てていただき、誠にありがとうございました」

そう告げて深々と頭を下げたお爺さんからは、切実な感謝の想いが伝わってくる。

――そういえばここに来る時、以前には見られなかった、存在感のある大きな建物を見かけたけれど、もしかしてあれがお爺さんの言う養老院だったのかしら……？

最近の公爵様は慈善事業にも精を出していると聞いたけれど、養老院の建設もその一環なのかもしれない。

「私の妻がそこでお世話になっております。できる事なら、私が一緒に暮らして最期まで看てあげたかったのですが……私もこのとおり足が悪いうえに病も患っており、妻を看るのに限界を感じておりました。悩んだ末、遠方の施設に妻を入所させる覚悟もしておりましたが……公爵様が建ててくださった養老院のおかげで、妻との思い出が詰まったこの地を離れずに済みました。それにこうして毎日、妻の許へ会いに行く事もできております。本当に、ありがとうございました」

そう言って、優しい笑顔を浮かべるお爺さんの瞳には涙が浮かんでいた。その姿に、思わずこちらももらい泣きしそうになる。

一方で公爵様はというと、呆気にとられたような顔でお爺さんを見つめ、小さく笑った。

「そうか……。そなたも、妻を愛しているのだな」

そんな公爵様の言葉に、お爺さんは再び目尻にしわを寄せた。

「はい。子宝には恵まれませんでしたが……二人で支え合い、こんな歳になるまで連れ添いましたので。私にとって最愛の妻であり、唯一の家族でありますから」

そこに店主がやってくると、真っ赤な薔薇を数本束ねた花束をお爺さんに差し出した。

「テールさん。これをどうぞ」

「ああ、いつもすまないね」

それを受け取ったテールさんは、愛しげに花束を見つめてニコニコと嬉しそう。

「もしかして、その薔薇は奥様に贈られるのですか？」

するとテールさんは照れくさそうに目尻を下げた。

「ええ、そうなのです。妻は昔から薔薇が好きで……若い頃はデートのたびに、妻に薔薇の花束を贈っておりました」

「まあ！　それは素敵です！　きっと奥様も喜ばれるでしょうね。愛する旦那様にこんな素敵な花束を貰えるなんて……」

「僕は毎日、愛するマリエーヌに花束を贈っているがな」

急に耳元で囁かれ、思わずカァッと顔が熱くなる。それを見たテールさんは軽快に笑いだした。

「はっはっは！　お二人もとても仲睦まじい夫婦でいらっしゃる。羨ましい限りです」

「そんな……テール様と奥様も、素敵なご夫婦ではありませんか」

「そうですね……と言っても、妻はもう、私の事を夫として認識しておりませんが……」

「……え？」

寂しそうに告げられ、目を見張った。

――夫として認識していない……？　それはどういう事……？

「痴呆(ちほう)症か」

ぼそりと呟いた公爵様の言葉に、切なげな微笑を浮かべたテールさんが頷いた。

「ええ、その通りです。三年ほど前から、徐々に分からない事が増えていきまして……ついに私の事までも分からなくなったようで。最後に名前を呼ばれたのがいつかも覚えておりません」

「……」

何も言葉が出なかった。

痴呆症――それは脳の病(やまい)であり、記憶障害を引き起こすものだと聞いた事がある。その病状は、覚えていた事を思い出せなくなったり、新しい事を覚えられなくなったりするらしく。それにより自分の思いと現実に誤差が生じ、不可解な言動が見られる事もあるのだとか。

もしかしたら、家で看られないというのは、その病も一つの要因なのかもしれない。

だとしても……かつて愛し合い、何十年も連れ添った相手に忘れられるだなんて……。

そんなの辛いに決まっている。テールさんの抱える寂しさを想像し、それが自分にも起きる可能性があるのだと思うと尚更、胸が痛んだ。

――もしもいつか、公爵様が私を忘れてしまったら……またあの時のような冷たい公爵様へと戻ってしまうのかしら……？

公爵様は、もう二度とあの時のようにはならないと約束してくれたけれど、病だけは自分の力ではどうにもならない。つまり、そうなる可能性は——否定できない。

「ですが——」

気持ちが沈み込み、俯く私にテールさんは穏やかな表情で語り始めた。

「この薔薇を見ると時々、私を思い出してくれるらしいのです。目の前にいる私は、ただの他人としか思っていないようですが……薔薇に向かって私の名前を呼んでくれるんですよ。本人がすぐ近くにいるというのに、おかしいですよね……。ですが、妻の記憶の中に、私が確かに存在しているのだと思うと、それだけでも十分嬉しいのです」

途端、テールさんはハッとして顔を上げた。

「これはこれは……大変失礼いたしました。私とした事が、つい話し過ぎてしまいました。お二人のデートに水を差してしまい申し訳ありません。私はこの辺で失礼させていただきます」

深々と頭を下げると、手にしていた帽子を被り、テールさんは花束を大事そうに抱えて店の外へと去って行った。その後ろ姿を複雑な想いで見届けていると、

「マリエーヌ。僕たちも行こうか」

「あ……はい」

公爵様から声を掛けられ、咄嗟に精一杯の笑顔を繕い差し伸べられた手を取った。

——今日は公爵様の誕生日だもの。暗い気持ちになっては駄目。

今日一日は、公爵様の事だけを考えて楽しまなくては——。

そう気持ちを切り替えようとしてみるも……思うようにはできなくて。

そんな私の心境を察したのか、公爵様は何も言わずとも、私を*あの場所*へと連れて行ってくれた。

出航する船から鳴り響く汽笛の音。ゆっくりと遠ざかり、小さくなっていく船を見つめながら、私と公爵様は古びたベンチに並んで座った。

ここは前の街デートで、海が見たいと言った私を公爵様が連れて来てくれた場所。緩やかな海風を身に受け、静かに波打つ広大な海を眺めていると、次第に気持ちが落ち着いてきた。

「マリエーヌ。少しは気持ちが晴れただろうか」

「あ……」

――やっぱり……公爵様は私が気落ちしているのに気付いてくれたのね。

「はい……。ごめんなさい。せっかく公爵様の誕生日だというのに、気を遣わせてしまって……」

「いや、それは気にしなくていい。だが……できる事なら、君の憂いを僕に教えてほしい」

その言葉に、少しだけ躊躇する。そう言ってくれるのは嬉しいけれど、こんなどうにもならない事を伝えたところで、公爵様を困らせるだけなのに……そう言い淀んでいると、ふいに思い出した。

私の事を知りたい、教えてほしいと……そう切実に訴えかけてきた公爵様の姿を。

それが後押しとなり、私は今の気持ちを正直に告げた。

「私もいつか、公爵様に忘れられてしまうかもしれないと……それを想像してしまって……」

「……やはり、先ほどの老人の話を気にしていたのだな」

納得するようにそう言うと、公爵様は何かを考えるように口元へ手を添えた。

「あの老人の名……確かテールと言っていたな。あの老人が、あの老婆の夫だったのか……」

「……？　もしかして、テールさんの奥様を御存じなのですか？」

「ああ。前に養老院を訪ねた時、『テール』と呼びながら誰かを捜す老婆を見たんだ」

「え……？　それって、もしかして奥様がテールさんを捜していたという事ですか？」

「恐らくそうだろう。施設の人間の話によると、たまに自分の夫を捜して院内を歩き回る事があるらしい。だが、実際に夫と対面したところで、その相手が自分の夫だとは気付かないようだが」

「そんな……」

――辛い思いをしているのはテールさんだけじゃなくて……奥様も同じという事……？

だとしたら……なんて悲しくすれ違う想いなのだろうか――。

最愛の奥様に会っても、自分を夫だと認識してもらえないテールさん。

最愛の夫に会いたいのに……本人と会っても自分の夫だと分からない奥様。

今も互いを想い合い、会いたいという気持ちは同じなのに……それが叶わないなんて……。

二人の気持ちを考えるだけでも、胸が張り裂けそうなほど切なくなる。

「本当の意味で、また二人が再会できる日は来るのでしょうか……」

「……」

私の言葉に、公爵様は何も言わず押し黙った。こんな事を言っても仕方ないのは分かっている。だけど、やるせない思いが次の言葉を押し出した。

「私は……公爵様に忘れられたくありません。それに公爵様の事も、忘れたくはありません」

「マリエーヌ……」

公爵様は小さく感動するように目を見開いたけれど、すぐにその表情に影が落ちた。

「その気持ちは嬉しい。だが、僕は君に忘れてほしい記憶も沢山ある。君を傷つけていた時の僕の事なんて全て忘れてほしいと、何度願ったか分からない」

――！　公爵様……そんな事を考えていたの？

「私は……以前の公爵様との事を忘れたいとは思いません」

「え……？」

驚きに目を見張る公爵様は、信じられないという顔で問いかけてきた。

「それは……なぜだ？　君にとって前の僕との記憶は辛いものでしかないはずだ」

「確かにそうですが……でも公爵様はおっしゃいました。あの時の公爵様も、間違いなく自分自身なのだと。それなら、私はその記憶も全て大事にしたいのです。たとえそれが、今はまだ自分にとって辛いものなのだとしても……もっと長い年月が流れた時に、いつか『そんな事もあったよね』って笑い合える日が来るかもしれません。私は、公爵様と共に過ごした日々の記憶を、何一つ失いたくはないのです」

「……!!」

私の言葉に、公爵様は唖然としたまま声を詰まらせ……やがて脱力するように肩を落とした。

「マリエーヌ……君は……そんな風に思ってくれるんだな……」

切なげに顔を歪め、今にも泣きそうな顔の公爵様は、虚ろげな眼差しを正面の海へと移した。

公爵様の言う通り、冷たかった時の公爵様を思い出すと、今も胸が締め付けられるように痛む。だけど公爵様は、その事について誠意を持って謝罪してくれた。それに今では私よりも公爵様の方が、あの時の記憶に苦しめられているようにも見える。

——過ちを犯さない人間なんているのだろうか。

私だって、幼い頃に大きな過ちを犯した。身動きが取れないお祖母様を家に一人残して遊びに行ってしまった時……もしかしたら取り返しのつかない事態になっていたかもしれない。

だけどその過ちを経験したからこそ、学んだ事だってある。今の私があるのも全て、これまでに経験した一つ一つの出来事が影響しているのだから。

公爵様だって……自分の過ちを後悔しているからこそ、今の優しい姿があるのだと思う。

それに、もし私だけがその記憶を消したとしても、公爵様がいつまでもその記憶に苦しみ続けるくらいなら——少しでもその苦しみを共有したい。私も、公爵様の気持ちを理解したい。

訳の分からないまま、一人で苦しみ続ける公爵様の姿なんて見たくないから——。

ズキンッ……。

突然、頭の奥を鈍い痛みが走った。だけどそれはほんの一瞬で。

——？　今のは……何だったのかしら……？

「マリエーヌ」

その声にハッとして我に返ると、優しい眼差しをした公爵様と目が合った。

「僕も同じだ。マリエーヌと共に過ごした日々は全て、僕にとって何物にも代えがたい大切な記憶だ。

今までも、これからも……それは決して変わらない」

するとと公爵様は私の手を掬い取り、自らの胸元へと引き寄せた。触れるその手は熱いほどの熱を帯びていて、指先から伝わる鼓動が加速していくのが分かった。

「君が思い描く先の未来に、僕がいる事が嬉しい。ありがとう、マリエーヌ」

瞳に涙を滲ませながら嬉しそうに笑う公爵様の姿に、私も満たされた気持ちでいっぱいになる。そこから止めどなく込み上げてくる公爵様への想いが、今にも溢れ出してしまいそう。

その想いに駆られて、私もある決意と共に力強い眼差しで公爵様を見据えた。

すると何かを察したのか、公爵様は笑みを消して真剣な眼差しをこちらに向けた。真紅の瞳に真っすぐ見つめられて、私の心までも見透かされているようにも思えて。いっその事、このまま何も言わなくても、公爵様なら私の気持ちを分かってくれるんじゃないか……なんて甘えたくなる。

だけど……公爵様はちゃんと伝えてくれている。自分の言葉で、何度でも。だからこそ……。

――私も伝えないと。今まで伝えられなかった私の想いを……自分の言葉にして――。

「公爵様。あの……！」

「ううう っ‼」

そんな私の一世一代の覚悟は、その呻き声により打ち消された。

声が聞こえた方向へ視線を移すと、少し先で地に膝をつき、胸に手を当て苦しそうに悶える男性の姿があった。

――え……？　どうしたのかしら⁉

咄嗟に立ち上がり、一目散にその男性の所へと駆け寄った。

「大丈夫ですか⁉」

声を掛け、手を伸ばそうとしたその時――公爵様がスッと私の前に出て、その男性をいとも簡単に抱きかかえた。

「……あ……」

口をぱっくりと開けて愕然とする男性の顔色が、さっきより悪くなったのは気のせいかしら……？

「具合が悪いのか。それは大変だ。今すぐ介抱してやろう」

淡々と声を掛ける公爵様の顔は、とても心配しているようには見えない。無表情のまま、氷のように冷たい眼差しを男性に向けると、公爵様は広大な海に向かって歩き出した。

――公爵様……？　何をするおつもりで……？

呼び止める間もなく、公爵様はスタスタスタと真っすぐ突き進むと、海に落ちるギリギリ手前で足を止め――抱きかかえていた男性の体をあっさりと手放した。

「うわあああああ‼」

その叫び声のすぐ後に、ドボンッと何かが海に落ちる音がした。いや、何かじゃない。人が落ちた。

というか……公爵様が……落とした……？

目の前で繰り広げられた一連の流れに、ただただポカンと口を開けて立ち尽くしていると、

「ジェイク。これはどういう事だ……？」

公爵様の地鳴りともいえる低い声が空気を振動させた。

「公爵様。これでも結構な人数を拘束しました。あなたが人から恨みを買いすぎなんですよ」

咄嗟に振り返ると、いつの間にか私の後ろにジェイクさんが立っていた。捲り上げたシャツの袖か

らは、いつもの疲労感漂う姿からは想像できないほどの逞しい腕が露出している。筋張ったその手には剣の柄が握られ、鋭く尖った切っ先が太陽の光を反射し煌めいている。

――なぜそんな物騒なものを……？　というか、なんでジェイクさんがここに……？

今日は公爵様の代わりに執務室に籠って仕事に勤しんでいたはずなのだけど……。

状況が呑み込めず混乱しているうちにも、二人は互いに不満を滲ませた顔で睨み合っている。

「甘ったれた事を言うな。僕たちの邪魔をさせるなと言ったはずだ。周りに潜んでいる奴らも速やかに拘束しろ。血の一滴も流さずだ。これ以上、マリエーヌに不快なものを見せるな」

「おや、それはお優しいですね。でもよろしいのですか？　そんな甘い罰し方で」

「今は、だ。あとでいくらでも絞り出せるからな」

――何を？

それを訊くのも恐ろしいような気がするけれど、私はそろりそろりと公爵様の傍へ近付き、

「あの……公爵様。これは一体……？」

戸惑いながら訊いてみると、公爵様はコロッと表情を変え、

「ああ、マリエーヌ。今しがた拾ったゴミをつい海へ捨ててしまってな……。そのせいで海が汚れてしまったが、ジェイクが後始末をするから何も気にする必要はない。それよりも、さっき君が言おうとしていた言葉が聞きたいな」

晴れやかな笑顔でそう告げられるも、さすがに今の状況で告白しようという気にはなれない。

海からは「助けてくれぇ！」と泣き叫ぶ声が聞こえてくるし、周囲のあちこちからも「うわぁっ」「ぐはっ」といった呻き声が微かに聞こえてくる。さっきまでいたはずのジェイクさんも、いつの間

にか姿を消している。

そんな状況から、自分だけが蚊帳の外にいるような気がして……なんだか寂しくなった。

その思いを隠せず、しゅん……と項垂れていると、

「マリエーヌ……すまない。君に黙っていた事があるんだ」

まるで懺悔でもするかのように、公爵様が話を切り出した。

「実は今日、僕が君と街へ出掛ける事を知った輩が、僕に恨みを持つ人物を募って奇襲の機会を狙っていたんだ」

「え……？」

「今の男もその一人だった。あと、他にも何人か潜んでいた。あらかじめ僕たちの周りには護衛を配置していたんだが……僕に恨みを持つ連中は予想以上に多かったようだ」

――公爵様に恨みを持つ人物が……？

「それはつまり……さっきの人は公爵様の命を狙っていたという事ですか？」

「ああ、そういう事だ」

「そんな……それを知っていたのなら、今日は中止にするべきだったのではないですか!?」

「……君ならそう言うと思って黙っていたんだ。だが……どうしても君ともう一度デートがしたくて押し切ってしまった。……あの時の約束も果たしたかったから……」

「……！」

――約束……覚えていてくれたのね……。

初めてデートをした時、ここで公爵様とした約束。

また二人で街デートに行きたいという私の願いを……。

「だが、君を危険に晒したのは完全に僕の落ち度だった。本当にすまない」

「え……私が……？　そんな覚えはないのですが……」

「いや……さっき君が近寄ろうとした男の狙いは君だったんだ。苦しむふりをして、心配して近付いた君を人質にするつもりだったのだろう。君の優しさにつけこんだ悪質な手だ……」

そう言って、公爵様は悔しそうにギリッと奥歯を噛みしめた。

まさかそんな脅威にさらされていたなんて露知らず……今、改めて考えてみるとゾッとした。

だから公爵様は、私に気付かれないように事を済ませようとしていたのだろう。私を怖がらせないように……心配させないようにと。

「そうだったのですね……。ですが、公爵様が気に病む必要はありません。公爵様が私を守ってくださったおかげで、こうして何事もなく無事でいられましたから」

「マリエーヌ……。ああ、もちろんだ。何があっても、君だけは必ず守り抜くと決めている。絶対にだ」

熱を帯びる真紅の瞳が、その揺るぎない意思を証明するように私を真っすぐ見つめている。そこからひしと伝わる誠意が嬉しくて……泣きたくなるほどに心を強く揺さぶられた。

だけど、いつも私ばかりが守られて……与えられて……何も返せていない。

それどころか、私の存在が公爵様の弱点になってしまうなんて……。

危うく、私のせいで公爵様が危険な目にあってしまうところだった。

公爵様はきっと、私を守るためならその身も犠牲にしてしまうだろうから……。

——だけど私に、そこまでしてもらうほどの価値があるのだろうか……。

また、そんな弱い自分が顔を覗かせる。

このままでは駄目だと。変わりたいと願ったあの夜から、未だに私は変われないまま。

今日こそは告白しようと決心したのに、その覚悟すら今はもろく崩れ落ちてしまいそう。

「マリエーヌ」

その声にハッと我に返る。

——そうだ。今日は公爵様の誕生日なのに……なんて顔をしていたのかしら。

咄嗟に顔を上げると、公爵様は穏やかな笑みを浮かべて私を見つめていた。

「もしかして、また自分を責めているのか？　マリエーヌは何も悪くない」

「ですが……私、いつも守られてばかりで……何も返せるものがなくて……」

「そんな事はない。だが、そう思う気持ちは理解できる。僕も君に守られてばかりだったから」

「え……？」

一瞬だけ、表情に影を落とした公爵様だったけれど、それはすぐに晴れやかな笑顔となり……指先で私の髪を優しく撫でると、囁くように告げた。

「マリエーヌ。どんなに変わりたいと思っていようとも、人はそう簡単には変われない。僕だってそうだった。だから焦る必要はないんだ」

「……！」

——どうして公爵様は……私のほしい言葉が分かるのだろう……？

まるで私の心の声が聞こえているのかと思ってしまうほどに。

だけどそのおかげで、沈んでいた気持ちが驚くほど軽くなった。そしてその言葉が私を励ますために言ってくれたのだと分かってはいるけれど……つい笑ってしまった。

「ふふっ……公爵様はたったの三日で別人のように変わったというのに、全く説得力がありません」

「ああ、そうだな……。君からしてみたら、そう見えるのも仕方がない。……だが、僕もまだ変わらなければならない事は沢山ある。難しいかもしれないが、君のためにも必ず成し遂げてみせる」

優しい笑みを浮かべたまま、澄んだ瞳でそう告げられて……じわりと胸が熱くなった。

私ばかりが変わらなければと思っていたのではなく、公爵様も同じ気持ちなのだと思うと、急に心細さが和らいだ。

自分を変えるために何をすればよいかも分からないまま、気持ちだけが急いていたのかもしれない。

その焦りから、余計に自分を卑下する事になり、悪循環に陥っていた。

そんな私の気持ちに、公爵様は気付いていたのだろう。

——本当に、公爵様は私を甘やかす天才ね……。

その優しさが嬉しいけれど、甘えるだけでは駄目だと自分を奮い立たせ、口を開いた。

「公爵様ならきっと成し遂げられます。だから私も……変わってみせます。公爵様に相応しい妻になれるように……！」

「……！　マリエーヌ……」

頬を赤らめ、驚きながらも喜びを隠せずにいる公爵様の姿が本当に愛おしくて。

思わず見とれてしまったけれど、公爵様が狙われている事を思い出し、ハッと我に返った。

「公爵様。とりあえず一旦、安全な場所へ避難いたしませんか？」

「ああ、そうだな。マリエーヌの言う通りにしよう」

そう言って、公爵様が私に手を差し伸べたので、その手を取ろうとした――その時だった。

「マリエーヌ!!」

突如、遠くから呼び止められたその声に、心臓が大きく跳ね上がった。

全身から嫌な汗がドッと噴き出し、心臓の鼓動がドクドクと激しい音を奏で始める。

おそるおそる振り返り、その姿を目にして愕然とした。

――嘘……なんであの人がここにいるの……!?

ゾッとするような笑みを顔に張り付け、こちらを凝視する中年男性は――。

「ああ、マリエーヌ……会いたかった……。元気にしていたか……?」

私が最も会いたくない人物――私のお義父様(とうさま)だった。

義父との再会

突然、私の前に現れたお義父様は、まるで我が子との再会を喜ぶ父親のように、目に涙を浮かべて私を見つめている。それからゆっくりと歩み寄りながら、必死な様子で訴え掛けてきた。

「マリエーヌ! もう一度お父さんと一緒に暮らそう! そんな血も涙もない冷酷な男の許で、我慢を強いられる生活をする必要はもうないんだ! 私が間違えていた! いくらやむを得ない事情があったとはいえ、愛する娘を差し出してしまうなんて……どうか愚かな私を許してくれ……」

めいっぱい眉尻を下げて詫びるお義父様の言葉を……どうして信じる事ができるだろう。

――この人は一体、何を言っているの……？

婚約話を持ち掛けられて、一番喜んでいたのはお義父様だった。それに愛する娘ですって？　私の事なんてこれっぽっちも愛していなかったのに……？

私が疑念の眼差しを向けている事にも気付かないのか、お義父様はなおも話しかけてくる。

「ずっと後悔していた。お前をその男と結婚させたことを……。これまでずっと辛かったんじゃないのか？　今だって妻を愛する夫のふりに付き合わされているだけなのだろう？　本当は、その男は少しもお前の事を愛してなどいないというのに！」

――!?　何をいい加減な事を言って……！

咄嗟に反論しようとした瞬間、お義父様と目が合った。

途端、ヒュッと息が詰まり、声が出せなくなった。勝手に体が震え、心臓がバクバクと激しく音を立てる。空気が上手く吸えなくて、息苦しさに喘ぐように浅い呼吸を繰り返した。

さっきまでの幸せな時間が嘘のように……辛い日々の記憶が頭の中を支配していく。

――どうして？　なんで今になって現れるの……？

公爵様に愛されて、優しい人たちに囲まれて――もう、恐れるものは何もないと思っていたのに。

何年にも亘り刻み込まれたお義父様に対する恐怖心――それが、私の心を隅々まで覆い尽くしていく――。

お母様が亡くなってから、義妹（スザンナ）は私に虐められているとお義父様に訴えるようになった。それについてお義父様から咎められた時、私は何もしていない、虐められているのは私の方なのだと必死に訴えかけた。だけど私の言葉はお義父様に聞き入れてもらえなかった。

それどころか、お義父様は乗馬用の鞭を手に取ると、

「自分の罪も認められない、出来の悪い娘には躾が必要だな」

そう言って私に背を向けるように指示すると、その鞭で背中を叩きつけた。

今まで経験した事のない激しい痛みに、込み上げた涙が次々と零れ落ち、それでも無実を訴える私に「反省もできないのか！」と怒号を浴びせると、お義父様は更に鞭を振るった。

それからも、何度か同じような事があって……私は静かに理解した。

背中の皮膚が腫れ上がり、私が「ごめんなさい」と謝罪をするまで、その時間は長く続いた。

私が何を言っても意味はない。お義父様から言われた事は、たとえいわれのない罪であったとしても、全て受け入れるしかないのだと。

口ごたえは許されない。何も望んではいけない。

私には、何の権限も与えられていないのだから――。


「おい。貴様は何を勝手な事を言っているんだ？」

震えるほどの怒りを孕んだ公爵様の声により、過去の記憶から現実へと引き戻された。

見れば公爵様は、殺気立った形相でお義父様を睨み付けている。その気迫にお義父様もピクピクと顔を引きつらせるけれど、すぐにフンッと鼻で笑い飛ばした。

「そ……それはこちらのセリフだ！　まるでマリエーヌを愛しているかのように振る舞っているが……世継ぎを産める相手ならば誰でもよいと、お前自身がそう言っていたじゃないか！」

「……！」

吐き捨てられたその言葉に、公爵様はピクッと微かに反応した。それを見たお義父様がニヤリと笑うと、再び可哀想な父親の仮面を張り付け、周囲に集まりつつある人たちに訴えかけた。

「当時、借金に苦しむ私に公爵はこう告げた。『お前の抱える借金を返済してやる代わりに、娘のどちらかを僕の結婚相手として差し出せ。娘が逃げ出さない限りは、生活するための金も工面してやる』と。つまりこの男は、子供を産むためだけの道具として私の娘を買ったんだ！」

「……」

好き勝手述べるお義父様を前に、公爵様は何の反論もしない。先ほどまで怒りを滲ませていた瞳も、今は静かに沈黙している。

その姿から察するに……お義父様の言葉は真実なのだろう。

だけど私だって、それは承知の上だった。

だから今更そんな事を言われたところで、私は何も感じない。

それでも公爵様は——きっと自分を責めてしまう。

公爵様の態度が変わってから、それまでの公爵様の振る舞いについて幾度となく謝罪された。だけど公爵様は、その事について『許してほしい』とは一度も言わなかった。きっと許されるなんて思っていないのだろう。今まで私がどれだけ傷ついていたのかも、全て理解しているから。

だからこそお義父様の一方的な罵倒にすら、公爵様は何も言わない。

それらも全て、自分の罰として受け止めてしまうのだから。

——お義父様はきっと分かっているんだわ。公爵様が、私の事になると何も言えないのを……。

それでいて、人々が多く集まる公衆の場で公爵様に恥をかかせようという策略なのだろうか。

「ああ、可哀想な私の娘……。だがもう大丈夫だ。私たちを支援してくれる人が現れたんだ。そんな酷い男と違って、良心的で信頼できる人物だ。だから戻って来るんだ」

不快でしかない猫なで声で呼び掛けられても、全くもって心に響かない。だけどその信頼できる人物というのが、お義父様に良からぬ事を吹き込んだのかもしれない。

「マリエーヌ。さあ……お父さんと一緒に帰ろう。私たちの家へ……」

目の前の男は優しい父親の顔をして、右手をこちらへ差し伸べ私を誘う。

ぐいぐいとこちらへ向けるその手は、色白で汚れの一つもないのに——なんて汚い手なのだろう。

私を鞭で叩き、物置部屋へと押し込み、挙句に自分の都合だけで家から追い出したその手は、悪魔のように醜くいびつな形をしている。

ずっとその手に怯えていた。私を睨み付ける眼も、耳を塞ぎたくなる暴言を吐くその口にも。

その悪魔が暴れ出さないようにと、息を殺して身を潜め、ただ静かに暮らしていた。

私なんてこの世に存在していないかのように。

——結局、私はどちらに居ても同じだった。

鬱憤(うっぷん)の捌け口にされるだけの実家に居ても……存在を無視され、冷遇されていた公爵邸に居ても……私の居場所はどこにもなかった。

この先、私を愛してくれる人なんてもう現れないのだろうと……何もかも諦めていた。

——だけど、そんな私を救ってくれたのは今の公爵様。

初めて名前を呼ばれたあの日から——私の居場所はずっと公爵様の傍にあった。

公爵様が、冷たくて凍えそうな暗黒の世界に、心地良い温もりを灯して輝かせてくれた。

今の私がいる世界は、温かい優しさと尽きる事のない愛で満たされている。

公爵様は毎日欠かさず愛を囁いてくれるし、リディアも偽りのない姿で私を慕ってくれている。ジェイクさんも、なんだかんだ言いながらも、今日の外出を許してくれた。他の使用人たちだって、いつも温かい眼差しで私を見守り気に掛けてくれている。

外へ出れば多くの人たちが集まり、気兼ねなく声を掛けてくれるし、笑いかけてくれる。

——ここはなんて居心地の良い世界なのだろう。

ずっと探し続けていた私の居場所は、こんなにも素敵な所だった。

大好きな人たちに囲まれて……隣にはいつも、私を愛してやまない公爵様がいてくれる。

私は、この居場所を手放したくない。

守りたい。この世界も、この居場所をつくってくれた公爵様も。

だから——公爵様を侮辱したこの男を前に、このまま黙っている訳にはいかない。

許さない。公爵様を傷つける人物は……誰であろうとも……！

その怒りのままに拳を強く握りしめて、私は父親ぶる男の許へと歩みだした。

「おお！　マリエーヌ……一緒に帰る気になってくれたのか！」

目尻を下げて嬉しそうに告げると、男は私を迎え入れるように両手を広げた。その傍まで近付くと、男は私の体を抱き締めようと手を伸ばし——。

パシィッ！

私はその手を、自らの手で思い切り撥ね除けた。途端、男の顔が不快に歪んだ。

「なっ……マリエーヌ！　父親に向かって何をするんだ⁉」

声を荒らげる男に、私は感情のない眼差しを向けて淡々と告げた。

「私はあなたを父だと思った事はありません。どうかお引き取りください」

「…………は？」

呆気にとられる男に冷めた視線を送りながら、私は更に言葉を連ねた。

「私が家族と呼べる人は、お母様と公爵様だけです」

「な……！　どうしたんだ、マリエーヌ……？　もしやあの男にそう言えと脅されているのだな？　そうなのだろう⁉」

男は苛立ちを滲ませながら、威圧するような声で訴えかけてくる。

それでも私は表情を変えず、落ち着いた口調で言葉を続けた。

「さきほどから変な事をおっしゃるのですね。公爵様はずっと、私を愛してくれているというのに」

「は⁉　な……なにを馬鹿な事を！　……そうだ……結婚してから一年間、一度も外に出られなかったのだろう⁉　あの屋敷に閉じ込められ、逃げ出さないよう監禁されていたじゃないか！」

「ああ……それは……。実は公爵様はとっても嫉妬深い方でして……一年間、私を外に出さなかったのは、他の男性に私を見られるのが嫌だったらしくて……。だけど、それでも私は幸せでした。公爵様から止めどなく愛されていましたから」

そう言って意味深に頬に手を当て、恥ずかしそうに目を伏せれば、周りの人々からは「あらまあ、お熱いことね！」「公爵様が変わったのは、やっぱり愛の力だったのね」といった声が湧き上がった。

そんな中、一人驚愕の表情を浮かべるお義父様は汗を散らしながら声を荒らげた。

「そ……そんなはずがないだろうが！　ああ、マリエーヌ！　どうしてしまったんだ！　まるで別人のようになってしまって……まさかその男に洗脳されてしまったのか⁉　可哀想な私の娘よ……すぐにお父さんが助けてやるからな！」

「何度も言いますが、私はあなたの娘ではありません。あなたの娘はスザンナでしょう？　スザンナはどうしたのですか？」

「……！」

実の娘の名前を聞いて、大きく顔を歪ませたその男は公爵様をギリッと睨み付けた。

「スザンナは……その男に会いに行ってからおかしくなってしまった！　家に閉じこもり、外へ出ようともしない！　あんな子じゃなかったのに……よほど恐ろしい目にあったのだろう。その男の胸元に忍ばせてある、毒仕込みの万年筆の餌食にされるところだったのだからな！」

「……毒？」

確かに、公爵様の着ている服の胸ポケットにはいつも万年筆が携えてあるけれど……それが毒仕込みの万年筆だと……？

「ああ、そうだ！　その万年筆のインクには、体内に入れば人を死に追いやるほどの猛毒が仕込まれていると言っていた！　その毒でスザンナは殺されかけたんだ！　なんと恐ろしい男だ……平然と毒を持ち歩き、いつでも相手を殺せる手段を持ち合わせているのだから！　その毒の餌食となり、今までに一体どれだけの人間が犠牲になったのか！　考えただけでも恐ろしい……そいつは残酷な殺人鬼だ‼」

そう叫びながら、男は公爵様に向けて指を突き出した。

するとと周囲に集まっていた人たちがザワザワと騒めきだす。

「どういう事？　あの万年筆に毒が仕込まれているですって？」

「そういえば以前、公爵様の周辺で不審死が相次いだと聞いたが……まさか公爵様の手によるものだったのか……？」

「じゃあ本当に……？　罪もない人たちをその毒で？」

「恐ろしいわ。そんな毒を持ち歩いているなんて……やっぱり公爵様の噂は本当だったの……？」

飛び交う推測は勢いを増し、辺りを不穏な空気が漂い出す。その様子を満足気に見渡すと、男は再び笑顔を張り付け私に語りかけてきた。

「さあ、マリエーヌ。そんな恐ろしい男の近くにいつまでもいる必要はない。お前をちゃんと大事にしてくれる結婚相手を一緒に探そうじゃないか」

この期に及んで何を勝手な事を……咄嗟に反論しようと口を開いた時、

「ミレーヌも、きっとそれを望んでいる」

男の口から軽々しく告げられた懐かしい名前に、頭の中でカチンと何かが音を立てた。

「気安くお母様の名前を呼ばないで！」

怒りのままに声を張り上げると、男は驚きに目を見開いた。

「な……なぜそんな事を言う？　ミレーヌは私の妻だ。亡くなってしまったとはいえ、私たちは今も想い合う夫婦に違いない」

「嘘よ！　あなたはお母様の事を少しも大切に想っていなかったわ！」

「そ……そんな事はない！　私のミレーヌへの愛は本物だ！」

「それならなぜすぐにお母様の物を全て処分してしまったの⁉　私に何の確認もないまま、形見を受け取らせてもくれなかったじゃない！」

「なっ……！　何をでたらめな事を！」

男の表情が瞬時に険しくなり、目と口元がピクピクと痙攣する。

影を潜めていた悪魔が、今まさに姿を現そうとしているのだろう。

そのおぞましい姿を思い出し、再び体が震えだす。

だけどもう逃げない。大丈夫。私の後ろには公爵様がいる。

私はもう、一人ではないのだから。

たとえどんなに恐ろしい悪魔だろうと立ち向かってみせる。

誰よりも大切な公爵様を守るために……！

その熱い思いを胸に抱き、震える手をしっかりと握りしめ、真っすぐ男を見据えた。

そして大きく息を吸い込むと、周囲の人々にも聞こえるように話しかけた。

「あなたこそ、いつまで娘を大事にする父親のふりをしているの？　お母様がいなくなってから、一度たりとも私に優しくしてくれた事なんてなかったのに」

「……なんだと？」

すでに優しい父親の仮面なんて外れている。目の前にいる男は苛立ちを抑えきれず、獣のように息を荒らげて私を睨みつけている。それでも私は怯む事なく言葉を連ねた。

「私の食事は用意もせず、追い出されたくないならと使用人のごとく雑用を押し付けた。上手くいかない事は全て私のせいにして……口ごたえをしようものなら暴力でねじ伏せた！　そんな事も忘れて、

娘を愛する父親のような姿を見せられても、ちっとも信じられないわ！」

「……！　そ……それは……あの時は借金で使用人を雇うお金がなかったから仕方なかったんだ！　だから家族で協力して暮らしていくのは当然だろう⁉　それに暴力とは酷い言い方だ！　あれはお前がスザンナを虐めていたから仕方なく叱っただけで……ただの躾だ！」

「そうね。いつだってあなたはスザンナの言葉しか信じなかった。私の言う事なんて全く聞いてくれなくて……それでいて借金で首が回らなくなった時には、私を返済の糧にする事しか考えていなかった。あなたはいつだって自分の事ばかりだったわ！」

「な……いい加減にしろ！　生意気な口ばかりききやがって！　育ててやった恩を忘れたのか‼」

「あなたに育てられた覚えはないわ！　私を育ててくれたのはお母様よ！」

「このっ……！」

顔を真っ赤に染め上げ、かつて目にした悪魔へと変貌を遂げた男は、私に向けて大きく手を振りかぶり――。

「おい。その手をどうするつもりだ？」

すぐ隣で聞こえた凄(すご)みのある声。それはもちろん公爵様。

その瞬間、男の顔が真っ青に染まり、その表情は酷く怯えるように歪んだ。

私のすぐ隣からはおびただしいほどの冷気が漂い、ピリピリと緊張した空気が伝わってくる。その様子から、公爵様がものすごく怒っているというのはよく分かった。

公爵様は大きく一歩踏み出すと、お義父様のすぐ目の前に迫った。

「お前は今、誰に向かって手を上げている？」

「ひぃぃっ！」

悲鳴と同時に男はヒュッと手を引っ込め、ダラダラと汗を滴らせながら後ろへ後退する。けれど数歩下がったところで足が絡まり、ドサッと地に尻もちをついた。

カタカタと震え、なんとも情けない姿で公爵様を見上げる男に、公爵様は軽蔑の眼差しを向ける。

「お前がそこでのうのうと生きていられるのは誰のおかげだと思っている？　僕は今すぐにでもその息の根を止めたくて堪らないというのに。――だがお前は、一時（いっとき）でもマリエーヌと一緒に暮らしてきた人物。たとえ性根の腐った人間であっても、マリエーヌがほんの少しでも恩を感じているのならと、情けをかけたつもりだったが――そんなもの不要だったな」

すると公爵様は胸ポケットから万年筆を取り出し、その両端を持つと、バキィッと真っ二つにへし折った。その割れた先からインクが飛散し、公爵様の手と頬に黒色の飛沫が散った。

「な⁉　何をするつもりだ⁉」

「お前の言うとおりならば、このインクには毒が入っているのだろう？　だがそれを証明する手段がない。ならばお前がこれを体内に取り込み、どのような結果になるかをここで皆に見せればいい」

軽やかな口調で説明を終えた公爵様は、キャップ部分にあたる万年筆の片割れを投げ捨てると、男に一歩近づいた。

「そ……そんな事をしたら私が死んでしまうではないか！」

「そうだ。お前が死ねば証拠は確立される。お前が正しかったと、誰もが信じるだろう」

「だからって……なぜ私がそんな事をしなければならないんだ⁉　お前が自分でその毒を取り込めばいいだろうが！」

「残念だが、僕に毒は効かない。そういう訓練を受けているからな」

「じゃ……じゃあ、その成分を調べれば……！」

「ほう……調べれば毒の成分が出てくると……？　僕がそんな証拠の残る毒を使用すると思うか？」

「……!?　そ……そんな事が……だから今まで誰にも気付かれず、不都合な人間を葬れたという訳か!?」

「それを証明したいのだろう？　だからお前が身をもって証明すればいいだろう」

公爵様が一歩、二歩と男の許へと歩み寄ると、次第に男の顔が恐怖に歪んでいく。

「だからなぜそうなるんだ!?　マリエーヌ！　たすけてくれ！　このままではこの男に殺されてしまう！　ここで私が死ねばこの男だってタダではすまない！　こんな馬鹿げた事は今すぐやめさせろ！　お前だって、この男が捕まればどうなるか分からないんだぞ!!」

「……」

私の位置からは、公爵様が今どんな顔をしているのかは分からない。

だけど……私の答えは決まっている。

「私は、公爵様を信じます」

「な!?　そうか……マリエーヌ……お前も私に死んでほしいと思っているんだな!!」

「違います。公爵様が私を不幸にするはずがないと信じているのです。公爵様は、いつも私のためを思って行動してくれるから」

「そんなはずないだろうが！　お前はこの男が今までどんな事をしてきたか知らないからそんな事が言えるんだ！　この男の残忍さを分かっていないから……！」

「過去ではなく、今の公爵様を信じているのです！」

「くそっ……使えない女だな！」

次の瞬間、公爵様は勢いよく男の胸倉を掴み上げ、

「その減らず口を今すぐ塞いだ方がよさそうだな」

今にも殺めてしまいそうなほどの怒りを孕んだ声で牽制すると、男は真っ青になり震え上がった。

「た……たすけてくれ……」

「ほう……死にたくないか。ならばそうだな……お前を手引きした人間の名を吐けば、命だけは助けてやろう」

公爵様の提案に、男は呆気にとられたような顔で呟いた。

「な……なぜそれを……？」

「お前が何の後ろ盾もなく僕に歯向かう勇気のある人間とは思えないからな。どうせまた利用されただけなのだろう？　マリエーヌが僕の弱点であると知る人物に──それは誰だ？」

「い……言えるはずがないだろう⁉　それを言えば私が殺されてしまう！」

「ならばお前に残された道は一つだけだ」

そう告げると、公爵様は万年筆の片割れを男の目の前まで持ち上げた。割れた先からは黒いインクがポタリ、ポタリと滴り落ちる。

「うひぃっ‼」

短い悲鳴を上げ、男は後ろへ退こうと試みるも、公爵様の手に捕獲されたまま虚しい抵抗に終わった。あんなにも恐ろしく見えた悪魔が、今は同情すら覚えるほど無力な生き物に思える。

「さあ、これが最後のチャンスだ。お前は誰にそそのかされたんだ？」

「そ……それは……！」

「今ここでその名を吐けばお前の命は保証してやろう。その人物からも、お前を匿ってやる」

「………‼」

やがて観念するように力なく項垂れ、小さな声で囁いた。

その提案に、絶望に歪んでいた男の表情が少しだけ和らぐ。

「……ラ……ラトランド侯爵だ」

それを聞いて、ため息交じりに公爵様が呟いた。

「……やはりな。そんなところだろうと思っていた」

「さ……さあ！　私は言ったぞ！　早く解放してさっさとあいつらを捕まえてくれ！　あと私の事も匿ってくれるんだろう⁉」

「ああ。約束は守ろう。だがその前に――」

公爵様は掴んでいた男の胸倉を離すと、すぐさま男の顎を掴み上げグイッと上へと持ち上げた。

「あがぁ⁉」

口を無理やり開かされ、吊り上げられた男は呻き声を漏らしながら苦しそうにもがいている。その口の中に、公爵様は手にしていた片割れの万年筆を勢いよく刺し込んだ。

「あああああああああ‼」

断末魔の叫びと共に、周囲からはひときわ大きなどよめきが上がる。

「公爵様！」

誰よりも焦りの声を上げたのは、人々を掻き分けて身を乗り出したジェイクさんだった。

一瞬だけ、嫌な予感が頭を過る。けれどすぐにそれを振り払った。

——大丈夫。私は公爵様を信じる……！

やがて公爵様が掴んでいた男を放り投げると、男は咳き込みながら口の中の異物を必死に吐き出した。黒い液体の飛沫が地面を黒々と染めていく。

「がはっ……おえっ……ごほっ……！　はぁっはぁ……！　な……なんで……た……たすけてくれ！解毒剤があるんだろう⁉」

「そんなものはない」

「なんだと⁉　お前……俺を騙したのか⁉　名前を出せば命は助けると約束しただろうが！」

「ああ、そうだ。だからお前は生きているだろうが」

「何を——……あ？」

真っ黒になった口元をポカンと開け、男は目の前に自らの両手を持ってくると、握ったり開いたりを繰り返した。それでも信じられないといった顔で両手を見つめたまま口を開いた。

「……なんとも……ない……？」

「当たり前だ。最初から毒など入っていないのだから」

呆れ気味に公爵様が言うと、男は一瞬だけ安堵の表情を浮かべたが、すぐにワナワナと震え出した。

「な……なぜだ⁉　確かにスザンナは毒が仕込まれているのだと……くそっ！　アイツ……嘘をついたのか⁉　私に恥をかかせるために‼」

「それはなかなか素晴らしい親子関係だな。あの女がなぜそんな事を言ったかは知らないが、僕がそんな危険なものを持ち歩くはずがないだろう。万が一にでもマリエーヌが触れてしまったら大変だからな……ジェイク！」

「あ……は、はい！」

突然の呼び掛けに、唖然としたまま固まっていたジェイクさんが反応を取り戻すと、あたふたとしながら公爵様の許へと駆け寄った。

「早急にラトランド侯爵を捕獲し、丁重にもてなしてやれ。他の協力者についてもよく話を聞いてやるんだな。あと、これも片付けておけ」

端的に指示を出し、最後に割れた万年筆を差し出すと、ジェイクさんは心底嫌そうな顔で汚い物でも触るかのようにそれを摘まんだ。それから踵を返し、疲労感漂う背中を丸くして去って行った。

それと入れ替わるように治安部隊が慌ただしくやって来ると、義父をはじめ海で溺れていた男や、あちこちで地に伏せている人たちをあっと言う間に縛り上げた。

その様子を眺めていると、公爵様が私の許へと駆け寄り、気遣うように声を掛けてきた。

「マリエーヌ、すまない。大丈夫だったか？」

先ほどまで見せていた鬼のような姿は欠片もなく、公爵様は眉をひそめて私を心配そうに見つめる。

その姿が懐かしくも思えて、安堵の笑みを返した。

「はい。私は大丈夫です」

明るく返事をすると、公爵様もホッとしたように胸を撫で下ろし、柔らかく笑った。

「良かった……。色々と話したい事はあるのだが……少し、待っていてもらえるだろうか」

「はい。分かりました」

それから公爵様は、私の身を気遣いながらベンチに座らせると、少し離れた先で治安部隊の隊長らしき人物と話し始めた。その姿をぼんやりと見つめながら、ベンチの背もたれに寄りかかり脱力した。緊張の糸が解けたからなのか、ドッと疲れが回ってきた。

ふぅ……と息を吐き出し顔を上げると、拘束されたお義父様が連行されていくのが見えた。すっかり小さくなったその背中を茫然と眺めていると、言葉にできない複雑な感情が込み上げた。

さっきは『一度も父親だと思った事はない』と言ったけれど……そんな事はなかった。

お母様が生きていた頃のお義父様は、私に優しくしてくれていた。父親という存在をよく覚えていない私にとって、新しい父親ができるのは、戸惑いはしたけれど少しだけ嬉しかった。自分に妹という存在ができる事も。

優しい両親、素直じゃないけれど憎めない妹。新しい家族で一緒に過ごした時間は、ほんの一時ではあったけれど、私がずっと憧れていた家族のかたちで……希望に満ち溢れた幸せな時間だった。

たとえそれが仮初の姿だったのだとしても――。

そんな感傷に浸りながら瞳を閉じ、込み上げる涙を必死に堪えた。

――大丈夫。もう、弱いだけの私ではないのだから。

そして自分に言い聞かせる。

ずっと恐れていた相手に立ち向かえた事で、少し自信が持てたのかもしれない。さっきまで騒がしかった気持ちも、凪いだように落ち着いている。

――これからは、真っすぐ前を向いて歩こう。公爵様と共に。

その決意を胸に顔を持ち上げ、真っすぐ前を見据えた――その時だった。

行き交う人々に紛れて、どこか危うい雰囲気を漂わせる男性が視界に入った。その姿をどこかで見たような気がして。目を凝らしてじっと見つめ……それは確信へと変わった。

——あの人……前に公爵邸で働いていた使用人だわ！

公爵様の態度が変貌した日、一番最初に解雇された男性。だけどその風貌はすっかり様変わりし、何日洗っていないのかも分からないほど汚れたヨレヨレのシャツと裾のほつれたズボン。口元には無精ひげが生え、髪も不揃いに伸びている。前まで公爵邸で働いていた使用人は、公爵様と繋がりのある貴族の令嬢や令息だったと聞いたけれど、その姿はとても貴族とは思えない。

不気味なほど据わった目つきの先にいるのは……公爵様……？

ふいに嫌な予感がして、勢いよく立ち上がったのとほぼ同時に、その男が走り出した。

その右手には、先端を光らせる物体が握られている。

——やっぱりあの人……公爵様を狙っているの⁉

すぐさま公爵様に危険を知らせようと口を開くも、焦りからか声が出ない。代わりに反射的に体が動いていた。公爵様の背後に先回り、その背中を庇うように両手を広げて立ち塞がると、私のすぐ先にはもう男が迫っていた。

ブツブツと聞き取れない呟きを発し、焦点が合ってるかも分からない瞳。うっすらと笑みを浮かべた男は、握る刃を私に向けてこちらへ直進する。

だけどここから動く訳にはいかない。

——公爵様は、私が守る……！

しかと覚悟を決め、ギュッと目を閉じた瞬間——。

――あれ？　……前にも……こんな事があったような……。

その既視感と共に、意識が呑み込まれるような不思議な感覚に襲われた。

咄嗟に目を見開くと、目の前の景色は一変し、なぜか私は見覚えのある薄暗い部屋の中に居た。

そして目の前には見知らぬ人物の姿。フードを深く被り、頬に傷痕のある男はその手に握る刃を私に向けてゆっくりと直進する。

まるで時の流れが遅くなったかのように、緩やかに動いて見えるその光景を前にしても、私の体は両手を広げたまま動けない。

だけど私の背後には誰か……とても大切な人がいる気がして……動く訳にはいかなかった。

――守ってみせる……この方だけは……！

間もなくして、その刃が私の体を貫こうとした時――。


「マリエーヌ!!」


突如聞こえた公爵様の声により、その光景は瞬時に消え去り、元の場所へと戻っていた。

次の瞬間、キィィンッ！　と、金属を弾くような音が耳に響いた。

薄暗い場所から明るい場所へと移り変わり、チカチカとする視界の中で、私の目の前に公爵様の背中があるのが分かった。その右手には剣の柄が握られ、更に前方には私に刃を向けていた男が治安部隊の隊員により取り押さえられていた。

どうやら私も公爵様も事なきを得たらしく、ホッと胸を撫で下ろした。

――公爵様が守ってくれたのね……。だけどさっきの光景は……なんだったのかしら……？

もう少しで何かが分かりそうな気がして……さっき見た光景をもう一度思い出そうとしたその時。

ズキンッッ!!

「うっ……！」

急に酷い頭痛に襲われて、咄嗟に頭を押さえた。ぐらりと視界が大きく歪み、とても立ってはいられなくて、地面に倒れそうになる寸前、すかさず公爵様が私の体を抱き留めた。

「マリエーヌ!!」

必死な声で公爵様が私の名を呼んでいるのが聞こえる。だけど私の意識は朦朧（もうろう）としていて瞼が勝手に閉じていく。公爵様が呼び掛ける声も段々と遠のいていく。

おぼろげな視界の中でも、公爵様が今、どんな顔をしているのかだけは分かった。

絶望するような、悲しみに暮れるその表情を……私は前にも見た事があったから……。

――だけどそれを……私はいつ、見たのだろう……？

秘めていた想い

――カラカラカラ。

それはすっかり見慣れた光景で。長く続く廊下を、私は車椅子を押しながら歩いていた。

車椅子には白銀色の髪の男性が静かに座っている。

――またこの夢……。

時折見る夢の中で、私はいつも車椅子を押している。

目が覚めると、夢での事はさっぱりと忘れてしまうのだけど。

私たちが進む廊下の窓際には、談笑しながら適当に掃除をする侍女たちの姿。

彼女たちはこちらに気付くなり、嫌なものでも見るかのように眉をひそめた。

「あら、役立たずの二人が来たわ」

「また飽きもせずに中庭へ向かうつもりなのかしら？　毎日よくやるわね」

「ほんと羨ましいわ。暇な人は呑気でいいわねぇ」

わざと聞かせているのかと思うほどの声量で、悪態をついてはクスクスと笑う。

私たちの姿を見た使用人の反応はだいたい決まっている。嘲笑するか、不快げに顔を歪ませるか。

だけど私はそんな事をいちいち気にはしない。

私の為すべき事は決まっているのだから。

小さく息を吐き、大きく吸い込みグッと口を閉じる。

そして真っすぐ前を見据え、背筋をしっかりと伸ばして精一杯の虚勢を張った。

心細くて震えそうな手も、気を抜けばすくみそうになる足も、誰にも見せてはいけない。

今の私は、この方の体の一部でもあるのだから。

こうして共に歩く時だけでも、私も堂々とした姿を見せよう。

たとえ誰もが私たちを認めなくとも。

私はこの方と共に生きると決めたのだから――。

◇◇◇

目が覚めると、心配そうに眉尻を下げた公爵様とすぐに目が合った。

「マリエーヌ！」

――あれ？

一瞬、私の名を呼ぶ公爵様の姿に違和感を覚える。

けれどそれを気にするよりも先に自分の置かれている状況をまず確認した。

私の左手は、今にも泣きそうな顔をした公爵様の手によりしっかりと握られている。身に着けていたはずのドレスはいつの間にか寝間着に替わっており、今までベッドの上で眠っていたらしい。

その視界に映り込む家具や部屋の雰囲気から、ここが自室である事は分かった。

「えっと……私はどうしてここに……？」

とりあえず体を起こそうと半分ほど起き上がった時、目が回るような感覚に襲われバランスを崩した。再び倒れそうになったのを、咄嗟に公爵様が支えてくれた。

「マリエーヌ。無理をするな。熱が高いから今は休んでいるんだ」

――熱……？

言われてみれば、汗をかいているのに悪寒がするし、頭もズキズキと痛む。

促されるまま再びベッドに横になると、公爵様が布団を綺麗に掛け直してくれた。それから私の汗ばむ額をタオルで丁寧に拭いながら、公爵様は落ち着いた口調でこれまでの事を説明してくれた。

「君はあの後、気を失ってしまったんだ。すぐに公爵邸へ戻り医者に診てもらったが、熱が高い以外は特に異常はなかったらしい。恐らく風邪だろうと診断された。疲労により免疫力が落ちていたのかもしれないとも言っていた」

「そうだったのですね。それは……ご心配をお掛けしました」

「いや、僕の方こそ……我儘を言って君に負担をかけてしまったから……」

「それは違います。私が自分で望んだ事なので……公爵様が喜んでくれてとても嬉しかったです」

また自分を責めようとする公爵様に、精一杯微笑んでみせると、その表情が微かに綻んだ。

「マリエーヌ……君は本当に優しいな」

そう言って公爵様は小さく笑ったけれど、その表情はまだ晴れない。

部屋の窓から外の様子を確認すると、空はすっかり朱色に染まっていた。せっかくの公爵様の誕生日だというのに、こんな幕切れになってしまうなんて……。申し訳なさでいっぱいになる。

なによりも、公爵様に悲しい思いをさせてしまったのが一番悔しい。

「ごめんなさい……せっかく公爵様の誕生日だったのに……」

「マリエーヌ。お願いだから謝らないでくれ。全部僕が悪かったんだ。君との時間に浮かれるあまり注意を怠っていた。こんな事に君を巻き込んでしまって本当にすまなかった」

そう謝罪する公爵様の体は小刻みに震えている。

どうにか慰めたくて、右手でその頬に触れると、驚くほど冷たくなっていた。

「公爵様も、謝らないでください。公爵様が辛そうにしていると私も悲しくなります」

「……！　マリエーヌ……」

それでも公爵様は何かに耐えるように顔を歪めている。きっとまた……自分を責めているのだろう。そう思うと、なんともいたたまれない気持ちになる。

せっかくの誕生日を、辛く悲しい思い出で終わらせたくないのに……そう思った時、ふいにある存在を思い出した私は、壁際にあるチェストを指さし公爵様に声を掛けた。

「公爵様。あの一番上の引き出しを開けていただけますか？」

「ああ、分かった」

公爵様はすぐに立ち上がると、チェストの前まで歩き、一番上の引き出しを開けた。

「そこに折り畳んだハンカチがあると思うのですが」

「……これの事だろうか？」

公爵様は取り出したものを私に見せるように掲げた。綺麗に四つ折りにされた純白のハンカチ。それを確認し、言葉を返した。

「はい。それを公爵様にお渡ししようと思っていたのです」

「これを僕に……？」

公爵様はそのハンカチをジッと見つめた後、それを慎重に広げていく。

そしてハンカチの角に施された刺繍を目にした瞬間、公爵様は大きく目を見開いた。

「これは……マリエーヌが縫ってくれたのか？」

「はい。勝手ながら、公爵家の家紋を刺繍してみたのですが……いかがでしょうか？　どこかおかしい箇所があればおっしゃってください。すぐに直しますので」

公爵家の家紋は、盾と剣を形どった模様の中に白銀色の獅子と真っ赤な薔薇が描かれている。それを刺繍で再現してみたのだけれど、仕上がりに自信が持てず、ずっと渡せずじまいだった。

「いや、完璧だ。なんて繊細な刺繍なのだろう。……僕のために作ってくれたのか」

しみじみと告げると、公爵様はしなやかな手つきでハンカチを撫でて嬉しそうに微笑んだ。

「ありがとう、マリエーヌ。一生大事にするよ」

ようやく心からの笑顔を見る事ができて、安堵する気持ちと共にハンカチを渡せた喜びで胸がいっぱいになる。公爵様はそのハンカチを丁寧に折りたたむと、懐の内ポケットへと収めた。

それから私の傍に戻って来ると、再び私の左手を包み込むように両手で握った。

「マリエーヌ。最後に一つだけ、僕の願いを聞いてくれないだろうか」

「……？　なんでしょうか？」

どんな願いでも、公爵様が喜んでくれるのなら何でも――そう意気込んだけれど、柔らかい笑みを浮かべていた公爵様は切なげに眉をひそめた。

それから私の左手をしっかりと握ったまま、切望するように願いを告げた。

「これからは、もっと自分を大事にしてほしい。今日のように、僕を庇って危険な真似はしてほしくない。僕は君が傷つく事が一番怖い。君を失う事が、怖くて堪らないんだ……」

私の左手を握る公爵様の手に、ギュッと力が入るのが分かった。

「君の温もりを失うのも……声が聞けなくなるのも……君に触れられなくなるのも全てが耐えられない。君のいないこの世界なんて、僕にとっては何の価値もない！　だから――」

「目の前で傷つけられるもの全てを、見て見ぬふりをしてほしい……そういう事ですか？」

私の言葉に、公爵様はハッと大きく目を見開くと、ばつが悪そうに目を伏せた。

「……ああ、そうだ」

「でも、前に公爵様は言ってくださいました。私が誰かを守ろうとする姿に強く心を打たれるのだと」

「――――！　確かに……そう言った」

肩を落として、自信なく呟いた公爵様の姿は、今にも消えてしまいそうなほど儚く思えた。

公爵様の言葉は、前に私に言ってくれた事とは矛盾している。だけどきっと、どちらも公爵様の本音なのだろう。反発し合う自分の気持ちと葛藤しているのかもしれない。

その姿を見つめながら、私は自分が抱えていた想いを語り始めた。

「あの時の私は、自分が誰かを守れるなんて思えなくて……公爵様の言葉を聞いても何も実感できませんでした。だけど今日、公爵様を守りたいという気持ちが、私に一歩踏み出す勇気を与えてくれました。だからこそ、ずっと恐怖の対象でしかなかったあの人にも立ち向かう事ができたのです。そのおかげで、私は初めて自分に自信が持てました。ずっと嫌いだった自分を、少しだけ好きになれました。そのハンカチも、本当は自信がなくて渡せずにいたもので……それをようやく渡せたのも、私が変わったという証しでもあるのです」

「マリエーヌ……」

小さく驚いた公爵様は、先ほどハンカチを収めた胸元にソッと手を当てた。

やがてフッと柔らかく笑うと、納得するように頷いた。

「ああ、そうだな……。今日の君は本当に素敵だった。僕を守ろうとするその颯爽たる姿は、誰よりも気高く美しかった。ありがとう、マリエーヌ。僕を守ってくれて」

穏やかな笑みを浮かべた公爵様が、私を見据えて告げた言葉に、少し照れくさくもなり、顔が熱くなった。だけどすぐに公爵様は眉尻を下げ、視線を伏せた。

「それと……あんな事まで言わせてしまって……君の前になると、僕はなぜこんなにも恰好が付かないのだろうか」

あんな事……それはきっと、私があの場で堂々と告げた嘘の事を言っているのだろう。

私が結婚してからの一年間、公爵様に愛され幸せな時間を過ごしていたと——。

実際はお義父様の言うとおり、冷遇される日々だったのだけど。

それでも、あれだけ大勢の人が集まる前で宣言したのだから、この話はすぐに広まるはず。公爵様に対する印象も、前よりはずっと良くなると思う。それが私の狙いでもあったのだから。

あの過去が公爵様を苦しめ続けるというのなら、嘘でもいいから塗り替えてしまえばいい。

もう、誰も公爵様を傷つける事がないようにと。もちろん、公爵様自身も……。

「公爵様。私の事で自分を責めるのはもうやめませんか？」

「……！　だが、僕は君を沢山傷つけてきた。それはそう簡単に許されるものではない」

「ですが、私はもう気にしていません。それを補って余りあるほど幸せな日々を送らせてもらっていますから」

その言葉に、公爵様はキョトンとして目を見開き、

「……幸せ……？」

唖然としたまま呟くと、こちらに向かって大きく身を乗り出した。

「マリエーヌ！　君は……今、幸せなのか⁉」

その勢いに圧倒されつつも、私は迷いなくニッコリと笑って答えてみせた。

「はい。公爵様に愛されて、私は幸せです」

「……‼」

再び大きく目を見開いた公爵様は、やがてぽつり、ぽつりと声を震わせた。

「……そうか……そうだったのか……。僕は……君を幸せにできていたのか……」

次第にその瞳が潤みだすと、瞬きと共に一筋の涙が零れ落ち、私の左手にポタッと落ちた。

「良かった……マリエーヌ……君が幸せになってくれて……」

そう囁くと、公爵様は穏やかな笑みを浮かべて、慈しむように私を見つめた。その姿を見て、公爵様がどれほど私の幸せを願っていたかがひしひしと伝わり、目頭が熱くなった。

ふいに、公爵様への想いが激しく込み上げ——それはとめどなく溢れ出した。

「公爵様」

思いのままに呼び掛けると、公爵様は真っすぐ私を見据えた。

私の左手を包み込む公爵様の手の上に、ソッと自分の右手を重ね置くと、私はずっと秘めていた想いを口にし始めた。

「私は、貴方の手が好きです。心地良い温もりを宿す貴方の手は、いつだって私の心ごと優しい温もりで満たしてくれるのです」

それから、公爵様の瞳にかかっていた前髪にそぉっと触れると、その奥から真紅の瞳が姿を現した。

涙で潤んだその瞳は、差し込む夕日が反射して宝石のように輝いている。

「貴方のルビーのように美しい瞳も好きです。その瞳に見つめられると、胸の鼓動が高鳴り、泣きそうなほど嬉しくなるのです」

そう告げて、その瞳に笑いかけるも、公爵様は私を見つめたまま微動だにしない。

前髪に触れていた右手で耳元の髪を撫で梳かし、その頬に触れると、ピクッと微かに反応した。

「絹のように艶のある白銀色の髪も、私を見て赤らめる頬も、その口から紡がれる愛の言葉も全て――私には愛しくて仕方がありません」

「……マ……マリエーヌ……？　もしかして……熱が上がったんじゃないのか……？」

たどたどしくそう言う公爵様の顔も、湯気が出そうなほど真っ赤に染め上がっているようで。

私の言葉を信じようとしない公爵様が、かつての自分と重なって見えて……思わず笑ってしまった。

公爵様に初めて愛を囁かれた時、私も公爵様が熱でおかしくなってしまったと思っていたから。慌てふためく公爵様の姿も――なんて愛おしいのだろう。

「アレクシア様」

その名を呼びかけると、公爵様は大きく息を呑んでこちらを見つめた。

目を見張る公爵様に、私はニッコリと微笑みかけ――。

「私も、貴方の事が好きです」

「――!!」

更に大きく目を見開いた公爵様は、信じられないという顔のまま私を凝視している。

その体が小刻みに震え出し……ギュッと閉じていた唇がゆっくりと開かれた。

「マリエーヌ……それは……本当なのか……？　本当に君は……僕を……好きになってくれたという

何の躊躇いもなく告げた私の言葉に、公爵様は声を詰まらせ……それでもまだ信じきれないらしく、口を開いては閉じてを繰り返しながら私に問いかけた。

「それは……熱が高すぎて思ってもいない事を口走っているだけではないのか……？」

「いいえ……もうずっと前からお慕いしておりました」

「では、僕が誕生日だから喜ばせようとしているのか⁉」

「……ですから、もうずっと前からで……」

「もしかしてこれは夢なのか……？　僕は……都合の良い夢を見ているのだろうか……」

「……多分、現実です」

――どうしよう。公爵様が信じてくれない……。

少し焦れた私は、公爵様が握る左手を自分の顔まで近づけ、公爵様の手の甲にソッと口付けた。

「――‼」

大きく目を見開き、口を開けたまま絶句する公爵様に向けて、

「アレクシア様。愛しています」

もう一度、はっきりとそれを口にすると……ふいに涙が込み上げた。

――やっと……伝えられた。

なぜだろう。もうずっと前から……私が思っていた以上に、この言葉を伝えるのを待ち望んでいた

ような……不思議な感覚だった。

一方で公爵様は、切なさを滲ませる瞳を震わせながら、ゆっくりと瞼を閉じ——その頬を伝う涙が大きな雫となり零れ落ちた時、再び瞼が開かれた。

「……ありがとう。マリエーヌ……僕を、愛してくれて……」

喜びに満ちた笑みを浮かべ、か細い声でそう言うと、公爵様は安らかな表情で私を見つめる。

未だその瞳からは涙が流れているけれど、それが嬉し涙なのだと思うとそれすらも愛おしくて。

私の方が、かけがえのない贈り物をもらったような気がして、この上ない幸福感で満たされた。

その心地良さに浸っていると、ウトウトと眠気に誘われて。今の幸せな気持ちを惜しみながらも、瞼が自然と閉じ——私の意識は深い眠りへと落ちていった。


——その夜中、少し熱が上がったのか、私は何度も目が覚めてしまった。

だけど目を覚ますたび、私のすぐ傍にはいつも公爵様がいてくれた。目が合うたび、柔らかく微笑む公爵様の姿が……体が弱っているのも相まってか、泣きそうなほど嬉しくて……。

それでも、明日からまた多忙な日々が始まるのだと思うと、公爵様にこのまま付き添ってもらう訳にはいかない。公爵様に握られている左手をぎゅっと握り返し、声を掛けた。

「公爵様も……そろそろ休まれないと……」

「心配いらない。今部屋へ戻っても、君が心配で眠れそうにない」

「でも……私なら大丈夫です。ただの風邪ですから」

「言っただろう。君はもっと自分を大事にするべきだと」

「……公爵様も、自分の事をもっと大事にしてくださいね」

「ああ。だが、君が辛い時は君の傍にいさせてほしい。それに僕が休まる場所も、君の傍だから」

優しい声で囁かれ、嬉しくもあり、こそばゆい気持ちにもなりながら、同時に安堵した。

本当は……まだ傍にいてほしかったから……。

「ありがとうございます」

次に目が覚めた時も、公爵様が傍にいてくれるという安心感からか、再び眠気が私を誘う。

「辛い時に誰かが傍にいてくれるのって、すごく安心できるんですね」

「ああ、それは僕もよく知っている。君がずっと傍にいてくれたから、僕も安心できたんだ」

それはきっと、あの時の事を言っているのだろう。

公爵様の態度が変わったあの日……再び高熱で寝込んだ公爵様を私が看病していたから。

「公爵様。傍にいてくれてありがとうございます」

「……それは僕のセリフだよ」

薄れゆく意識の中、聞こえてきた公爵様の声は、少し泣いているようにも思えた。

目を覚ますと、外はすっかり明るくなっていた。
鳥のさえずりが微かに聞こえ、窓から差し込む日差しが部屋の中を明るく照らしている。
「マリエーヌ。おはよう」
ぼんやりとしながら瞬きする私の前に、優しい笑みを浮かべた公爵様のお顔が現れた。一瞬、なんで公爵様がここに……？　と、目を開いたまま固まってしまったけれど、おかげで目が覚めた。

——あ……そうだった……。昨日は公爵様がずっと手を握っていてくれて……。

その左手は、今も温かく柔らかい感触で包まれている。

「えっと……おはようございます」

とりあえず挨拶を返して昨日の記憶を辿っていく。公爵様の誕生日、いろんな事が次々と起きて慌ただしい一日だったけれど、最後に公爵様の幸せそうな笑顔が見られて良かった。

鮮やかに微笑む公爵様の姿を思い出し、私まで幸せな気持ちで満たされていく。

そして次の瞬間、込み上げてきたのは言い知れない恥ずかしさ。それと気まずさだった。

——昨日……私……公爵様に告白したのよね……？

それに私ってば……なんて大胆な事をしたのかしら……！

熱に浮かされていたのと、気持ちが盛り上がっていたのもあって、勢いのまま手の甲にキスまでしてしまうなんて……！

昨日の自分の行動を思い出し悶々としていると、公爵様の顔が目前まで近付いた。

「マリエーヌ、大丈夫か？　また熱が上がったんじゃないのか？」

「い……いえ！　大丈夫です！」

とても目を合わせられなくて、不自然に視線を逸らして返答する。けれど公爵様はずっと私の目の前に留まったまま動かない。その視線がすごく……刺さる……！

「あ、あの……公爵様……そんなに見つめられると……本当に熱が上がってしまいます……」

「ああ……すまない……だが……」

するとと公爵様はほんの少しだけ顔を引き、ぼそりと呟いた。

「昨日の続きをしたいと思って……」

——……え？　昨日の続きって……？

もしかして、私の告白のこと？　だけど伝えたい事はもう伝えているし……続きって……？

すると公爵様はカァッと顔を真っ赤に染め上げ、

「君とキスがしたくて……」

「……え？」

つい呆気にとられて私が聞き返すと、公爵様はあわてふためきながら口を開いた。

「お……想いが通じ合った後は、キスをして互いの愛を確かめ合うのが定番の流れなのだろう⁉　だから僕たちもそれをするべきだと思うんだ！」

「⁉　……そ……それは……そうかもしれませんが……」

——この流れで……？　キスって……もっと自然な流れでするものじゃないの……⁉　した事がないから分からないけれど！

すると公爵様はしゅん……と表情に憂いを滲ませた。

「もしかして……マリエーヌは僕とキスをするのが嫌なのか……？」

「い……いえ！　そんな事は……私も……公爵様と……したいです」

「……！　マリエーヌ……！」

即座にパァァァァッと笑顔を輝かせた公爵様は、いそいそと私の両肩に手を添えた。

「あ……！　でも、今は駄目です！　私の風邪が公爵様にうつってしまいます！」

近付いてくる公爵様のお顔を咄嗟に両手で受け止めると、公爵様はキリッと凛しく眉を吊り上げ、真剣な顔で口を開いた。

「大丈夫だ。僕は風邪なんてひいた事がない」

「え……？　ですが、前に高熱が出ましたし……」

「あれは風邪ではない。君に恋焦がれるあまり体が耐えられなくなってしまったんだ」

「で……でしたら……また倒れてしまうかもしれません！」

「そうだな……今も僕の心の炎が身を焦がすように暴れている。その熱に体がいつまで耐えられるかも分からない……だが……たとえこの身が滅びようとも、君とのキスにはそれ以上の価値がある」

——どうしよう。公爵様が私とキスをするのに命をかけてるわ……。

どうやっても譲る気がないらしい公爵様を前に、私も覚悟を決めようとしたその時。

「公爵様。それはとてもナンセンスなキスの迫り方です。お得意の恋愛テクニックはどうしたのですか？　それではムードもなにもございません」

突如、私たちの間に割り込んできたのは、いつの間にか部屋に入っていたリディアだった。

「リディア……なぜ貴様がここにいる……？」

ギロッと瞳を動かしリディアを睨み付ける公爵様に、リディアも負けじと軽蔑の眼差しを向けた。

「先ほどから何回もノックはしました。ですが全然返答がないので、まさか……とは思いましたが、さすがに公爵様も昨日倒れたばかりのマリエーヌ様に対して、お体にご負担がかかるような事をするほど下衆な人間ではない……と思いはしたのですが、念のために覗かせていただきました。結果的に……かなり黒よりのグレーでしたが」

――グレー……って、結局どっちなのかしら……？　というか、リディア……もしかしてずっと覗いていたの……!?

するとリディアはコロッと表情を切り替え、爽やかな笑顔を私へ向けた。

「マリエーヌ様、おはようございます。お体の調子はいかがでしょうか？」

「あ……おはよう、リディア。そうね、すっかり良くなったわ」

いつもの調子で挨拶をするリディアに、私も何事もなかったかのように笑顔で返答した。

昨日まで石のように重かった体は、今はすっかり軽くなっている。むしろいつもよりも調子が良いとすら思える。

「そうですか！　それは安心しました！　昨日は沢山汗をかかれたと思いますし、今からお体を拭きましょうか？」

「そうね。そうしてもらおうかしら」

「かしこまりました！　では、さっそく準備して参りますね！」

気合の入った声で告げると、リディアは足早に部屋を後にした。

――と、そこまでは良かったのだけれど……。

「さあ、マリエーヌ。体を拭こうか」

「……」

意気揚々と私に声を掛ける公爵様は、とても勇ましいお顔をしている。

公爵様の隣には、リディアが用意してくれたお湯の入った桶と数枚のタオルが積み重ねられている。

先ほど、体を拭く準備を終えたリディアに『あとは僕がやろう』と言い出した公爵様は、目を丸くしたリディアを半ば強引に退室させた。それからやる気に満ち溢れた様子でいそいそと腕まくりをしてからの、今の発言。……つまり、どうやら公爵様が私の体を拭いてくれるらしい。

——……なんで⁉

思い返せば、リディアが道具一式を持って戻ってきた時も、退室する様子もなく居座っているから何でだろうと思ってはいた。だけどそのうち空気を読んで部屋を出るのかなと……そう思っていたのに、まさかリディアの方が追い出される事になるなんて……。

——やっぱり昨日、私が告白した影響なのかしら……？　でも、さすがにいきなりこれは恥ずかしすぎるわ……！　確かに、公爵様に裸を見られるのは初めてではないけれど……朝だから天気も良くて凄く明るいから、隅々まで鮮明に見られてしまうだろうし、汗も沢山かいてしまったし……。

「公爵様。あの……やっぱり自分でやるので大丈夫です」

「いや、僕がやる。君はまだ体が辛いのだろう？」

「いえ、本当に体はもうなんともないのです」

「それでも駄目だ。君は我慢する癖があるからな……。今日はもう何もしなくていい。どうか全てを僕に委ねてはくれないだろうか」

「でも、公爵様のお手を煩わせるわけには……」

「僕の事は気にしなくていい。君の辛い時に力になれるのは、僕にとってこの上ない喜びと言える」

全く譲る気配のない公爵様に、私は口籠りながらも本音を伝えた。

「ですが……あの……裸を見られるのがまだ少し恥ずかしくて……」

「それも心配いらない。病人の君を前にして不純な事など考えたりしない」

——公爵様。先ほどリディアからグレー判定された事をお忘れですか……？

その言葉はグッと呑み込むも、目の前には曇りなき眼で私を見つめる公爵様。

その強固な意志を前にして、もはや何を言っても無駄な気がした。そして小さく覚悟を決める。

——大丈夫。体を拭いてもらうだけよ。体を綺麗にしてもらうだけで、それ以上でもそれ以下でもないわ。公爵様はただ純粋に私を心配していて、少しでも体の負担を無くそうという親切心で言ってくれているのだから、そんな邪な考えをする方が失礼だわ！

ぶんぶんと首を振って余計な考えを振り払い、グッと顔を上げた。

「分かりました。では、服を脱がせていただきますね」

そう宣言し、公爵様に背を向けて胸元のリボンを解き、服を緩めて肩から脱ぎ始め——。


ガタンッッ!!


突如、大きな物音が背後から聞こえて振り返ると、真っ赤な顔をした公爵様が椅子を倒して立ち上がっていた。

「……公爵様？」

「すまない、マリエーヌ。すぐにリディアを呼んでこよう」

私から顔を逸らしたまま早口でそう言うと、耳まで真っ赤に染め上げた公爵様は私に背を向けて勢い良く部屋から出て行った。

――公爵様。考えてしまったんですね。不純な事を……！

再び急上昇する体温を感じながら、私は布団に倒れ込むように身を預けた。

その後、ブツブツと愚痴を零しながらやってきたリディアが、私の体を丁寧に拭きながら、神妙な面持ちで口を開いた。

「マリエーヌ様。やっぱりお体がまだ熱いようですが大丈夫でしょうか？　また熱が上がってきたのかもしれませんね」

「ええ……そう……ね……」

火照る顔を伏せたまま、私は静かに同意した。

ずっと伝えたかった言葉

青々とした晴天の下、昼食を終えた私と公爵様は、いつものように手を繋いで中庭へと向かった。

あれから熱は下がったものの、病み上がりだからと言われて五日間も安静を言い渡された。

その間、公爵様とリディアが交互に私のお世話にあたってくれたのだけど、最初のうちは食事の食器すら持たせてくれなくて、ベッドから離れる事もできなかった。少し動きたいと言えば公爵様は私を抱きかかえて部屋の中を歩き回り、本を読みたいと言えば大量の本を持ち出した公爵様が私の前で読み聞かせてくれた。それを見かねたリディアが『そんな事をしていたら余計に具合が悪くなります』と言ってくれたおかげで、部屋の中に限っては自由にさせてくれた。

公爵様はいつも以上に私の様子を窺いにくるので、それを阻止しようとしたのか、公爵様の腰にしっかりとしがみつきボロボロになっているジェイクさんを目にするたび、申し訳ない気持ちになっていた。

今日はそんな日々からようやく解放され、公爵様からプレゼントされたつばの長い帽子をお供に中庭へとやって来た。

カラカラカラカラ……。

――？

突如、後ろから聞こえてきた音に、足を止めた。その音を聞いていると、なぜかザワザワと胸の内が騒がしくなっていく。それはだんだんとこちらへ近付いてくるようで……後ろを振り返ると、ジェイクさんが何かを押しながらこちらへやって来るところだった。

その手元にあるのは――車椅子？

「公爵様。改良を依頼していた車椅子の試作品が届きました」

「ああ。執務室に置いておけ」

「かしこまりました」

「あ……」

立ち去ろうとしたところを私が思わず声を出してしまい、ジェイクさんはすぐに足を止めた。

「……マリエーヌ様。もしかしてこれが気になりますか？」

「えっと、少しだけ……。公爵様は車椅子を作られているのですか？」

隣にいる公爵様を見上げて訊いてみると、その顔が少しだけ得意げな笑みを浮かべた。

「ああ、そうなんだ。今の車椅子は座り心地も悪いし使い勝手が良くないからな。既製品を改良して安全性を確認しているんだ」

「まあ……そうなんですね」

——公爵様が車椅子を……。

そう感心しながら、公爵様の新たな一面を知る事ができて嬉しくなった。

車椅子に近付き、どこが改良されたのかと観察していると、ジェイクさんが話しかけてきた。

「公爵様は最近、体が不自由な人たちを支援する事業に力を入れているのです。車椅子の他にも義手、義足、補聴器など、身体弱者と呼ばれる人へ向けた補助器具の開発も進めていて——」

「ジェイク。その言い方はやめろ。体が不自由であろうとも、懸命に生きている人間に弱者という言葉は似合わない」

「……おっしゃるとおりです。申し訳ございません」

公爵様の指摘に、ジェイクさんは一瞬目を見張るも、すぐに頭を下げた。

だけど驚いたのは私も同じで。今の言葉は、以前の公爵様なら絶対に言わなかったはず。

——本当に、公爵様は優しくなった。

その優しさは、今は私だけでなく領内で暮らす人々にも注がれている。あんなにも皆から恐れられていた公爵様が、領民を愛し、愛される公爵様とまで言われるほどになった。

そんな人が私の夫だと思うと、とても誇らしい。

再び車椅子に視線を移すと、肘掛けの下に見慣れない引き金のようなものが付いていた。

「これは何か意味があるのですか？」

「これはですね……ここを下に押すと、肘掛けが外れるようになっているのです」

その通りにジェイクさんが動かすと、固定されていた金具が外れ、肘掛けが上へ持ち上げられるようになった。

「まあ、凄いです！」

その動作に、思わず感嘆の声を上げてしまった。車椅子の肘掛けは、安全性を考えると必ず必要なのだけど、移乗する時には肘掛けを避けないといけないため、邪魔になってしまう。その不便さを考慮して改良されたものなのだろう。

「これなら最小限の動きで車椅子へ座れますね。介助する人の負担も軽そうです」

私が目を輝かせながら感心していると、公爵様が意味深に私を見つめて口を開いた。

「マリエーヌ。君は今までに、体が不自由な人の世話をした事があるのか？」

「あ……はい。私のお祖母様が、体が不自由だったので……と言っても、お世話をしていたのはお母様で、私はそのお手伝いをするくらいでしたけど」

「なるほど……そういう事か。だから君は――」

「……？」

公爵様は何かに納得するように呟くと、口元に手を当て黙り込んだ。

それから凛々しい顔を持ち上げると、車椅子の後方にあるハンドルに手を添え、

「マリエーヌ。よかったらこれに座ってみてくれないか？」

「え……？　私がですか？」

突然の提案に、思わず聞き返してしまう。

すると公爵様は、いつもと変わらない柔らかい笑みを私に向けて、頷いた。

「ああ。君に座り心地を確かめてほしいんだ」

「あ……そういう事なら……分かりました」

公爵様のお仕事に関わる重要な役割……！　と、使命感に駆られた私は、車椅子の前に立つと恐る恐る腰を下ろした。その瞬間、お尻を包み込むような座り心地の良さに、思わず声を上げた。

「わぁ……凄く座り心地が良いですね！」

「ああ。座面にもクッション性が高い材質を使用しているからな。長時間座っていても疲れづらくなっているし、動いた時の振動も軽減されるようにしているんだ」

そう言うと、公爵様は車椅子に座る私の背後に回り込んだ。

「よし、じゃあ少し動いてみようか」

「え!?　動くのですか!?」

「もちろんだ。動いた時の乗り心地も確かめなければな。ジェイクは先に戻っていい。これは僕が後で運んでおこう」

「かしこまりました」

ジェイクさんはペコリと一礼すると、すぐに踵を返して去って行った。

「でも……きっと重たいですし……」

「マリエーヌは羽が生えているかのように軽いと、前にも言ったはずだ」

「そ……そんな事もありましたね……」

それは初めての街デートの時に私を抱きかかえた公爵様が言ったセリフ。あの時の事を思い出すと、今も少し恥ずかしい。だけど公爵様と共に過ごした一つ一つの出来事が、今の私には大切な思い出となり残っている。公爵様と思い出を共有できる事が、今はとても嬉しい。

「さあ、行こうか」

その掛け声と共に、私の座る車椅子がゆっくりと進み始めた。


カラカラカラ……。


車椅子の車輪の音が耳に響き、その振動が僅かに伝わってくる。けれど座面のクッションが振動を和らげているおかげで不快感は全くない。背中にちょうど良く馴染む背もたれに体を預けると、緩やかにそよぐ風が優しく全身を撫でた。公爵様の歩く速度もいつもよりゆっくりで、慎重に歩いてくれているのが分かった。私を気遣う公爵様の優しさがまた嬉しい。

「マリエーヌ。乗り心地はどうだろうか？」

「はい、とても良いです。公爵様の優しさが込められた素敵な車椅子ですね」

「そうか。君にそう言ってもらえるとすごく嬉しいな」

車椅子を押す事はあっても、乗る側になる事は今までなかったから、なんだか新鮮。それにいつもより視線が低いため、花壇の花もよく見える。上を見上げればいつも以上に空が高く思えて、自分がすごくちっぽけな存在に思えてしまう。

「不思議ですね……見慣れている中庭なのに、まるで別の場所にいるような感じがします。視点が変わると、こんなにも目に映る光景が違うんですね」

「ああ。僕も同じ事を思ったよ」

「……公爵様も、車椅子に乗られた事があるのですか？」

「ああ。もうかなり前の事になるが」

「あ……そうですよね。車椅子の試乗も必要で――」

そこで、言葉が詰まった。

公爵様が車椅子に座っている姿を想像し――なぜか……その姿に見覚えがある気がして。

背後から、私を気遣う公爵様の声が聞こえ、我に返った。

「……マリエーヌ？　どうかしたか？」

「あ……いえ……。私、なぜか公爵様が車椅子に乗っている姿を見た事があるような気がして……不思議ですよね。ありえない事なのに」

「……」

その時、車椅子の動きがピタリと止まった。

振り返ると、公爵様の表情からは笑顔が消え、何かを思い詰めるような……複雑な顔をしていた。

「……？　公爵様？」

変な事を口走ってしまったと、発言を撤回しようとした時、公爵様が口を開いた。

「マリエーヌ。君はあの時、僕に忘れられるのが怖いと言っていたが……僕は決して君を忘れはしないだろう」

「……え？」

唐突に告げられたその言葉に、思わず呆気にとられてしまった。

それはテールさんと会った後に、私が公爵様に告げた本音の事を言っているのだろうか。

──だけど、なぜ急にそんな事を……？

すると公爵様は私の前に立ち、視線を合わせるように跪くと、私の手の上に自らの手を重ねた。

「たとえば……君の手に触れて、その温もりを感じられたのなら。僕の心に刻まれている、君と過ごした日々の記憶が呼び覚まされるだろう。君の香りや、優しい眼差し、息遣い……一つ一つが僕の心を大きく震わせるんだ。──街に出れば君とのデートを思い出し、中庭に向かえば君と見た可憐な花々や、空に大きく円を描いた鮮やかな虹を思い出すだろう」

穏やかな笑みを浮かべて語る公爵様の姿は、とてもキラキラとして見える。

そして赤々と煌めく瞳が、更に柔らかく細められた。

「それに、たとえ僕が君を思い出せなくなったとしても……君の優しい笑顔を見れば、僕は何度でも君に恋をするだろう」

ものすごく自信満々にそう告げた公爵様に、思わず噴き出してしまった。

「ふふっ……ありがとうございます。前に私が言った事を気にしてくださったのですね。でも、もう大丈夫です。私も、公爵様との思い出をしっかりと心に刻みますから。公爵様との記憶を少しも忘れないように」

「……ありがとう、マリエーヌ」

そう言うと、公爵様は切なげに微笑み、ジッと私を見つめた。それは時折見られる、私の知らない私・を見るような焦点の合わない眼差しで……そのまま公爵様は押し黙った。

しばらくの沈黙の末……ふいに固く閉ざされていたその口が言葉を発した。

「――僕も本当は、君に忘れてほしくない。僕と君が共に過ごしたあの日々の、大切な記憶を――」

「……え？」

その言い方がどこか引っ掛かり、聞き返した。

すると公爵様の瞳が何かを決意するように真剣な眼差しへと変わり――私・を真っすぐ見つめた。

いつもと違う様子の公爵様に胸の奥がざわつく。

やがて、その口がゆっくりと開かれた。

「マリエーヌ。今度は、僕が座ってもいいだろうか」

「え……？　あ……はい」

一瞬だけ戸惑ったものの、すぐに差し伸べられていた公爵様の手を取り、車椅子から降りた。

私と入れ替わるように車椅子の前に立った公爵様は、優しい笑みを浮かべ、目の前のそれをしばらく見つめていた。その姿は、まるで懐かしい友人と再会するようにも思えて……そんな不思議な光景を、私も静かに眺めていた。

そしてゆっくりと車椅子に腰掛けた公爵様は、備え付けられている足台の上に足を乗せた。

その姿を目にした瞬間、急に胸が締め付けられるような苦しさを感じ、胸元を手で押さえた。そこから心臓が痛いほど脈打っているのが分かる。それになぜか気持ちが落ち着かない。

悲しみと……喜び……相反する感情が交互に押し寄せてくるような――。

だけど車椅子に座る公爵様の姿から目を逸らせなくて。

――やっぱり……私はこの姿を見た事がある。

金縛りにでもあったかのように硬直する私に、公爵様が穏やかな口調で話しかけた。

「マリエーヌ。すまないが……少しだけ押してもらえるだろうか」

「あ……はい、分かりました」

慌てて笑顔を繕い返事をすると、私は車椅子の後ろへと回り込んだ。

そして車椅子の背にあるハンドルに手をかけ――。

――ドクンッ。

「……!?」

今度こそ、大きく心臓が高鳴った。

その衝動に思わずハンドルを手放し、一歩後ずさる。

――……なに……？　さっきから一体なんなの……？

この胸のざわめきも、泣きたくなるくらい切なく込み上げるこの想いも……。

何度も脳裏に浮かぶ、少しやつれた公爵様の虚ろな顔も……。

こんな公爵様の姿なんて知らないはずなのに……憂いを帯びたその瞳は……私に何を訴えかけているのだろう。

――分からない。何もかも。

だけど……その答えを、私の心が強く求めているような気がする。

再び一歩踏み出し、目の前のハンドルをしっかりと握りしめ、私は車椅子を押して慎重に前へと進んだ。

カラカラカラ……。

車椅子の車輪が回る音が、一定のリズムを奏で始める。

どこか懐かしさを感じられるその音を聞いていると、高鳴っていた心臓が、次第に落ち着きを取り戻していく。

カラカラカラ……。

閑静な中庭の中で、その音だけが辺り一帯に響き渡る。

先ほどまで騒がしかった胸の内も、今は凪いだように落ち着きを取り戻していた。

体を撫でるような心地良いそよ風。それに合わせて草花がザァザァと揺れ動き……。

「風が気持ちいいですね」

そう声を掛け、車椅子に座る公爵様と共に、私は中庭の通路をゆっくりと歩き出した。

カラカラカラ……。

晴れた日は、いつもこうして中庭を散歩しているけれど、そこに芽吹く花々は、毎日違う景色を私たちに見せてくれる。公爵邸へ来たばかりの頃は、それを一人で自室の窓から眺めるだけだったけれど、今の私には一緒にお花の観賞を楽しんでくれる人がいる。

ただそれだけでも、私にとってこの時間はとても贅沢なように思えた。

車椅子に座る公爵様に視線を向けると、いつも被っているはずの帽子が無く、白銀色の髪がサラサラと靡いていた。

「あれ……？　ごめんなさい。帽子を忘れてしまったみたいです」

そう話しかけるけれど、公爵様からは何の反応も見られない。

──取りに戻ってもいいけれど……雲も出てきたし大丈夫かしら……？

青空の中に現れた積雲を眺めながら、しばらく考え……。

「公爵様、少し失礼しますね」

私は自分が被っている帽子を取り、公爵様の頭にそっと被せた。

女性用のものだから、可愛いレースや花飾りが付いているのが申し訳ないけれど。

──それにしても……こんな華やかな帽子……私、持っていたかしら？

そんな違和感を覚えながらも、再び車椅子を押して真っすぐ進んで行く。

しばらく歩き、到着した花壇にはチューリップの苗が規則的に並んでいた。まだ蕾の状態が多い中で、一つだけ赤い花びらを開花させたものがあった。

「公爵様。チューリップのお花が咲きましたよ」

花壇の前に車椅子を止めて公爵様の隣にしゃがみ込むと、帽子の下にある顔を覗き込んだ。

公爵様は咲いているチューリップに視線を向け、満足そうに目を細める。

その反応に、私も釣られて顔が綻んだ。

たとえ言葉は交わせなくても、公爵様は私の言葉にしっかり反応を示してくれる。

嬉しい時はこうして目を細め、驚いている時は少し目を見開く。怒っている時は鋭く尖ったりして。

だけどそれは私にではなく、私たちを蔑む使用人に向けられる事が多い。

公爵様が私に向ける眼差しは、いつだってとても柔らかくて温かみを感じられる。

「他の蕾も、もうすぐ咲きそうです。満開になるのが楽しみですね」

そう話しかけると、公爵様は私の方へと視線を移し、更に目を細めた。その姿に、思わずドキッと心臓が高鳴る。

――最近、公爵様に見つめられるとドキドキするのよね……。どうしてかしら……？

「ほ……他のお花も見てみましょう」

熱くなる顔を見られまいと、勢いよく立ち上がり、再び車椅子を押して進んでいく。


カラカラカラカラ……。


まだ少し冬の肌寒さが残るけれど、それも間もなく終わりを告げる。やがて春が訪れ、暖かくなればもっと多くの花々が開花するはず。その光景は、どれほど美しく色鮮やかな世界だろうか。

――早く春にならないかな。

それを想像すれば、胸の内が春の陽気を浴びたかのようにポカポカとしてくる。

先の事を楽しみに思うようになったのも、公爵様が居てくれるおかげ。

私にとって、公爵様は――かけがえのない大切な存在だから。

その時、突然日が陰り、ポツッ……と、冷たい水滴が手に落ちた。空を見上げると、分厚い雲が太陽を覆い隠し、ポツポツと雨が降り出した。

「公爵様、少し急ぎますね！」

後ろから声を掛け、公爵様がずり落ちてしまわないようにと、その肩を手でしっかりと押さえながら展望用の小屋へと駆け出した。

強くなる雨にさらされながらも、なんとか小屋に到着した私は、ポケットからハンカチを取り出し、公爵様の頬の水滴を拭った。

「……あれ？」

それが雨にあたって濡れた訳ではないのだと、すぐに気付いた。

拭った先から新たな雫が流れ落ち、頬を濡らし続けているから。

公爵様の頭から帽子を取り外すと、潤んだ真紅の瞳から涙が伝っていた。

「公爵様……どうかしたのですか？」

問いかけて、公爵様と視線を合わせるように膝を突き、その瞳をジッと見つめた。

だけど当然、公爵様は何も言わな――。

「ありがとう、マリエーヌ」

言葉を紡ぐはずのないその口が、はっきりとそう告げた。

――え？

公爵様が……喋った……？

「公爵様……？　なんで……話せるのですか？」

――いや……違う。おかしいのは私の方だ。

どうして私は、公爵様が話せないのだと勝手に思っていたのだろう。

今まで何度も言葉を交わしてきたのに……それなのに……どうして公爵様の言葉に、こんなにも心が震えるの……？

するると公爵様の手がゆっくりと動き出し、服の内ポケットから白いハンカチを取り出した。

優しい笑みを浮かべた公爵様が、雨に濡れた私の頬を慈しむように拭った。

その姿に、再び激しい違和感を覚える。

「公爵様……なんで……動けるのですか……？」

当たり前の事なのに、当たり前じゃないようにも思えて……なぜそんな事を思うのか、自分でもよく分からない。

気付けば、私の瞳からもポロポロと涙が零れ落ちていた。

なぜ自分が泣いているのかも分からない。この感情をどう言葉で言い表せばよいのかも……。

そんな私を、公爵様は何も言わず、愛おしげな眼差しで見つめたまま、濡れる頬をハンカチで優しく拭ってくれている。

その時、ハンカチに施された刺繍に気が付いた。

――これは……私がプレゼントしたハンカチ……？

途端、まるで夢から覚めたかのように、意識がはっきりと覚醒した。

瞬きを繰り返し、ズキズキと鈍い痛みが走る頭を押さえる。

――私は一体、何を言っているの……？

公爵様が動けるのは当然なのに……それが信じられないだなんて。

だけどこの感覚は……今までにも何度か覚えがある。

まるで自分の中に、知らない誰かがいるような――その存在が、私に何かを思い出させようとしている。それがあと少し……もう少しで……その何かが分かりそうな気がする。

混濁する記憶の中を必死に探っていると、公爵様の落ち着いた声が聞こえてきた。

「動けるようになったんだ」

そう告げて、公爵様は車椅子の足台から足を下ろし、地を踏みしめて立ち上がった。

その姿が、ありえない奇跡が起きたかのように思えて――再び視界が涙で滲んでいく。

それでも、今の公爵様の姿をしっかりと目に焼き付けたくて、ギュッと瞼を閉じ、涙を拭った。

鮮明になった視界に映る公爵様は、鮮やかな笑顔を浮かべて嬉しそうに口を開いた。

「マリエーヌ。君にずっと伝えたかった事があるんだが、聞いてもらえるだろうか」

しゃがみ込んだまま見上げる私に、公爵様がそっと手を差し伸べた。

その手を取り、私もゆっくりと立ち上がると、公爵様と向き合った。

公爵様は私の手を握ったまま、目を細めて愛しそうに私を見つめ――。

「僕の体を拭いてくれてありがとう。君の手は誰よりも温かくて、僕の冷え切った心までも温かくしてくれたんだ」

突然、身に覚えのない事でお礼を告げられて、思わず首を傾げた。

——公爵様の体を……私が？

そんな覚えはない。

やせ細った体、注射の痕が連なり真っ青に染まる腕。膿んだ床ずれ。無数の痣。ベッドに横たわり、ない……はずなのに……頭の中を覚えのない光景が過る。

誰かも分からないその体を、私は懸命に拭いていた。

今のが——公爵様……なの……？

とても信じられず、言葉を失い立ち尽くす私を、公爵様は優しく見つめたまま言葉を続けた。

「僕に料理を作ってくれてありがとう。君の作る料理はいつも温かくて、誰が作ったものよりも美味しかった。それに君が一緒に食べてくれたから、誰かと食べる料理はより美味しく思えるのだと知る事ができた」

公爵様との食事。それはいつもの事だけど、私が料理を作ったのは一度きりのはず。

それなのに……あの調理場では作った事のない料理を作る光景が頭をかすめた。その中で私は出来上がった料理をすり鉢を使って念入りにすり潰していた。

「僕を部屋の外へ連れ出してくれてありがとう。目が覚めた時、空が晴れて嬉しいと思えるのは、君と中庭をこうして散歩できるからだ。君と一緒に見る花々は、ひときわ美しく思える。だが、僕が一番美しいと思うのは、いつだって君だった」

最後の言葉が公爵様らしくて、思わずクスッと笑ってしまった。

だけど、いつも中庭へ連れ出してくれるのは公爵様で、私は――。

『公爵様、今日は天気が良いので中庭へ散歩に行きましょうか』

――!?

存在しないはずの記憶の中で、私が声を掛けたのは――車椅子に座る公爵様の姿だった。

「いつも僕に優しくしてくれてありがとう。

たくさん声を掛けてくれてありがとう。

どんな時も、守ってくれてありがとう。

ずっと傍にいてくれてありがとう」

公爵様がゆっくりと告げる言葉と共に、私の中でぼんやりとしていた光景が、徐々に霧が晴れるように鮮明になっていく。

車椅子に座る公爵様の姿と、その傍に寄り添う私の記憶が――。

「マリエーヌ。僕に愛を教えてくれてありがとう」

屈託のない笑顔でそう告げた公爵様の姿に、堰を切ったように涙が溢れ出した。

再びその姿が見えなくなるけれど、私の脳裏には、公爵様と共に過ごしたあの日々の鮮やかな景色が次々と蘇り……その端々の感情までもが溢れ出し止まらない。

　嗚咽を漏らし、俯く私の額に、公爵様の額がそっと触れた。

「君と共に過ごした日々は、とても幸せだった。君のおかげで、生きていて良かったと思えたんだ」

　その言葉を耳にして、咄嗟に顔を持ち上げた。公爵様のお顔がとても近かったけれど、それを気にする余裕はなかった。

「幸せ……？　公爵様、あなたは……あの時、幸せだったのですか？」

　縋るように問いかけると、公爵様は一瞬驚いたように目を見開き——幸せそうに笑った。

「ああ。僕は幸せだった。君がいてくれたからだ」

　その瞬間——大きな安堵感と共に、内に秘めていた孤独や苦しさから解き放たれたような……報われた気持ちになった。


　——……良かった。

　公爵様が幸せで……。


　私がやってきた事は、ちゃんと意味を成していた。

　頭の中でずっと靄（もや）がかかっていた記憶——それを、今は鮮明に思い出せる。

　公爵様と共に過ごしたあの日々を。

　そしてあの時、私が切に願った事を——。

もう一つの願い

――その日の朝、公爵様がジェイクさんと共に馬車へ乗り込み、公爵邸から出発するのを自室の窓から見かけた。

それはいつもと変わりない光景で。行き先も分からないその馬車が遠ざかっていくのを、ただ茫然と眺めていた。馬車で出かける時は、帰ってくるのは数日先になる事が多い。だから今回もしばらくは留守にするのだろうと……だけどその日は違った。

夕方、急に屋敷の中がバタバタと慌ただしくなり、様子を見ようと部屋から顔を覗かせるも「邪魔になるからどいて！」と、すぐに部屋へと押し戻された。仕方なく、部屋の中から飛び交う会話を聞いていると、耳を疑うような内容が飛び込んできた。

公爵様とジェイクさんの乗った馬車が土砂崩れにより滑落し、ジェイクさんは命を落とし、公爵様は意識不明の重体なのだと。

ジェイクさんが亡くなったのは、率直に言ってショックだった。義務的な挨拶を交わすだけの仲だったけれど、それでも私を無視しないでくれていたから。

ただ、公爵様に関しては――正直、どこか他人事のようで。

自分の夫の事なのに、何も感じない私はなんて冷たい人間なのだろうと思った。

『ねえねえ、公爵様のあの姿見た？　悪い事ばかりしてるから、きっと天罰が下ったんだわ』

『ほんとよね。あの人の横暴な態度にはこっちもいい迷惑だったわ。ざまあみろって感じよね』

私が自室に一人で閉じこもっていても、大声で話すその声は筒抜けになって聞こえてくる。

——本当にくだらない。

もしもあの事故が天罰なのだとしたら、巻き込まれて亡くなってしまった人たちの命はどうなるのだろうか。それを面白おかしく話をするあなたたちの方が、天罰を受けるべきなのでは？　と、私の荒んだ心がぼやきだす。

私は事故が起きてからの公爵様とはまだ会っていない。

何の説明もされないまま、聞こえてくる使用人たちの話を聞いて今の公爵様の状態を知った。

公爵様の妻なのに、私はいつも蚊帳の外。

それももう、慣れてしまったけれど。

事故から一カ月後——。

いつもなら月に一度、夫婦共有の寝室に呼ばれていたけれど、それももう必要ないのだと思うと、少しだけホッとした。だけど以前、公爵様に告げられた言葉が頭を過った。

『お前の役割は世継ぎを産む事だけだ。余計な事はするな』

その役割も、今は果たす事ができない。私がここにいる理由がなくなってしまった。

——やっぱりこの屋敷から追い出されてしまうのかしら……。

そう考えたところで、今は静かにその時が来るのを待つ事しかできないけれど。

『ねえねえ、やっぱりレイモンド様が新しい公爵になるのかしら？』

『そうなるわよね。今の公爵様じゃ何の役にも立たないし、仕方ないわ』

『でもレイモンド様が公爵になったら、私たちも身の振り方を考えないといけないわね』

相変わらずお喋りの多い侍女たちの声が、今日も聞こえてくる。

皆がひれ伏し、言葉一つで誰をも従えた公爵様。そんな人が、今は自分の使用人からも役立たず呼ばわりされているなんて……。

ふいに生まれた仲間意識なのかは分からないけれど。

——公爵様は今、どう過ごしているのかしら……？

意味もなく過ぎ去る日々の中で、そんな事を考えるようになっていた。


そんなある日、私は公爵様の様子を一目見ようと、執務室の隣にある公爵様のお部屋へと足を運んだ。

扉が少しだけ開いており、その隙間から中を覗き込んだ。その先には、広い部屋の中で一人、車椅子に座る人物が居た。

遠目からしか見えなかったけれど、生気のない虚ろな顔で、着崩れた寝間着姿。か細い体は力なく項垂れていて……以前のような、威厳に満ちた公爵様の面影は微塵も見られなかった。

あまりにも変わり果てた姿に、車椅子に座る人物が本当にあの公爵様なのかと目を疑った。

部屋の中には公爵様の他に誰も居なくて、一人だけポツンと取り残されているようで。

その姿が——今の自分と重なった。

誰からも相手にされず、自室で一人、ただ時間が過ぎるのを待っているだけの私と――。

「ちょっと、邪魔なんだけど」

突然、後ろから声を掛けられて、振り返ると不機嫌そうな顔をした侍女がこちらを睨みながら佇んでいた。

「あ……。ごめんなさい」

咄嗟に扉から離れると、侍女はドスドスと足音をたてて部屋の中へ入り、バタンッ！　と乱暴に扉を閉めた。

公爵様の姿を見られたのは一瞬だったけれど、その姿が脳裏に焼き付いて離れなかった。

それから数日後――私は侍女に押し付けられるかたちで、公爵様のお世話をする事になった。

初めて公爵様のお世話をする日。
緊張しながら公爵様のお部屋を訪ねた私は、ベッドに横たわる自分の夫と、しばらくぶりの対面を果たした。
私をジッと見つめる瞳は、今まで目にしてきた威圧感のある冷たい瞳とは違い、虚ろで光が失われているみたいで。まるでこの世の全てを諦めてしまっているかのようなその姿に、胸が締め付けられた。
体から放たれる鼻を突く異臭。着ている寝間着には、いつのものかも分からない汚れと、血や膿が滲んだようなシミができていて、それはシーツにまで染み付いていていた。

あまりにも劣悪な環境にいる公爵様を前にして、食事よりも先に体を拭くべきだと判断し、すぐに取り掛かった。

こびりついた目ヤニをふやかしながら拭き取ると、ルビーのように美しい瞳がはっきりと姿を現した。その瞳が宝石のように綺麗で、思わず見とれていると素っ気なく視線を逸らされてしまった。

寝間着を脱ぐと、床ずれをいくつか発見した。できたばかりと思われる小さいものから、大きくえぐれるほどに悪化したものまで。

少しでも誰かが気に掛けてくれていたなら、こんなに酷い状態にはならなかったはずなのに。

両腕には沢山の注射の痕。そのせいで真っ青に染まった腕。食事が取れずに、点滴で栄養を補っているのだろうか。そもそも、食事はちゃんとしたものを食べさせてもらっていたのか……。

両足には複数の青痣や傷。乱暴な移乗によりできてしまったものなのか。それとも誰かの悪意によりわざと作られたものなのか。

公爵様の体を拭きながら、そこに刻まれている痛々しい傷痕に心が痛んだ。

抵抗する術を持たない公爵様が、自分の世話をする使用人たちからどのような扱いをされていたのかを、この体が物語っている。声も出せず、身を庇う事もできず、目の前で好き勝手にされる状況とは、一体どれほどの恐怖だっただろう。

体の自由を失い、辛い思いをしているはずなのに……それに追い打ちをかけるように、周りの人間がこの人を苦しめているなんて。

もしもあの侍女が言うように、この状況が天罰だとでも言うのなら——。

この人はもう、すでに罰を受けている。

こんなに体も心もボロボロになり、生きる気力を失っている人に、これ以上の罰はもういらない。

今、この人に必要なのは、傷ついてしまった体と心を癒せる誰か。

その誰か……公爵様の味方となれる人物はこの屋敷には……。

——私なんかが、その役割を担えるのだろうか……。

自信なんてない。公爵様が私を受け入れてくれるとも思えない。

それに私だって……本当に、この人に優しくできるのか……。

そんな思いを巡らせながら、せっせと手を動かし、体を拭き終える頃には冷たかった公爵様の体はポカポカと温かくなっていた。

生気を失っていた瞳が、少しだけ光を宿したような気がした。

体は動かなくても、しっかりと心臓は動いている。

その体の中に血は巡り、確かな温もりを灯している。

美しい真紅の瞳は、私の姿をはっきりと映し出している。

きっと耳だって、私の声が聞こえているはず。


——この人は生きている。


沢山の傷を背負っていても、こうしてちゃんと生きてくれている。

それなら……その傷も全て癒してあげたい。

できる事なら、懸命に生きている貴方の心の支えになりたい。

たとえ体の自由を失っても……言葉を失おうとも……今の貴方が、生きていて良かったと思えるように……。


どうか、幸せになってほしい――。

今の公爵様に、私がしてあげられる事は何なのだろう。

何をしてあげたら、公爵様は喜んでくれるのだろうか?

――分からない。

それも当然で、私は公爵様の妻だけど、名前すらも呼んでもらえた事がない。

形式上は夫婦だけれど、他人のような関係。

公爵様が何を好きで、どんな事を望んでいるかなんて分かるはずがない。

だけど……今の公爵様は、私と似ている気がする。

きっと孤独で、心細い気持ちを抱えているのだと思う。

それならば――私がしてほしいと思う事を公爵様にしてあげよう。

そう思えば、公爵様と自然に接する事ができた。

お部屋から出られない公爵様のために、中庭に咲いているお花を毎日一輪だけ摘んでお部屋に持って来た。公爵様がお花に興味があるかは分からなかったけれど、ベッドから見える位置に飾っていると、時々、そのお花を見ているのに気付いた。それが嬉しくて、今度はお花の名前も教えられるようにと、書庫にある花の図鑑を読み漁るようになった。

それから、他愛のないお話をしてみたり、一緒に食事をするようにもしてみた。

用意されていた公爵様の料理を一口だけ味見すると、とても美味しいと思えるものではなく。結局、私が作り直す事にした。

最初は食べてもらえるか心配したけれど、私が用意した食事はいつも残さず食べてくれた。

食欲はあるようでホッとした。栄養を取り込むための点滴をする必要もない。

この調子なら体力も回復してくるだろうし、体の傷の治りも早いはず。

体の状態が良くなれば、あの素敵な中庭を一緒に散歩する事だってできる。

そんな日が来るのが待ち遠しい。

ただ繰り返すだけだった意味のない日々が、変わりそうな予感がした。

たとえ話す事はできなくても、公爵様の瞳はしっかりと意思表示をしてくれていた。
傍にいる私に、警戒心を剥き出しにして睨みつけたり、目を合わせようとしない時もあった。それでも、料理を一口口にすれば、鋭い眼差しもすぐに解れた。
だけど気を許してくれたのかと思えば、またすぐに壁をつくる。それの繰り返し。
それでも最初のような虚ろな眼差しよりも、今の方がよっぽど生き生きとしている。

私を睨み付ける瞳からも、以前のような冷たさは感じない。

一緒に過ごしていれば、いつか心を開いてくれるのだろうか？


そんな日々の中で、私は熱を出して数日間寝込んでしまった。

熱にうなされながらも、気付けば公爵様の事ばかりを考えていた。

今、あの人はどうしているのだろう。また使用人たちに酷い事をされていないか。

もう、体も心も傷ついてほしくない。早く……あの人の許へ戻らないと——。

それから熱が下がり再会した公爵様は、まるで私を待っていたかのように、今にも泣きそうな瞳で私を見つめていた。

——もしかして、私を心配してくれていたの……？

そんな都合の良い解釈をした。

だけどその日から、公爵様が私を見つめる瞳が本当に優しくなって——そんな風に見つめてくる公爵様に、少しだけドキドキした。

公爵様が私を睨み付ける事も無くなり、常に穏やかな表情を浮かべるようになっていた。

だんだんと、二人で過ごす日々が当たり前になっていった。
今までよりもずっと夫婦らしい関係になったと、時々、複雑な気持ちにもなった。
だけど、何気ない日常が、公爵様と一緒なら心が満たされていった。

公爵様を癒したいと思っていたのに、私の方が公爵様に癒されている気がして。

ふとした瞬間に、幸せだなと実感する。

だけど、私が幸せにしたいと思うのは公爵様。

――公爵様。あなたは今、幸せですか？

心の中で、何度も問いかけた。

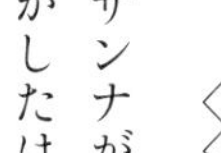

突然、スザンナが私たちのいるお部屋にやってきた。

嫌な予感がしたけれど、案の定、公爵様の状態を知った途端、私たちの前で好き勝手に振る舞いだした。

公爵様に心ない言葉を投げかけ、挙句に公爵様の大切なものを勝手に持ち出そうとするなんて。

――私がスザンナに敵うはずがない……。

そうやって俯きたくなる自分を、必死に奮い立たせた。

自由も、生きる希望も……多くのものを失ってしまった公爵様。

それでも、まだ残っているものがあるのなら――もう何一つ失わせない。

――それを奪おうとするのなら、私が絶対に奪い返してみせる……！

そう意を決して、私は初めてスザンナに立ち向かった。

臆病な自分を覆い隠すように……虚勢でも何でもいい。公爵様の前では弱い自分を見せないように
と、ただただ必死で――。

だけどやっぱりスザンナには敵わなくて、情けない姿を見せてしまった。

それでも、公爵様の誇りだけは、この手で守ってみせた。


その後、私のせいで公爵様に不快な思いをさせてしまったと落ち込んでいると、公爵様の様子がいつもと違っていて……。どうやら、人参を食べたいと訴えているらしく。

私の解釈が間違えているのだろうかと、シチューの人参をすり潰しながら何度も考えた。だけど、公爵様は本当に人参を食べてみせた。尋常じゃない汗を流しながら。

人参を食べる人を見て感動するなんて初めての経験で……柄にもなく大声を上げてはしゃいでしまった。

だけど、なぜ急に人参を食べようと思ったのかと、疑問が残った。

人参を食べた後、公爵様は喜ぶ私を見つめて嬉しそうに目を細めていたけれど。

――もしかして、私を元気付けようとしてくれたの……？

また、そんな都合の良い解釈をしてしまったけれど……きっとそうなのだと思った。

スザンナの来訪から更に一ヶ月が経ち、今度は公爵様の弟であるレイモンド様がやってきた。
レイモンド様は私に優しくしてくれた唯一の存在だった。だから期待していた。きっと私たちを手助けしてくれるのだと。
それなのに――レイモンド様は、公爵様を見ようとしなかった。目の前に本人がいるというのに、不安を煽る言葉ばかりを口にして。

たった一人の肉親なのに……公爵様を、意思を持つ一人の人間として認識していなかった。

それに気付いた時、自分の中で感じた事のない怒りが沸々と湧き上がった。

その怒りのままに、レイモンド様に詰め寄った。

確かに、レイモンド様の言いたい事も分かる。私のために言ってくれている事も。

だけど、その言葉に公爵様がどれだけ傷ついているのかに気付いてくれない。

――どうして公爵様の前でそんな事を言うの……？　公爵様は、ずっと聞いているのに……。

ただただ悔しかった。

レイモンド様だけではない。

必死に生きようとする公爵様を、侮辱する人たちが許せなかった。


その日から、公爵様の様子が変わり、私と全く目を合わせてくれなくなった。

何度声を掛けても、ずっと視線を伏せたまま私を無視するようになり、次の日には食事を拒絶するようになった。

そんな公爵様を前にして、私はどうしたら良いのか分からなくなる。

その瞳から公爵様の真意を読み取りたいけれど、公爵様は私を見てくれない。

――もう、公爵様は、生きる気力を失ってしまったの……？

せっかく光り輝き出した瞳が、再び光を失い虚ろげに変わってゆく。

食事を拒否する公爵様の隣ではとても食べる気にはなれず、自室に戻ってから一人で食事をするようになった。

一人で食べる食事は、なんて味気ないのだろう。

以前までは一人でも平気だった食事が、今は全く喉を通らない。

眠る時はいつも、公爵様と過ごした一日を思い出し、幸せに浸りながら眠っていた。だけど今は思い出すのも辛くて……悲しみで胸が押し潰されそう。

――公爵様も、今頃寂しい思いをしているのかしら……？

朝、公爵様の顔を拭いた時、涙を流した形跡があった。

公爵様は一体、何を思い泣いていたのだろう。

もしかしたら、今も部屋で一人泣いているのだろうか……。

この涙を止める術のない、私と同じように――。


次の日も、その次の日も……公爵様の様子は変わらないまま。

だけどもう、限界だった。

――このままだと、本当に公爵様が死んでしまう。

その姿を想像した私は、何も告げないまま公爵様が座る車椅子を押し、中庭へと連れ出した。

展望用の小屋に到着するなり車椅子を止め、公爵様に話しかけた。

けれど、相変わらず目は合わせてくれなくて、その意思を窺う事はできない。

レイモンド様の言う通り、私は公爵様の気持ちを勝手に解釈して分かったつもりになっていたのだろうか……。心が通じ合っていると思っていたのは、私だけで……。

――やっぱり私では、公爵様の心の支えにはなれなかったの……？

だけどもし、それこそが私の解釈違いなのだとしたら――。

「公爵様が万が一にも私の事を思って死のうとしているのなら、それはハッキリ言って余計なお世話です」

そう告げると、公爵様が少しだけ震えた気がした。

その反応に、答えを見つけた。

公爵様は、私の事を想うあまり、死という選択をしようとしているのだと。

だけどそれでもまだ目を合わせてくれなくて。焦れた気持ちが、私の口から次の言葉を押し出した。

「それともいっその事、二人で一緒に死にましょうか？」

その瞬間、公爵様の瞳が大きく見開き、私を引き留めようとするようにしっかりと目を合わせてきた。

――ああ、やっぱりそうだった。

目を合わせれば、すぐに分かる。

私は今までずっと、その瞳から公爵様の心の声を聞いてきたのだから。

公爵様は、自分よりも私の事を想ってくれていた。

その身を犠牲にしてまで、私の幸せを願ってくれていたのだと。

その想いを――〝愛〟と呼ばずして、何と呼ぶのだろう。
公爵様は、私を愛してくれていた。
私は、公爵様に愛されていたんだ――。

涙を流し合う私たちは、初めて本当の意味で心を通わせたような気がした。
再び瞳に光を灯した公爵様と、今度こそ二人で共に生きていこう――。
たとえ言葉を交わさずとも、互いの小指を絡め、視線を交わし誓い合った。
私たちなら、きっとこの先もずっと幸せになれるはずだから。

そう思っていたのに――。

皆が寝静まった深夜。突然、廊下の窓ガラスが割れ、見覚えのない人たちが侵入してきた。
公爵様の部屋へ行こうとしていた私は、咄嗟に物陰へ身を潜め、彼らの話す声を聞いていた。
その内容から、彼らの狙いが公爵様なのだと知り、私は公爵様の部屋へと急いだ。
息を切らせて駆け付けた私を見た公爵様は、驚いたように目を見開き、私を睨み付けた。まるで怒っているようにも見えたけれど、構わずすぐに布団を剥ぎ取った。そして公爵様を強引に車椅子へと座らせ、一緒に部屋を出ようとした時――彼らはやって来た。

血のような赤色で染まった刃を手にした、頬に傷痕のある男は、ニヤニヤと卑しく笑いながら部屋の中へ入ってきた。その後ろからもう一人の男もやって来る。

二人はボソボソと会話を交わした後、手にしていた刃を公爵様に向けて振りかざした。


――やめて……。

せっかく生きる希望を見出したこの人を。

殺さないで――!!


声にならなかった叫びと共に、地を蹴った私は両手を大きく広げて公爵様の前に立った。

次の瞬間、その刃は私の胸元を深く貫いていた。

その衝撃を身に受けて床に倒れた私の視線の先には、大きく目を見開き絶望する公爵様の姿。

――ああ、まただ。

せっかくその瞳に光が灯ったと思ったのに……なぜすぐに失われてしまうのだろう。

ようやく手にしたと思った幸せも、瞬く間にすり抜け零れ落ちていく。

多くを望んでいる訳じゃない。ただ、平凡で穏やかな日々を二人で過ごしたかっただけなのに。

たったそれだけの事が、どうしてこんなにも難しいの……?

この世界は――この人が幸せになる事を、許さないのだろうか……。


『マリエーヌ!』

公爵様の哀しげな瞳が、必死に私の名前を呼んでいるような気がした。

そういえば、私たちは名前で呼び合った事が一度もない。

あんなにも一緒に過ごしてきたのに、なんだか不思議な関係。

だけど――私たちはきっと、愛し合っていた。

……私は……公爵様を愛していたんだ……。

なんで今になって気付いたのだろう。

私は話す事ができるのだから、もっと早く気付けていたなら、ちゃんと伝えられたはずなのに。

今更それを言葉にしようとしても、もう私の口からは何も発せられない。

息も上手く吸えない。公爵様の姿も……もう、ほとんど見えない。

体も、もう動かない。

――どうか、貴方だけでも……。

それが決して叶わない思いだと分かっていても、願わずにはいられなかった。


――公爵様。

私と一緒に過ごした日々、貴方は幸せでしたか――？

薄れゆく意識の中で、問いかけた。

だけど――さすがにこの幕切れは悲しすぎるんじゃないかな……。

確かに、公爵様は人道に外れた酷い人だったかもしれない。

私の知り得ない、多くの罪も背負っているのかもしれない。

それでも、彼はもう罰を受けている。後悔だって、沢山していると思う。

それでもまだ許されないのだというのなら――罪を償える体を、どうか彼に与えてください。

瞼を閉じ、最期の力を想いに込めた。


――神様。お願いです。

もしも彼が、新たな生を享ける未来があるのならば――。

今度こそ、彼が心の底から笑える世界にしてください。

そこで出会う誰かと愛し合い、大切な人たちと幸せに暮らせる未来を約束してください――。


そう、強く願った――。

過去の記憶を思い出し、公爵様と向き合う私の瞳からは、絶え間なく流れる涙が滴り落ちている。
この涙の理由は何なのだろうか。
あの日、自分が死ぬ間際に見た、公爵様が悲しみに絶望する姿――それを思い出し切なくなったからなのか。――それとも、一度死んだ身でありながらも、公爵様と再び出会えた喜びなのか。――もしくは、公爵様と共に過ごした日々を思い出し、感極まったのか。

今の私は、過去の自分と今の自分の感情が混ざり合い、頭の整理が追い付かない。

ただ、公爵様が私に伝えてくれた、『ありがとう』『幸せだった』――それは、私がずっと欲していた言葉だった。

「マリエーヌ！」

その叫びと同時に、切なく顔を歪めた公爵様が、私の体を力強く抱きしめた。

「すまなかった！　あの時、僕は君を守る事ができなかった……何もできなかった……！　それどころか、僕のせいで君を死なせてしまった……！　君は僕に優しくしてくれただけなのに……全部……僕のせいなんだ……すまない……マリエーヌ……本当にすまない……！」

公爵様の体は小刻みに震え、終わりのない謝罪を述べている。

悲痛な叫びのようにも思えるその言葉から、公爵様が今までどれだけの罪の意識に苛まれ、後悔を積み重ねてきたのかが伝わってくる。

今なら分かる。あの日、公爵様の態度が変貌した理由が――。

高熱から目覚め、必死に私を捜していた公爵様は、きっとあの時の記憶を思い出したのだろう。

とても信じられないけれど……私たちが同じ記憶を持っているという事は、二人で過ごしたあの日々は、確かに存在していたという事。

それに本来ならば、馬車の事故で体が動かなくなるはずだった公爵様も、その事故を未然に回避して、自らの足で立っている。命を落とすはずだったジェイクさんだって、この世界では生きている。

なぜ、そんなありえない奇跡が起きたのかは分からない。――だけど確かに未来は変わった。

それなのに……一つだけ、変わらない事がある。

今もまだ涙を流し、自責の念に囚われたままの公爵様だ。

公爵様は、私に沢山の愛を伝えてくれるようになったけれど、それと同じくらい多くの謝罪を告げてきた。それは私を冷遇してきた罪の意識からだと思っていた。でも、それだけじゃなかった。

公爵様はきっと、私が殺された事さえも……自分のせいだと自身を責め続けていたのだろう。

――これだったのね……公爵様が、ずっと抱えていたものは……。

こんなにも辛く狂おしいほどの悲しみを……ずっと一人で抱え続けていただなんて……。

今の公爵様の姿は、あの時とは違う。

体の自由を取り戻し、言葉も交わせるようになった。

私の名前を呼んでくれるし、優しく微笑み、溢れんばかりの愛を存分に伝えてくれる。

それに加えて、私たちを取り巻く環境も、あの時から大きく変わった。

もう、私たちを苦しめていた人たちは、ここにはいない。

それなのに――この人は一体、どれだけ自分に罰を与え続ければ気が済むのだろう……。

今も私を抱きしめたまま震えるその体に手を回し、ギュッと強く抱きしめ返した。

瞼を閉じると、公爵様と触れ合う体から、その心臓の鼓動が伝わってくる。

ドクドクドクと……いつもよりも速い心音が、公爵様が確かに生きているのだと教えてくれる。

「良かった……公爵様が生きていてくれて」

「……？　マリエーヌ……？」

すると公爵様は、少しだけ体を引き離した。

ようやく見る事ができた愛しい人（公爵様）の瞳には、今も涙のかけらが残っている。

切なげに眉尻を下げる公爵様に、私は思いのままに声を掛けた。

「私は……ずっと、公爵様に生きてほしいと思っていました。ただ生きているだけじゃなく、自らの意思で生きたいと思えるようになってほしいと……。そのためにも、私が貴方の支えになりたいと……そう思っていました」

私の言葉に、公爵様の顔が少しだけ綻んだ。

「だけど、私の存在が貴方をこれほどまでに苦しめているのなら……私たちは出会わない方がよかったのでしょうか……」

「……!! それは違う!! 僕たちが出会わなければ……僕は……僕は……！ ……すまない、マリエーヌ。君にとっては、僕と出会った事は不幸の連続だったかもしれない。――だが……君がいなければ……僕は優しさを知る事なんてできなかった。誰かに優しくされる事が、こんなにも心温まる事だったなんて知らなかったんだ。それに……君のおかげで、愛を知る事ができた。人を愛し、愛される喜びを知れた……。全て、君が教えてくれたんだ」

すると公爵様は私の肩に額を押し当て、そこから震える声が耳元に響いた。

「だから僕は、何度人生をやり直したとしても、君との出会いを無かった事にしたくはないんだ……。すまない……マリエーヌ……。僕は結局……君を幸せにしたいと言いながら、いつも自分の事ばかりなんだ……」

「……公爵様。私も同じ気持ちです。私も、もし人生をやり直せるのだとしても、また公爵様に会う事を選びます。たとえその選択の先に――不幸な結末が待っているのだとしても……私の存在が、また貴方を苦しめてしまうのだとしても……」

「マリエーヌ……」

私の肩から顔を持ち上げた公爵様は、再び泣きそうな瞳で私を見つめる。

もうこれ以上、公爵様に辛い思いをしてほしくない。だけど私が目の前で殺されてしまった哀しみも……悪夢として現れるほど、心に深く刻まれているのだろう。

それでも……二人で過ごしたあの日々は、ただ悲しいだけの記憶じゃない。

だって公爵様は、幸せだったと言ってくれたのだから。それに私だって――。

「公爵様。私も、公爵様と共に過ごしたあの日々は……とても幸せでした」

途端、涙で潤んだ赤い瞳が、信じられない事でも起きたかのように大きく見開かれた。

「幸せだった……？　話す事も、笑いかける事もできなくて……何もしてあげられなかった僕と一緒にいて、君は本当に幸せだったと言うのか？」

問われて、私は二人で過ごしたあの日々を思い描いた。そして迷いなく答えた。

「はい。たとえ言葉を交わさなくとも……公爵様が私を見つめる優しい眼差しから、内に秘めた愛情を感じ取る事ができました。だから公爵様が傍にいてくれるだけでも、私は嬉しかったのです」

「マリエーヌ……。――そうか……僕の想いは……君に伝わっていたのか……」

安堵するように呟くと、公爵様の赤い瞳が再び滲む。それでもまだ憂いの残るその瞳に、私はあの時に伝えられなかった想いを口にした。

「それに私も――貴方を愛していました。だから私は、愛する貴方と共に過ごせて、とても幸せでした」

「――!!　そ……それは……君も僕と同じように……僕を愛してくれていたと……いうのか……？」

「はい。私も、心から貴方の事を愛していました。……私はちゃんと伝える事ができたのに……こんなに遅くなってしまって申し訳ありません」

反省するように告げると、公爵様はフルフルと首を横に振り、嬉しそうに微笑んだ。

「いいんだ……ありがとう、マリエーヌ。……そうか……あの時から僕たちは……愛し合う夫婦になれていたんだな」

まるで憑き物が落ちたかのように穏やかな表情で、公爵様は私を見つめている。

私たちが共に過ごしたあの日々の中でも、公爵様はよくこうして私を見つめていた。

その視線に気付くたび、ドキドキと胸が高鳴り、恥ずかしいような嬉しいような……。そんな気持ちになりながらも、どこか安心する自分がいて。

一度も言葉を交わした事のない私たちだったけれど、いつしか互いの存在を拠り所とするようになり……二人だけで過ごす日々の中で自然と惹かれ合い、愛し合うようになっていた。

――こんな私たちの愛のかたちを、理解してくれる人はいないかもしれない。

それでも、あの時の私たちは、確かに幸せだった。それは、私たちだけが知っていればいい。

「ずっと心残りだったのです。結局、私は貴方を幸せにできなかったと……。だから私は――死の間際、切に願っていました。公爵様が、次の人生では必ず幸せになれますようにと」

「願った……？」

その呟きと同時に、神妙な面持ちになった公爵様は、何か考え込むように視線を落とし……やがて納得するように柔らかい笑みを浮かべた。

「そうか……そうだったのか……。君も僕と同じだったんだ」

「え……？」

「僕も死の間際に願ったんだ。君を幸せにするチャンスをもう一度欲しいと……」

――公爵様も……？

目を見張る私に、公爵様は何かを悟ったかのように、穏やかな口調で話し始めた。

「ずっと不思議だった。神はなぜ、こんなにも罪に汚れた男の願いを叶えたのかと。――だが、その謎がようやく解けた。神は、僕の願いを叶えたんじゃない……君の願いを叶えたんだ。誰よりも優しくて、人を慈しむ心を持つ君だからこそ……神はその願いに応えたんだ」

「……！　でも、もしそうなのだとしても、どうして私まで一緒に戻ってきたのでしょう？」

「それはもちろん。僕の幸せは、マリエーヌと共に在る事だからだ」

さも当然だと言わんばかりに告げると、公爵様は極めて愛しそうに私を見つめた。

死の間際、私たちは互いの幸せを強く願い合っていた。その切なる想いが、この奇跡を起こしたというのだろうか……。

「それなら……私の願いは、まだ叶えられていないみたいです」

「……？　そんな事はない。僕は今、こうして君と一緒にいられてとても幸せだ。これ以上、何も望む事なんてない」

公爵様は笑いながら言う。だけどその瞳の奥に潜むわずかな憂いを、私は見逃さない。

私はずっとその瞳から、公爵様の真意を読み取ってきたのだから。

「公爵様。貴方はまだ自分の事を許せず、自責の念に苛まれているのではないですか？」

「……!!」

その瞳が図星を指されたかのように大きく揺らいだ。

顔を伏せた公爵様の口元が、悔しそうにギリッと歯を噛みしめるのが見えた。

「公爵様。もう、過去ばかり見るのはやめにしませんか？　過去を振り返るのは良い事ですが、それに縛られるのは良くありません」

私の言葉に、公爵様は再び顔を持ち上げ、悲痛な表情で私を見つめる。

「だが……マリエーヌ……僕のせいで君は……」

未だに自分を咎めようとする公爵様の両頬に、私はバチンッ！　と勢いよく両手を当てた。

「……マ……マリエーヌ……？」

悲しみに歪んだ表情は一瞬で消え、唖然とした表情でぱちくりと瞬きを繰り返す。そんな公爵様の顔の前まで自らの顔を近付け、狼狽える瞳を捉え、はっきりと告げた。

「公爵様。しっかり見てください。私は今、公爵様の目の前に居ます。私は生きています」

私の目の先で、少し頬を赤く染めた公爵様が、ぎこちなく頷いた。

「だから……公爵様の中で、もう私を殺さないでください」

その言葉に、公爵様は大きく息を呑み、切なげに顔を歪めた。

それからしばらくの間、公爵様は何も言わずに、ただ静かに私を見つめていた。やがて両頬に当てたままの私の両手に触れると、存在を確かめるようにギュッと握った。

公爵様が自分を責め続ける理由は、きっと私の事だけではない。人の気持ちを理解できるようになった今の公爵様だからこそ……これまでの自分の行いに思うところがあるのだと思う。

「公爵様がどれほどの罪を背負っているのかは、私にはよく分かりません。だけど、貴方はもう十分すぎるほどの罰を受けています。体の自由を奪われ、傷つけられて……目の前で愛する人を失い、その命までも落として……それなのに、これ以上、貴方にどんな罰が必要だというのですか……⁉」

感情の昂りを抑えられず、声を張り上げ訴えると、公爵様は少し驚いたように目を見張った。

せっかく幸せになる権利を与えられたというのに……それでも苦しみから逃れられない公爵様。その要因が自分であるという事が、どうしようもなく悔しかった。

「それに公爵様は、もう償いを始めているではありませんか」

私は公爵様の後ろにある車椅子に視線を向けた。

公爵様は自らの経験を基に、今まさに辛い思いをしている人たちを助けようとしている。それは誰から言われた訳でもなく、公爵様が自ら進んで始めた事で。公爵様の行ないにより、これからきっと多くの人たちが救われるに違いない。

「それでもまだ、貴方が罪の意識に縛られ苛まれるというのなら、私にもその苦しみを分けてください。貴方が辛い時には、私も傍に居させてください。もう、一人で苦しむのはやめてください」

「マリエーヌ……」

ずっと切なげに私を見つめるだけだった公爵様の口元に、少しだけ笑みが浮かんだ。

「ありがとう。君はそうやっていつも僕が欲しい言葉をくれる。……やはり君は僕の女神だ……。いつだって、僕を絶望の淵から救い出してくれる……僕だけの女神なんだ」

低く澄んだ声で告げると、公爵様は柔らかく笑った。それでも僅かに残った憂い……それを完全に取り払うのは難しいのだと、静かに察した。

あの時、私が願った事——公爵様が心の底から笑って過ごせる未来——それが実現する日は、もう少し先になるかもしれない。

それでも私は、貴方と共に歩んでいきたい。いつの日か、心から笑い合える未来に向けて——。

いつの間にか降っていた雨は止み、雲の隙間から覗く太陽が地を照らしていた。雨に濡れた草花が光を反射しキラキラと眩く輝いている。いつの日か見た景色を思い出し、ふいに空を見上げ——。

「あ……公爵様——」

虹が出ています……と、伝えようとした時、少しだけ身を屈めた公爵様の顔が私の真横まできていた。不意打ちの急接近に、思わずドキッと大きく心臓が跳ねると同時に顔が熱を帯び始める。

一方で公爵様は、私と視線を合わせるようにして、虹がかかる空を晴れやかな顔で見つめている。

それを見て私も虹へと視線を戻すと、公爵様の囁く声が聞こえた。

「マリエーヌ。虹が出ている」

「え……ええ……。でも公爵様……なんでそんなに近くに……？」

「……ずっと、君が見ている景色と同じものを見てみたかったんだ。……やはり君と共に過ごすこの世界は、なんとも美しく素晴らしい所だ」

そう言って、公爵様は私に向かって澄み切った笑みを浮かべ——。

「マリエーヌ。今までも、これからもずっと……君を愛している」

もう、何度目になるかも分からない公爵様の愛の囁き。

だけど記憶を取り戻した今、その言葉に込められた公爵様の想いを想像し、胸が詰まった。

その言葉はきっと、公爵様の中でずっと蓄積され続けていた想いで。伝えたくても伝えられなくて……諦めて……後悔して……それでも伝えたい——と、願わずにはいられなかった切実な想い。

だからこそ、公爵様にとって、その言葉を伝えられるという事が奇跡であり、喜びで……この上なく大切な事なのだと——。

それは私にとっても同じで。その言葉を伝えられなかった事を、私もずっと悔やみ続けていた。その後悔があったからこそ、今になってあの時の記憶が蘇ったのだろう。

今度こそ、自分の想いを言葉にして伝えられるように……。

ふいに込み上げてきた想いが……涙が……再び溢れ出した。

「アレクシア様。私も貴方を愛しています」

告げると、目線のすぐ先にある真紅の瞳が大きく揺らぎ、微笑みと同時に大粒の涙が零れだす。

それから瞳を一層細めた公爵様の顔がゆっくりとこちらへ近付き——私たちの唇は惹かれ合うように重なった。

過去に伝えられなかった互いの想いを埋めるかのように——私たちは長い口付けを交わした。

二度目の結婚式

私が記憶を取り戻してから、一ヶ月ほどが経った。

春の訪れを知らせるように、遠方から戻って来た鳥の群。そのさえずりが邸内にこだまし、中庭の花壇には色彩豊かな花々が一面に咲き乱れ、その蜜を求める蝶たちが愛らしく羽ばたいている。

公爵様は今も変わらず、毎日欠かさず私に花束を届け、とめどなく愛を囁いてくれる。

変わった事といえば、その言葉に対して私からも愛を伝えるようになったという事。

私たちは今、愛し合う夫婦として幸せな日々を送っている。

些細な事に喜んだり、笑い合ったり、時には驚いたり……たまに散歩へ出掛けたり……。

そんな何でもない日常が、今の私にとっては全てが奇跡のように思えて。

公爵様も、きっと同じ気持ちだったのだろう。

私が失っていたあの日々の記憶を取り戻した今、ずっと内に秘めていた公爵様への想いは思った以上に大きくて……今までよりもずっと公爵様が愛しくて仕方がない。

それはもう、一日中公爵様の事を考えて過ごしてしまうほどに……。

「マリエーヌ様。時々でいいので、私の存在も思い出してくださいね……」

涙目のリディアが寂しそうに告げてきたので、あまり浮かれすぎないよう気を付けてはいるのだけど……。

そんな日々のさなか――何の前触れもなく、その日は突然訪れた。

私の目の前には、ひときわ大きな姿見が鎮座している。そこに映し出されているのは、美麗を極めたような純白のドレスを身に着けて、ガチガチに緊張しながら震える私。

――どうして……こんな事に……？

目を白黒させる私の顔を鏡越しに見つめていると、その背後からリディアがひょっこりと顔を覗かせた。鏡に映る私の顔をジッと見つめ、慎重に声を掛けてきた。

「マリエーヌ様。大丈夫ですか？」

「え……ええ！　だだだだだだ大丈夫よ！」

「え、全然大丈夫そうじゃないですけど」

鏡越しに会話を交わすと、リディアは私の額からにじみ出る汗を丁寧に拭ってくれた。

リディアの言う通り、全然大丈夫そうではない。だけど今更、後戻りなんてできなくて……。

とにかく深呼吸を繰り返し、呼吸を整えながらその時に備える。

そんな私の背中をリディアが優しくさすりながら、溜息交じりに呟いた。

「それにしても……今になって、もう一度結婚式を挙げようだなんて……公爵様もよく決心しましたよね。しかもサプライズで」

――そう……どうやら私は、今から公爵様と二度目の結婚式を挙げるらしい。


今朝、いつものように公爵様との食事を終えた私は、やけに浮かれた様子の公爵様に手を引かれて屋敷の外へと連れ出された。

そこには毛並みの整った風格ある馬が待機しており、『まあ！　とても立派な馬ですね！』なんて感心していると、急に公爵様は私を抱きかかえて馬に跨った。

驚きのあまり言葉を失い硬直する私に『マリエーヌ。行こうか』と、やたらと眩しい笑顔で告げられて……反射的に頷くと、私たちを乗せた馬は勢いよく走り出した。

訳が分からないまま、あっという間に街路を抜け、道沿いを突き進み――そうして辿り着いた場所は、感嘆の溜息が出るほど立派にそびえ立つ大聖堂だった。

馬から下り、公爵様に促されるままその中の一室へと入ると、リディアをはじめとする屋敷にいたはずの侍女たちがすでに待ち構えていた。それから彼女たちの素晴らしいチームワークにより、あれよあれよと私の身支度が整えられ――今に至る。


聞いた話によると、どうやら公爵様は形式だけで済ませてしまった私との結婚式をずっとやり直したいと思っていたらしく、私とリディアには内緒で計画を進めていたのだとか。

リディアも食堂へ向かう私を見届けた後にその話を知らされて、慌てて準備に取り掛かったらしく、今も不満そうに口を尖らせている。

「だとしても、私にも内緒にしてるなんて酷いですよね！　確かに嘘は苦手ですが、秘密くらい守れますよ！　あの人、私を何だと思ってるんですかね！」

「……」

――ごめんなさい、リディア。私もあなたが秘密を隠し通せるとはとても思えないわ……。

それはともかくとして、やっぱりこの格好はなんだか落ち着かない。前回の結婚式は書類にサインをするくらいで、ドレスは用意されていなかった。だから純白のドレスを着るのは今回が初めて。

眩しく思えるほどの純白なドレス。ふわっとボリュームのあるスカート部分には、フリルが何層にも連なって折り重なっており、花柄のレースもふんだんに施されている。煌めくスパンコール付きの刺繍は気品があって美しく、艶やかで良質な真珠までもちりばめられている。

リディアがセットしてくれた髪も、細かく編み込むようにして一括りにまとめられ、白薔薇の髪飾りで彩られている。頭部には可愛いらしいけれどお高そうなティアラ付きのヴェールも。お顔もいつもより念入りにお化粧をしてくれた。

——本当に……物語に出てくるお姫様のような姿ね……。

そんな事を考え一人照れていると、コンコンコンッとノック音が響き、扉が開いた。

「マリエーヌ。準備ができたと聞いて——」

白を基調とした正装に身を包んだ公爵様が、部屋の中に入りながら声を掛けてきたけれど、私を見るなりその動きがピタッと急停止した。大きく目を見開いたまま私を凝視し、公爵様だけ時が止まったかのように瞬きすらしていない。

とはいえ、私の方も公爵様の見目麗しい姿を前にして、密かに目を奪われていたのだけど。

しばらくしてハッと我に返るも、公爵様は未だにピクリともしない。

「あの、公爵様……？　大丈夫ですか？」

「……なんという事だ……天使かと思ったら女神だった……。いや、女神かと思ったら天使だったのだろうか……だとしても……もはやこの世に存在する言葉で君の美しさを言い表すなど不可能だ。だが、やはり君は僕の女神である事には違いない。そんな君と結ばれる僕はなんて罪深い人間なのだろうか……」

公爵様の体は全く動いていないのに、口はとても滑らかに動いている。

それを見て、リディアが私の耳元に顔を寄せ、

「ちょっとあの人、何を言っているのかよく分からないのですが……とりあえず私はお邪魔みたいで

すので先に行ってますね」

呆れ気味に囁くと、逃げるように部屋から退室し、パタンッと扉が閉じられた。それを合図に、硬直していた公爵様が動き出した。

「んんっ……。すまない。あまりにも君が綺麗すぎて……言葉を失っていた」

——失っていたわりに、とてもよくお話しされていましたが……。

ひとまずそれは気にしない事にして、私も負けじと賛辞を贈る。

「公爵様も、そのお姿とても素敵です。私もつい見惚れてしまいました」

「本当か⁉　そうか……マリエーヌがそう言ってくれるなら、これを僕の仕事着として毎日着よう」

「いえ、こういう服は毎日着るのではなく、今日のように特別な日に着るからこそ映えるのです」

「そうか！　なるほど……ならば毎日はやめておこう。また君と結婚式をする時のために取っておかなくてはな」

——公爵様。何回結婚式を挙げるおつもりですか……？

そんな事を思いながらも、素直に納得する公爵様の姿が微笑ましくて、自然と笑みが零れた。

再び嬉しそうに笑う公爵様が、私に手を差し伸べる。

その手を取って、私は公爵様にエスコートされて部屋を後にした。

外へ出ると、雲一つない鮮やかな晴天が何処までも広がっていた。

礼拝堂へと続く道は、綺麗に石畳が敷き詰められ、繊細な彫刻が施された柱が一定間隔で並んでいる。その通路を公爵様に手を引かれてゆっくりと歩いていく。

時折、吹き込む風がドレスのスカートを大きく波打たせ、頭上のティアラが落ちてしまわないようにと、手でそれを押さえた。公爵様のセットされた髪も風で乱れてしまうのでは……と、隣を歩く公爵様の顔を見上げた。すると公爵様は、自分の身なりなど少しも気にする様子なく、私を愛おしそうに見つめていた。

——……この人が……私の夫なんだ。

今更、そんな当たり前の事を実感し、胸がいっぱいになった。

熱く込み上げてくる涙を必死に押し止め、まっすぐ前を見据えた。

そのまましばらく歩いた先で、存在感のある大きくて立派な扉が私たちを出迎えた。恐らく、この先が礼拝堂なのだろう。

扉の前まで来ると、公爵様の足がピタリと停止し、私と顔を見合わせるように向き直った。

「マリエーヌ」

甘い声で名前を呼ばれて、顔も胸も一瞬で熱を帯びる。

愛しげに私を見つめて微笑む公爵様は、私の手を握ったままその場に跪いた。そして私の手の甲に慈しむように口付けすると、ゆっくりと顔を持ち上げた。

ルビーのような煌めきを放つ瞳が真っすぐに私を捉え、形の良い唇が言葉を紡ぎ始める。

「こうして僕たちが出会い、一つ一つ言葉を交わし、笑い合い、互いの手を取り握り合える事……それら全てが、奇跡のような出来事なのだと、僕は知っている。——だが、いつの日か再びそれが叶わなくなったとしても——僕は生涯、君を愛し続ける事をここに誓う」

風が止み、静まり返った空間の中で、公爵様の声だけがはっきりと響いた。

公爵様が告げた言葉の意味――それは、私が誰よりも理解できる。

ある日突然、体が不自由になった公爵様。

それは、いつでも誰にでも起こりえる事で――私だって例外ではない。今、当たり前のように動く体も、何の障害なく発せられる声も……いつ失われるかは分からない。

だけど……たとえその時が訪れたとしても、公爵様は変わらない愛を誓うと……そう言ってくれた。

当然、嬉しいけれど、その事を想像すると切なくて……上手に笑えなくて……。

そんな私を安心させるように、公爵様は優しく微笑みかけ、

「マリエーヌ」

再び私の名前を呼ぶと、更に言葉を連ねた。

「もしも君の手が動かなくなり、僕の手を握り返す事ができなくても……僕は何度でも君の手を取り、口付けをするだろう。君が涙を流した時は、僕がその涙を拭おう。――もしも君の足が動かなくなり、自由に歩けなくなったなら……僕が代わりに君の足となろう。君が望む場所ならば、世界の果てであろうとも、何処へだって連れて行ってみせる。――もし君の記憶から、僕が消えてしまっても……二人で過ごした思い出の日々を、何度でも君に語り続けよう。――そしていつの日か、君が僕の声に反応しなくなったとしても、何度でも……この声が続く限り、君の名を呼び、変わらぬ愛を囁き続けよう」

公爵様は私の手を握ったままゆっくりと立ち上がり、一歩前へ進み、私の両肩に手を添えた。

穏やかな笑みを浮かべながらも、熱を灯す赤い瞳が私を真っすぐ見据えている。

「たとえ君がこの先、どんな姿になろうとも――この命が続く限り、僕は君に寄り添い、まだ見ぬ未来を共に歩んでいきたい」

迷いなく告げられたその言葉に、胸の内に秘めていた不安なんて一瞬で吹き飛んでしまった。

——また……公爵様はどうしていつも、私の欲しい言葉をくれるのだろう……？

どうしてこんなにも、私の気持ちに気付いてくれるのだろうか——。

そう思った時、ふいにその答えが分かった気がした。

私は公爵様と会話ができない日々の中で、その瞳から内に秘めた真意を探ってきた。公爵様の瞳の奥に隠れた感情の欠片を、必死に読み取ろうとしていた。

——それは……公爵様も一緒だったんだ。

私たちは言葉を交わさずとも、誰よりも互いの瞳を見つめ合い、会話をしてきた。だからこそ、公爵様はいつだって、私の揺れ動く瞳から内に秘めた不安を見抜けたのだろう。

私の事を誰よりも理解したいと、切実に願っていた公爵様だからこそ——。

その想いの深さを知り、せっかく押し止めていた涙が再び込み上げ、目尻に溜まった。

そんな私を、公爵様は心底愛おしそうに見つめると、鮮やかな笑顔で告げた。

「マリエーヌ。どうか僕ともう一度、結婚してください」

その言葉を聞き終えると同時に、私の瞳から溢れた涙が頬を伝った。

公爵様は、懐から白いハンカチを取り出し、化粧が乱れてしまわないように優しく涙を拭き取ると、私の目尻を啄むように口付けをした。

——なんて盛大なプロポーズなのだろう。

すぐにでも返事をしたいのに……嬉しくて……感動して……言葉が詰まって声が出なくて……それでも、必死に声を絞り出した。

「……はい！　私も、公爵様がどのようなお姿になったとしても……ずっと貴方のお傍に居ます！　生涯……貴方を愛する事を誓います……！」

「ああ、それは僕が一番よく知っている」

そう告げた公爵様は、本当に嬉しそうに――幸せそうに笑った。

その姿を前にして――私が願った、公爵様が心の底から笑える世界――それを垣間見た気がした。

間もなくして、目の前の扉がガチャリと音を立てて開かれた。

その先には、リディア、ジェイクさんをはじめとする、屋敷の使用人たち全員が参列していた。

皆が私たちを祝福するように、優しい微笑みを浮かべてこちらへ視線を送っている。

――私の大好きな人たちだ。

「さあ、行こう。マリエーヌ」

「はい。アレクシア様」

公爵様に右腕を差し出されて、私はその腕に絡めるように手を回す。

そして、ゆっくりと……地に足を踏みしめて、公爵様と共に前へ歩み出した。

リディアは声を押し殺して号泣しているらしく、ハンカチで鼻と口を覆い隠して瞳からは大粒の涙を流している。それでいて、しっかりと私を目に焼き付けようとする姿に、私ももらい泣きしそうになった。

ジェイクさんは、公爵様へ視線を向け、まるで息子を見送る父親のような顔で見届けている。

他の使用人たちも、笑顔を浮かべ、涙を流し……温かい眼差しで私たちを見届けてくれている。

「マリエーヌ様！　おめでとう！」

「しっ！　今は声出しちゃ駄目よ！」

後ろから聞こえた声に、ソッと振り返ってみると、外へと繋がる扉の向こう側にはいつのまにか多くの人々が集まってきていた。私たちの姿を一目見ようとひしめき合い、笑い合いながら私たちを祝福してくれている。

誰にも愛されなかった私たちに、今はこんなにも多くの人たちが愛を注いでくれている……その事に胸が熱くなり、じわりと視界が歪んだ。

その時、人々に交じって公爵様と同じ白銀の髪をした人物がいるのに気付いた。

――あれはもしかして……レイモンド様……？

一瞬だけその赤い瞳と目が合った気がしたけれど、その姿はすぐに背を向け立ち去って行った。多忙な中、少しだけでもと顔を出してくれたのかもしれない。

――レイモンド様、ありがとうございます。

あの冷遇生活の中で唯一、私を気に掛けてくれた存在に、心の底から感謝した。

隣を見上げれば、公爵様は相変わらず嬉しそうに私を見つめている。

キラキラと煌めくその姿が、愛しくてたまらない。

公爵様に名前を呼ばれたあの日から……私の世界の中心には、常にこの人が存在していた。

公爵様は私を女神だなんて呼ぶけれど、私にとっても公爵様は誰にも代えられない、唯一無二の存在。尊くて愛おしくて……言葉にするのも難しいほどに。

祭壇の前で立ち止まり、私たちは再び向き合った。

壁の上部に敷き詰められているステンドグラスから色彩豊かな光が降り注ぎ、私たちを照らしている。

目の前には頬を赤く染めた公爵様が、幸せそうに目を細めて私を見つめている。

「マリエーヌ、愛しているよ」

最愛の人の優しい声が、耳に心地よく響いた。

「私も……アレクシア様。心より、愛しております」

確かな愛を確かめ合い、私たちは互いに引き寄せられるように近付き、唇を重ねた。

ずっと孤独だった私に、貴方は救いの手を差し伸べてくれた。
――ずっと孤独だった僕に、君は救いの手を差し伸べてくれた。
貴方が、私を孤独という闇から救い出してくれた。
――君が、僕を絶望という闇から救い出してくれたんだ。
貴方に愛されて、私は幸せです。
――君に愛され、僕は幸せだ。
貴方が……。
――君が……。
幸せで良かった。

エピローグ

青々とした空の下、目の前にはどこまでも続く広大な海が、緩やかに波打っている。

少し不安定な足元を慎重に歩きながら、私は船のデッキまでやってきた。

そこには一人の男性が海を眺めるようにして佇んでいた。その後ろ姿に向かって声を掛ける。

「公爵様、お待たせしました」

すぐに振り返った公爵様は、私と目が合うなりなんとも嬉しそうな顔で微笑んだ。

「マリエーヌ」

愛おしげに私の名を呼ぶと、公爵様はいつものように手を差し伸べてくる。

その手を取ると、ゆっくりと引き寄せられ公爵様の胸元へと誘われた。

「ここは風が強いから、僕の体で暖(だん)を取るといい」

そう言って、公爵様はギュッと私を抱きしめた。

触れる公爵様の体はとても温かくて、それでいてドキドキと高鳴る心臓が内からも体を熱くしていく。できる事なら、この心地良い腕の中にずっと収まっていたい……のだけど……。

残念ながら、そういう訳にもいかなくなった。

「公爵様……申し訳ありません。実はすぐにお部屋へ戻らないといけないのです」

「……？　まだ来たばかりだが……何か忘れたのか？　ならば僕も一緒に取りに行こう」

「いえ……忘れ物ではないです。あと……できれば公爵様はお部屋に入らないでほしいのです」

「……え？」

私の言葉に、公爵様はガーン！　と聞こえそうなほどのショックを受けている。

「あっ……誤解しないでください。決して公爵様が嫌とかそういう訳ではなくて……実はリディアが船に酔ってしまったみたいで……お部屋で休んではいるのですが、一人にするのが心配で……。それで……あまりその姿を男性に見せるのはちょっと……リディアも年頃の女性ですし……」

「………そうか。船酔いか……それは想定外だったな……」

あからさまに表情に影を落とし、公爵様は頭を抱えた。

せっかくの遠出なのだけど、だからこそこういう不測の事態は起きてしまうもの。

その姿に申し訳ない気持ちが膨れ上がるも、ひとまず慰めの言葉をかけた。

「公爵様。まだ旅は始まったばかりですから。現地に着いたらたくさん楽しみましょう」

「マリエーヌ……ああ、そうだな。僕たちの新婚旅行は現地に着いてからが本番だからな」

そう言って、公爵様は晴れやかな笑顔を浮かべた。


『マリエーヌ。僕たちの新婚旅行はどこへ行こうか』

唐突にそう告げられたのは、あの結婚式を挙げて数日後の事だった。

『新婚旅行……ですか？』と目を見張る私に、『結婚した夫婦は新婚旅行へ行くと聞いた。だから僕たちも行くべきだ』と、公爵様はすっかり新婚気分に浸っているようで。公爵様にお任せする旨を伝えると、あっという間に計画が立ってしまった。

せっかくの旅行なのだから、少しは遠出するのだろうとは思っていたけれど、まさか海を渡って異国の地へ向かう事になるなんて……。

初めての街デートで交わした約束――『いつか異国の地へ連れて行ってください』と私が告げた願いを、公爵様はあっさりと叶えてしまったのだ。


「だが、やはり海よりも空を渡るべきだったな……」

ボソリと呟いた内容はとても現実的なものとは思えない。だけど公爵様ならきっと『空を飛ぶ船に乗りたいです』と私が言えば、すぐにでも実現するため動き始めるのだろう。

そして公爵様ならきっと……そんな事もあっさりとやってのけてしまいそう。

それを想像して、思わずフフッと笑ってしまう。

だけどすぐにリディアの存在を思い出し、キュッと表情を引き締めた。

「では、公爵様。またあとでお会いできるのを楽しみにしております」

「ああ、僕も……いつまでも君を待っているよ」

――公爵様。一時間後の昼食でまたお会いしましょうね。

切なげな顔で別れを惜しむ公爵様に、私はにこやかな笑顔を向け、踵を返した。

歩きながら、肩に羽織るショールが海風を受けて大きくたなびいた。飛ばされないようにと、それを握りしめる手に力を込める。

このショールはお母様が愛用していたもので、唯一残っている形見の品。

今回、私たちの新婚旅行先として決まったのはこのショールが作られた地でもある。

長く使っていたためか、ショールに施されている刺繍が解けてしまい、それを地元の職人さんに修繕していただくという目的もあっての事。

だけど観光地としても魅力的な地であり、自然も豊かで温泉大陸と呼ばれるほど温泉の名所が多いのだとか。

リディアと一緒に温泉に浸かるのを楽しみにしていたから、彼女の体調が早く良くなるといいのだけど。


――新婚旅行、楽しみだな……。


初めての異国の地。私の知らない世界。

そこにはいったいどんな光景が広がっているのだろう……。

期待に胸が膨らむ一方で、初めての土地だからこその不安もある。

だけど……きっと大丈夫。

たとえどんな場所であったとしても。

公爵様が隣にいてくれるだけで、この世界は喜びに溢れる素晴らしい場所となるのだから――。

――レスティエール帝国皇宮。謁見の間。

「皇帝陛下。たった今、ウィルフォード公爵が海を渡り、対岸の地へ向かったとの情報が……」

「ほぉ……。また奴は何を企んでおるのか……まあよい。放っておけ」

金箔で覆われ煌めきを放つ玉座に鎮座し、レスティエール帝国皇帝は余裕たっぷりの表情でその報告を聞き流す。

そんな君主の隣に佇む宰相は、諦めにも似た気持ちで控えめに口を開いた。

「ですが……本当にこのままでよろしいのでしょうか……？　最近の公爵は不可解な噂が後を絶ちません。なんでも、急に自分の妻を愛するようになり、各所で妻の姿を象った女神像なんてものを設置しているとか……」

「ふっ……はっははは！　何度聞いても笑える話だ。あの男が誰かを愛せるはずがないというのに」

ひとしきり笑うと、真紅の瞳が鋭く尖り、宰相を睨みつけた。

「……そんな事よりも、ブルージア国の使いの者はまだか？」

欲深く、新奇なものを好む皇帝は、毎日のように支配下に置く地から贈られる献上品を心待ちにしている。その姿を前にして、呆れる気持ちを悟られないよう、宰相は再度口を開いた。

「……もう間もなくだとは思いますが……」

「そうか！　それは楽しみだ……七色もの輝きを放ち、至高の美しさと称賛される宝石……早くこの目で見てみたいものだ」

「……」

まだ目にした事のない極上の宝石を想像し、うっとりとした眼差しで遠くを見つめる君主の姿に、宰相は物言いたげな顔を伏せ、静かに拳を握る。

そんな臣下に、皇帝は貫禄たっぷりの態度で告げた。

「そう暗い顔をするな。どうせ監視は付けているのだろう？」

「はい。既に公爵に勘付かれぬよう、精鋭部隊を同じ船に潜ませております」

「ならいい。好きにさせておけ」

にんまりと不気味な笑みを浮かべる皇帝は、白銀色の顎髭を何度も撫でると、意味深に口角を引き上げた。


『お前が妻を愛するようになった——という噂は誠か？』

一ヶ月前、皇帝がこの場で公爵に問いかけた言葉。

対して公爵は顔色一つ変える事なく、淡々と答えた。

『ありえませんね。僕が誰かを愛するなど……実にくだらない戯言だ』


その光景を思い出し、皇帝は満足げに笑みを浮かべる。


——そうだとも。愛など、お前には一番似合わぬ感情だ。

そんなものに踊らされて、父親と同じ末路を辿られてはつまらぬからな……。

公爵と酷似するその人物を思い返し、皇帝は静かに嘲笑する。

――どちらにせよ、何を案ずる必要もないが。

どうせ奴は、私には絶対に逆らえない。
あの父親と同じように……私が死ねと命じれば、命を差し出す事も厭わないだろう。
そうなるよう、念入りに躾けているのだからな――。

特別書き下ろし　あの時の君に～アレクシア公爵～

「マリエーヌ。よかったらこれに座ってみてくれないか?」

その言葉に、特に深い意味はなかった。

中庭で食後の散歩を楽しんでいる時、ジェイクが持って来た車椅子を興味津々に観察するマリエーヌを見て、何気なく発した言葉だった。

そもそも、僕が車椅子の改良をするに至ったきっかけも、前世でマリエーヌの負担を少しでも減らせていたらと思ったからだ。

マリエーヌは食事のたびに、僕を車椅子に座らせてくれた。そして食事が終わってしばらくしたら、再びベッドへと寝かせた。

僕のように自分では体を動かせない人間が、あの固い車椅子に座ったままの状態では、体のいたるところに負荷がかかるからだ。

事実、僕の仙骨部に出来ていた重度の床ずれも、車椅子の上で長時間放置されていたのが主な要因だった。それが再び悪化しないようにと、配慮してくれていたのだろう。

とはいえ、自分よりも背丈のある男の体を、あんな華奢な体で何度も抱えなければならなかったんだ。

誰にも頼る事ができず、たった一人で……。

体力的にも、精神的にもしんどい思いをしていただろう。

それに中庭の散歩にしてもそうだ。

あの広い中庭を、僕の座る車椅子を押して歩くのは相当な重労働だったはずだ。

それもただ歩くだけでなく、座っている人間の事も常に気に掛けていなければならないんだ。

実際に僕も、あの時と同じ仕様の車椅子にジェイクを乗せ、押して歩いてみた。

しかし歩き始めた途端、『早すぎます！』と叫ばれ、仕方なく止まるとその反動でジェイクは勢い良く前に跳んでいった。顔面を地面に強打し、顔を真っ赤に染めたジェイクから『公爵様は乗っている人への配慮が足りません！』と一方的にキレられ、それを踏まえてもう一度、最初よりもゆっくりと歩いてみたのだが……。

『振動でお尻が痛い』だの『揺れが気持ち悪い』だの文句ばかり言われた挙句、『もう公爵様の押す車椅子には乗りたくありません……』と真っ青な顔で辞退された。

それならばと、今度は僕が座る側になり、ジェイクが押す側にと配置換えをした。

結果、車椅子の性能は変わらないはずなのに……全然違ったのだ。

マリエーヌが押してくれた時とは、歩く速度も、乗り心地も……乗る人への気遣いも。

マリエーヌは僕が怖い思いをしないよう、いつもゆっくりと歩いてくれていた。石畳の上を移動するときも、車輪が溝にハマらないよう、それでいて極力真っすぐ進むよう細かく気を配りながら。

それでも座面から伝わる振動により、僕の体はだんだんと姿勢が崩れ、ずり落ちてくる。そんな時はすかさず立ち止まり、体勢を整え僕の身の安全を確保してくれた。

それから僕の顔を覗き込みながら『大丈夫ですか？』『気分悪くありませんか？』と、返事もないのに声を掛けてくれた。そういうマリエーヌの方こそ、額に汗を滲ませながら、少し息が上がっていたりもしていたのに……。

あの時のマリエーヌは、僕の前では疲れた様子を見せる事なく、常に笑顔を浮かべて気丈に振る舞っていた。

それをありがたいと思う反面……少し切なくもなった。

――この車椅子の製作にたずさわりながら、僕はずっとそんな君の姿を思い出していたんだ。

君の負担が軽くなるようにと、移乗に邪魔な手すりを外せるようにした。

君がもっと楽に車椅子を押せるように、弱い力でも進むよう車輪の構造を変えた。

乗る人への気遣いを怠らない君が、少しでも気を休められるよう、乗る人の体への負担が軽減され、かつ乗り心地にも考慮した。

これは全て、あの時の君のためにと思って作った車椅子なんだ――。


カラカラカラカラ……。


閑静な中庭に、車椅子の車輪が奏でる音が鳴り響く。

「マリエーヌ。乗り心地はどうだろうか?」

車椅子に座るマリエーヌに問いかけると、彼女は僕を見上げて笑顔を弾かせた。

「はい、とても良いです。公爵様の優しさが込められた素敵な車椅子ですね」

――優しさか……そうだな。この車椅子には、君からもらった優しさが込められているんだ。

そんな風に、納得した。

それから他愛のない話を交えながら、中庭をゆっくりと進んだ。

時折車椅子を止め、花壇に咲く花を一緒に鑑賞し、またゆっくりと先へ進む。

君がそうしてくれたように……あの時の僕たちの姿をなぞるように。

その時、話をしていたマリエーヌの言葉が途中で途切れた。

ぼんやりと遠くを見つめる彼女の姿に、少しだけ胸がざわついた。

「……マリエーヌ？　どうかしたか？」

「あ……いえ……。私、なぜか公爵様が車椅子に乗っている姿を見た事があるような気がして……不思議ですよね。ありえない事なのに」

その言葉に、ドクンッと心臓が高鳴り、思わず足を止めた。

「……？　公爵様？」

車椅子に座るマリエーヌは、僕を見上げながら不思議そうに首を傾げる。

なんでもない――と言おうにも、声が詰まって言葉が出ない。

――……マリエーヌ……やはり君は……あの時の記憶を思い出しかけているのか……？

これまでも、そんな予兆は何度か見せていた。

夜中に執務室の隣の部屋――前世で僕が過ごしていた部屋を、無意識のうちに訪ねに行ったり、厨房で料理をしていた時も、出来上がった料理をペースト状にしようとしてリディアに止められていた。

それに、僕に恨みを持っていた元使用人から、身を挺して僕を守ろうとした時も……気を失う直前、ひどく悲しそうな顔で涙を流していた。

それはあの時……僕を庇って命を落とした彼女が見せた、最期の姿だった。

あの後、僕がどれだけ取り乱したか……彼女は知らないだろうが。

――……そう、知らないんだ。君は……何もかも。

君の手の温かさが、僕にどれほどの安らぎを与えていたか。

君の作る料理が、どんなに温かくて美味しかったか。

君と中庭へ散歩に出掛けるのを、僕がどれほど楽しみにしていたか。

君の存在に、僕がどれだけ救われていたかも……。

君はこの先もずっと……何も知らないままで……。

ふいに焦燥感に駆られ、グッとハンドルを握る手に力を込めた。

割り切っていたはずの感情が、少しずつ綻び始める。

——もし、君の記憶にもう少しだけ踏み込めば……もう一度、あの時の彼女に会えるのだろうか……。

君の記憶に眠る僕の姿が、今の僕と重なったのなら——。

「マリエーヌ。今度は、僕が座ってもいいだろうか」

その言葉に至るまで、そう時間はかからなかった。

カラカラカラカラ……。
僕を乗せた車椅子が、ゆっくり、ゆっくりと進んでいく。あの時と同じ速度で。
肌を撫でる心地良い風も、後ろで車椅子を押す彼女の気配も……まるであの時に戻ってきたみたいだ。

「あれ……？　ごめんなさい。帽子を忘れてしまったみたいです」

ふいに発したマリエーヌの言葉が、どこか引っかかった。

だがこれまでに見た、彼女が前世の記憶を辿るような姿を思い出し、グッと口を閉ざした。

――もしかして、今の彼女は……あの時の彼女なのだろうか……？

そんな微かな期待に、僕の鼓動が加速していく。

「公爵様、少し失礼しますね」

そう囁くと、マリエーヌは自分が被っていた帽子を僕の頭に被せてくれた。

あの時も、日差しが強い日は、僕が眩しい思いをしないようにと、こうして帽子を頭に被せてくれていた。

僕を優しく気遣う彼女の姿が、あの時の彼女と重なり、胸が締め付けられる。

――ありがとう、マリエーヌ。

何度呑み込んだか分からない言葉を、心の中で囁いた。

それから僕たちは、い・つ・も・の・ように中庭を巡った。

マリエーヌは僕に話し掛ける時、決まって僕の瞳をジッと見つめる。

対して僕は、言葉を返す代わりに視線を彼女に向け、目を細める。

僕と彼女だけが知っている、会話の方法。

――今、僕とマリエーヌは……あの時を一緒に過ごしている。

じわり……と、目頭が熱を帯びる。

僕と君が共に過ごした日々は、確かに存在していたのだと……今、この瞬間が、それを証明している。

当然、自分の中では確信を持っていた。

だが……心の奥底では、どうしても不安が拭えなかった。

僕たちが過ごしたあの日々は、もしかしたら僕が生み出した、ただの空想で……本当は実在しなかったのではないか。

僕だけが存在しない過去に、いつまでも囚われ続けているのではないかと……。

それを証明するものが、僕の記憶以外に何も無かったから……。

「っ……！」

唇を噛みしめ、漏れ出そうになる嗚咽を必死に押し殺した。

――まだだ……。まだ、もう少しこのまま……あの時の彼女と過ごしたい……。

だから……僕の涙には、まだ気付かないでほしい――。

それに気付いた彼女が、我に返ってしまわないように。

この時間が、少しでも長く続くようにと……切実に願った。

刹那、ポツッと落ちてきた水滴が地を濡らした。

いつの間にか日は陰り、次第にポツポツと連なって雨が降り出した。

「公爵様、少し急ぎますね！」

マリエーヌの掛け声と共に、車椅子の進む速度が上がった。

それでも僕がずり落ちないようにと、手でしっかりと支えてくれている。

あの時と同じように――。


展望用の小屋へ着くと、マリエーヌは僕の濡れた頬をハンカチで拭った。

それでも、押し止める事のできない涙が僕の頬を濡らし続ける。

「公爵様……どうかしたのですか？」

マリエーヌが心配そうに僕を見つめている。

――潮時か……。

きっと今のマリエーヌは、いつものマリエーヌへと戻っているのだろう。

「ありがとう、マリエーヌ」

それでも、僕の口からついて出たのは、彼女への感謝の言葉だった。

途端、マリエーヌはキョトンとしたまま目を瞬かせた。

――当然だろうな……。急に泣いたかと思えば、お礼を告げられて……意味が分からないはずだ。

「公爵様……？　なんで……話せるのですか？」

――……！

その言葉に、大きく息を呑み込んだ。

マリエーヌも、自分がなぜそんな事を口にしたのか分からない様子で、口元に手を当て戸惑っている。

次の瞬間、彼女の新緑色の瞳から一筋の涙が頬を伝った。

彼女はそれに気付いていないようだが。

——君も、僕と過ごしたあの日々の記憶を、求めているのか……？

そうであってほしいと、強く願う気持ちが僕を激しく駆り立てる。

もし、それが叶うのなら——あの時に途切れた道の延長線上を、もう一度、君と共に歩む事が出来るのだろうか……。

そんな願望を胸に秘めながら、今は彼女の涙を拭うべく内ポケットからハンカチを取り出した。

涙に濡れた彼女の頬をハンカチで拭うと、途端に彼女の瞳からポロポロと涙が零れだした。

「公爵様……なんで……動けるのですか……？」

声を絞り出し、懸命に問いかけてくる彼女の姿に、胸の高鳴りが激しさを増す。

今、僕の目の前にいるのはあの時の彼女だ。

だけど僕はもう……あの時の姿ではない。

自分の力で動き出せる。

言葉だって、思いのままに発せられる。

——君に……伝えられるんだ……。

あの時に伝えられなかった言葉を……ずっと伝えたいと願い続けた言葉の数々を——。


——もう、迷いはない。

「動けるようになったんだ」

車椅子の足台から足を下ろし、地をしっかりと踏みしめる。
雨は止み、雲の隙間から降り注ぐ日差しが、立ち上がる僕の姿を照らし出す。
そんな僕を、マリエーヌは信じられない光景を見ているかのように……大粒の涙を瞳に溜め、僕をジッと見つめている。

――この瞬間を、僕はずっと待ち望んでいた。

「マリエーヌ。君にずっと伝えたかった事があるんだが、聞いてもらえるだろうか」

この胸を埋め尽くすほどの、溢れんばかりの君への感謝を……。
今度こそ、僕の言葉で君に伝えるんだ――。

あとがき

この度は、きのなま公爵二巻をお手に取ってくださり、誠にありがとうございます。

一巻は溺れるほどの愛の物語を。そして二巻は溢れるほどの感謝の物語を綴らせて頂きました。

私にとって、この物語を書く事は葛藤の連続でした。

特に前世で、スザンナが公爵様の姿を見て心無い言葉を吐くシーン。なんて酷い事を言うんだろうと、何度もセリフを変えました。こんなシーンを書くくらいなら、もう書くのをやめてしまおうかとも。それでも必ずマリエーヌが救いとなってくれるからと、筆を進めて参りました。

マリエーヌの言葉も、本当にあれで良かったのか。綺麗ごとばかり……と思われないか。

正直、今も正解は分かりません。

それともう一つ、公爵様を施設に預けると言うレイモンドのシーンも。施設へ……という選択肢は決して悪い事ではありません。物語の中では表現しきれませんでしたが、彼なりに家族としての葛藤も多かったと思います。ただ、公爵様の一番近くに居るマリエーヌに何も話さないまま、勝手に決めてしまった事が彼の過ちだったのだと。それを上手く表現できず、大切な誰かを施設に預けている方を傷つけてしまったらどうしようかと……頭を抱えておりました。

それでも、どうしてもこの物語を通して届けたい言葉があり、それを目指して書き続けました。

それは公爵様からの『ありがとう』の言葉です。

この世には、前世での公爵様のように、それを伝えたくても伝えられない方がいます。

そしてその一言だけで心が救われる方も。

公爵様の口から告げられる言葉だからこそ、心に響くものがあると信じております。

そんな作者の勝手な思いをここで語ってよいのだろうかと、今もまさに葛藤中ですが……！

それはさておき、「面白かった」の一言で私はいつも救われております！

こんなあとがきまで読んでくださり、本当にありがとうございました。


一巻に引き続き、二巻も多くの方々に支えられ、刊行する事が出来ました。

いつも優しく寄り添って下さる担当編集様。毎回、想像を超えるほどの素晴らしいイラストを描いて下さるwhimhaloo先生。作家としての活動を応援して下さり、シフト調整をして下さった主任とリーダー。どんな時も無茶ぶりに応えながら支えてくれる友人R。他、この作品に関わって下さった全ての方々に、多大な感謝を申し上げます。本当に、ありがとうございました。

そしてコミカライズも大好評連載中でして……なんとこの二巻とコミカライズ単行本が同日刊行！　もう一巻が出るなんて……（感涙）風見まつり先生の描く生き生きとした二人……笑いあり、時には少し切なくもあり、原作の雰囲気を大切にして描いて下さっています。

こちらもぜひ、ご覧いただけますと幸いです。風見先生、いつもありがとうございます！

更に小説も、なんと三巻が出るそうで……。本当はここで完結の予定だったのですが、二人の姿をもっと見たいとおっしゃって下さった方のために、もう少しだけ筆を執ろうと思います。

また次巻で、お会いできる事を願っております。

三月　叶姫

巻末おまけ コミカライズ第一話試し読み
漫画 風見まつり
原作 三月叶姫
キャラクター原案 whimhalooo

ドタ
マリエーヌ！
マリエーヌ！
どこにいるんだ!?
バタ
公爵様!?
どうされましたか!?
バタ
ドタ
うるさい！
僕に近寄るな！
今すぐ
マリエーヌに
会わないと
いけないんだ
マリエーヌ！
いるんだろう!?
マリエーヌ！
まぁ…

この声は…
いつ　いかなる時も冷静沈着な公爵様が
あんなに声を荒げて取り乱しているなんて…
この3日間熱で寝込んでいたと聞いていたけれど
きっと只事じゃない
よっぽどの切羽詰まった何かがあったんだわ
だとしてもなんでそんなに
必死になって私を捜しているの？
昨日まで公爵様に
名前を呼ばれたことなんて
一度もなかったのに――

私がこの公爵家に嫁いできたのは1年前のこと

当時私の年齢は21

公爵様は27だった

私のお父様は2年前

経営していたレストランが倒産し多額の借金を背負った

男爵の爵位が剥奪(はくだつ)されるのも

時間の問題と思われていた時

救いの手を差し伸べてきたのが

このレスティエール帝国で

随一の規模を誇る領地を統治している

アレクシア・ウィルフォード公爵様だった

ただし

借金を肩代わりする
その代わりにと
冷血公爵
人の血が流れていない殺人鬼
返り血を浴びすぎて瞳の色が血の色に染まっている
私との婚約話を持ち掛けて
そんな身の毛のよだつ噂が後を絶たない公爵様と
結婚したがる貴族令嬢は見つからず
借金に苦しむ私の家に目を付けたらしい
お父様は私の意思を確認することなく
喜んでこの話を受け入れた

今のお父様は
既にこの世を
去った
私のお母様の
再婚相手で
私を愛して
などいなかった
私のことは気に
かけたこともなく
実の娘であり
私と同い年の
スザンナばかりを
可愛がっていた
お父様は多額の
借金を清算するため
結納金を多く
納めてくれそうな
私の嫁ぎ先を
探していた
公爵様からの
婚約の申し出は願っても
いなかったに違いない
更には
生活するためには
十分すぎるほどの
補助金を
毎月支給される
ことになり
婚約話は進んだ

そうして
婚約した私たち
だったけれど
公爵様は
婚約が成立して
結婚するまでの半年間
私に会いに来ることは
一度もなかった
行われた結婚式も
書類にサインをして
終わりという
形式だけのもの
参列者は
私のお父様と
公爵様の右腕である
補佐官の
ふたりだけだった
結婚して一緒に暮らす
ようになってからも
会話をするどころか
顔を合わせることも
ほとんどなかった
偶然会っても

公爵様

おはようございまー…
ツ
ツ
ス

食事ももちろん別々
私は食堂に案内されたこともない

無愛想な使用人が冷め切った料理を部屋まで運んできたので
ガラ
ガラ
ガチャン
ガシャン
それをひとりで食べていた

だけどそれも時々忘れられることもあった

本当に忘れたのか
忘れたふりをしていたのかはわからないけれど
クス
クス
クス
クス

屋敷の使用人も
私にほとんど口を
利くことはなく
公爵様に無視される
私を見て密かに
ほくそ笑んでいた
だけどそのことを
気に病んだことはない
実家にいた時から
ずっと似たような
境遇だったから―
いつも私の存在を
無視する公爵様
だったけれど
月に一度だけ
私を夫婦共有の
寝室に呼んだ

そういう時の公爵様は
決まってお酒の香りを漂わせ

虚ろな様子で少し不機嫌

そして私と目を
合わせることもなく

まるで作業のように子供を
成すための行為をした

私も 自分にとって
唯一の役割を果たすため
義務的にそれに応えた

愛されたいだなんて 期待しても無駄なだけ

そう思っていたのに

公爵様はなんで
あんなに必死に
なって私を捜して
いるのだろう

私 何か
怒らせるようなことを
したかしら…？
だけど公爵様の
仕事に関わることは
していないし
社交界に顔を
出す必要はないと
言われているので
貴族たちが集まる
お茶会や夜会とは
無縁で過ごしてきた
それに私は
外出することを
許されていない
公爵様の怒りを
買うようなことを
した覚えはまったく
ないのだけど
なんだか少し怖い
いややっぱり
凄く怖いわ
いったい
何をやらかして
しまったのかしら…
ドドッ
バーン
マリエーヌ!!
ビクッ

なんで私を
探していたのかは
わからない
もしかしたら
この屋敷から出て行けって
言われるのかもしれない
…だけど
それでもいい
冷遇された生活を
死ぬまで続けるよりも
そのほうが
より良い人生を
歩めそうな
気がする
くる
──大丈夫

はい
お呼びでしょうか
公爵さ――
覚悟は
決まったわ――……
ッ

ゼーハー
ゼーハー

逸らせない

公爵様の瞳から――……
ボロ
あ…あ…
ボロ
マリ……エーヌ…
ほんとに…
君…
なのか…？

こんな公爵様の姿一度も見たことがない

あの 他人に絶対隙(すき)をみせない公爵様が…

夢でも見ているのかしら

ハッ

って いけない
ボーっとしている場合じゃないわ

はい

正真正銘のマリエーヌでございます

スッ

自然に笑えてるかしら…
ブル
ブル…
といふか公爵様って私の顔も知らなかったの？
十分ありえるわ公爵様にとって私ってそれくらいの存在だもの
マリエーヌ
とりあえず謝る準備だけはしておこう――
…君を愛してる
はい
申し訳ありま――
こここ、、、は？
な!?
あいしてる？
今あいしてるって言ったの？
きみって…わたしのこと…？
…公爵様

きっとまだ熱が下がっていないんだわ

ピッシャーン

ピタッ

パッ

熱が高すぎてなんだかおかしくなってしまって――…

マリエーヌ！
ガシッ
!?
急に…!?
ジワ
ゾッ…
しかも尋常じゃない熱だわ…！
たしかにこの高熱では正気を保つほうが難しいのかもしれない…
しゅううう
公爵様あの…まだお熱が高いようですが大丈夫でしょうか？
お部屋にお戻りになられたほうがよろしいかと…
あぁそれは…
きっと君の温かい手に触れたから
嬉しさで僕の体温が舞い上がってしまったんだ
僕の心の炎が燃え上がるほど喜んでいるのだろう
……え？
なに？今なんて言いました？
心の……炎？
スッ
マリエーヌ

どうか
僕ともう一度
結婚してくれないだろうか？
えっと…
キラ
キラ
――どうしよう
公爵様やっぱり熱でおかしくなっちゃっているんだわ
私と公爵様は既に結婚していますので
もう一度結婚するというのなら一度離婚をしませんと…
ハッ
それは駄目だ
ガバッ
きゃ!?

あっ
バッ
すまない！
つい…
ハッ
マリエーヌが
僕から離れて行って
しまうと思ったら
気が気じゃなくなって
本当に申し訳ない
…あの
公爵様が
謝った——？
怖がらせるつもりは
一切なかったんだ
どうか
僕を信じてほしい
フワ
!?
決して自分の
非を認めず
人に謝罪など
絶対にしない
と有名な
公爵様が
なぜか
私を
抱きしめ…
すごい
心拍数…

やっぱり熱は相当高いみたい
とにかくすぐにでも休んでもらわないと
こ…
コッ
公爵様
病み上がりですので
まだお体が本調子ではないのではありませんか？
コッ
コッ
もう少しお休みになってからのほうが―
僕は今マリエーヌと話をしているんだ
うるさい
ヒュオオオオ
口を挟むな
ビクッ
ああ
なんだお前か
お前はもう明日から来なくていい
荷物をまとめて今すぐにこの屋敷から出ていけ
ヒッ
はい？

あと お前も
そこにいる侍女たちも全員だ
ザワッ
な!?
一度しか言わないからよく聞け
今すぐこの屋敷を出て
二度と
僕とマリエーヌの前にその姿を見せるな
どういうことですか!?
私たちがいったい何をしたというのですか!?
わからないのか?
お前たちはこれまでマリエーヌを見下し
ぞんざいな扱いをしてきたのだろう?
そのことを僕が許すとでも思っているのか…?
そ…それは…!公爵様だってそうだったじゃありませんか!
奥様のことなんて今までこれっぽっちも気にかけたことなんてなかったのに!
ギロッ
だから私たちだって
同じようにしてきただけで…それなのに
なぜ私たちがこんな仕打ちを受けなければならないのですか!?

そのとおりだ
僕の罪も決して許されるものではない
こんな僕が今更マリエーヌにどう償おうとも償いきれないだろう
マリエーヌ今までの僕の愚行
本当に申し訳なかった
僕を許さなくてもいい
キュ
だけどどうか君の傍にいることだけは許してほしい
僕は君が幸せになるためならなんだってする
マリエーヌ君は
僕のすべてなんだ
だから

どうか僕と共に生きてほしい

君を愛してるんだ

どう

受け止めればいいのだろう

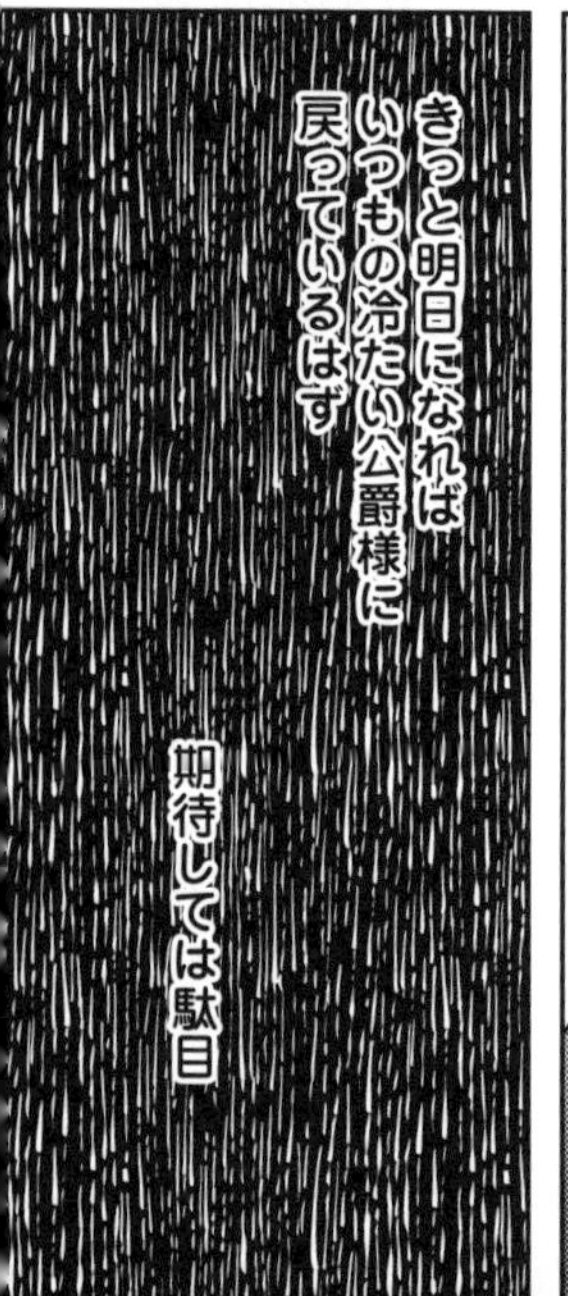

信じて傷付くのは自分なのだから
はぁ…
疲れたわ…
ボスン
突然の公爵様の変貌
盛大すぎる愛の告白
たった3日
顔を合わせなかっただけで
急にそんなことを言われても
なんの実感も湧いてこない

あれから私は

あの…公爵様

マリエーヌの瞳はペリドットのように美しくダイヤモンドの輝きにも勝る神々しい眩さが秘められているな 君の瞳と比べれば どれほど美しい宝石もすべて霞んで見えてくるだろう 比べることすらもおこがましいと思えてくるほどに

ペラペラペラペラペ ペラペラ

マリエーヌの髪の毛は上質な絹のような艶やかさがありなんとも麗しい優雅に流れる川のごとくなめらかでまるで神の手によって作られた芸術品にも思える… いや君自身が神だった 君は僕の女神なのだから

ペラペラペラペラ ペラペラペラ

ウ〜ン

…髪なのか…神なのか…?

新しい氷嚢(ひょうのう)を作ってこないと…

パシッ
マリエーヌ
行かないでくれ…
お願いだから
今は僕の傍から
離れないでほしい
それから公爵様は
1日中起きることなく眠り続けた
解雇を言い渡された
使用人たちは
早い者は
今日のうちに
荷物をまとめて
屋敷から去り
コックも
いなくなっていた
続きはコチラ！
シーモア
にて先行
配信中！
コロナEX
にて
順次配信！
コミックス
1巻
好評発売中

昨日まで名前も呼んでくれなかった公爵様が、急に溺愛してくるのですが？
3
著 三月叶姫
イラスト whimhalooo
愛し合う夫婦としての道を歩み始めた二人。
だけど、大きな壁が
皇帝の魔の手が迫るなか、一歩踏み出す新婚旅行編、開幕！
公爵に愛情など、分かるはずがない。

残っていて――?
君が心配することは何もないよ、マリエーヌ。
公爵様、何を隠しているのですか……?
小説3巻
2025年発売予定!!

昨日まで名前も呼んでくれなかった公爵様が、急に溺愛してくるのですが？２

2024年7月1日　第1刷発行

著　者　三月叶姫

発行者　本田武市

発行所　TOブックス
〒150-0002
東京都渋谷区渋谷三丁目1番1号　PMO渋谷Ⅱ　11階
TEL 0120-933-772（営業フリーダイヤル）
FAX 050-3156-0508

印刷・製本　中央精版印刷株式会社

ISBN978-4-86794-224-6